Jakob Wassermann

Oberlins drei Stufen

Der Autor

Geboren am 10.03.1873 in Fürth, gestorben am 01.01.1934 in Altaussee/Steiermark.

Wassermanns Vater war ein jüdischer Spielwarenfabrikant. Nach der Schulzeit ging er bei seinem Onkel in Wien in die Lehre, die er jedoch bald abbrach. Nach dem Militärdienst arbeitete er als Versicherungsangestellter in Nürnberg. Ab 1894 arbeitet er in München und wird dem Verleger Albert Langen als Autor empfohlen. Während seiner dreijährigen Tätigkeit als Lektor beim "Simplicissimus" lernt er Thomas Mann, Rainer Maria Rilke und Hugo von Hofmannsthal kennen. Später war er Theaterkorrespondent in Wien.

Jakob Wassermann

Oberlins drei Stufen

Roman

Marta der Gefährtin gewidmet

edition mabila

Text der Originalausgabe

Erstdruck: 1922

edition mabila
Reihe „Europäische Klassiker"
© 2012. Alle Rechte vorbehalten.
ISBN 978-1-4716-4966-0

Die erste Stufe

Der Knabe Dietrich Oberlin wuchs im Hause seiner Eltern in der strengen Zucht auf, die ein Ergebnis ehrwürdiger Überlieferung war. Die Familie gehörte zu den altpatrizischen der Stadt Basel; ererbter Reichtum und ererbte Ämter zeichneten sie aus; Dietrichs Großvater war Bürgermeister gewesen, sein Vater war Mitglied der Regierung und saß im Rat der Nation.

Er war das einzige Kind, zwei Geschwister waren in frühem Alter gestorben, ihm war die Pflicht zur Haltung und Repräsentation schon mit dem Erwachen des Bewußtseins eingeprägt. Der Tag hatte seine festbestimmte Teilung; er begann Sommer und Winter um sechs Uhr und endete um neun. Da war kein Übergreifen möglich, keine Viertelstunde Licht zu abendlicher Lektüre, kein Ausflug über die gesetzte Frist. Bei Tisch hatte man auf die Sekunde zu erscheinen, waren Gäste da, so unterlag die zu übende Zurückhaltung der wachsamsten Aufsicht. Verkehr mit Menschen war an Regeln gebunden; das und das hat man zu sagen, das und das hat man zu verschweigen. Jedem war ein ihm zukommendes Maß von Ehre zu erweisen, bis auf Gleichaltrige herab; der Name, den er trug, die Familie, aus der er stammte, der Grad der öffentlichen Schätzung, die er infolgedessen genoß, zeigten die Richtung und ordneten die Beziehung. Man lernte, wie man jemand durch einen Gruß von sich entfernen oder Entgegenkommen ausdrücken konnte; Lächeln, Freundlichkeit, Frage, sie beruhten auf Brauch und Verabredung. In den Zimmern standen die Dinge unverrückbar; es war etwas Heiliges um das Einzelne, ob es kostbar war oder nicht. Die chinesischen Vasen, japanischen Schnitzereien; die florentinische Uhr in der Diele mit ihrem königlich sonoren Schlag; die bemalten Glasfenster im Treppenhaus, die eichenen Schränke im Flur, die

Brokatdecken im Salon, die marmornen Figuren in der Bibliothek, die Ahnenbilder im Speisesaal: Männer mit eckigen Schädeln, die Frauen mit hochmütig geschürzten Lippen und bäuerinnenhaft stumpfen Augen; das Silbergeschirr auf der Tafel, alles wie gewachsen, wie von Ewigkeit her. Die Hand der Mutter war nur zu denken mit dem alten silbernen Ring, den ein zieliert gefaßter Smaragd krönte, und wenn der Blick sich zu ihrem Gesicht erhob, streifte er zuerst das Sammetband mit dem goldenen Medaillon an ihrem Hals.

War es doch, als trüge sie seit tausend Jahren den Ring mit dem Smaragd und das goldene Medaillon am schwarzen Band. Und sie war eine junge Frau.

Man ging leise, man sprach ohne merklichen Aufwand von Stimme. Man behielt die Türklinke in der Hand, bis die Türe geschlossen war. Mitteilung geschah in gemäßigter Form. Artigkeit war ein Begriff von wesentlicher Bedeutung. Alles Tun hatte zum Mittelpunkt das Interesse des Hauses. Plötzliches war nicht willkommen; in erster Reihe stand das Gefällige, was nicht verletzt und nicht beunruhigt. Wichtig, zwischen Herrschenden und Dienenden genau zu unterscheiden, sich niemals etwas zu vergeben, niemals die weise gezogenen Grenzen zu überschreiten.

Es kann nicht behauptet werden, daß der Knabe unter der Unantastbarkeit der äußeren Ordnungen und des täglichen Ablaufes litt. Die Gebote waren wirksam gewesen, als sein Blut zu pulsen begonnen hatte; geschlechterlang hatten sie regiert, die eckigen Schädel geformt, den ernsthaften Bauernblick, die hochmütig geschürzten Lippen; es konnte dagegen kein Anderswollen aufkommen. Kein Gefühl der Last war da. Innerhalb des zugestandenen Bezirks durfte Dietrich die seiner Jugend gebührenden, dem Rang der Familie entsprechenden Freiheiten genießen. Daß er sie mißbrauche, wurde nicht befürchtet. Mißbrauch wäre bereits Entartung gewesen, und auf die Art mußte man sich verlassen können. Die Familie war eine unzerstörbare Einheit; man hatte sagen können, sie unterhielten sich in ihrer besonderen Sprache, wenn sie unter sich waren. Die Fesseln lockerten sich, die die Welt auferlegte; ein beziehender Blick, Scherzwort, lächelndes Zunicken besiegelten Unverbrüchlichkeit oder offenbarten Empfindungen, die man sonst verschloß.

Dietrich war zum Studium der Rechtswissenschaft bestimmt, wie der älteste Sohn seit jeher. Später sollte er in den Staatsdienst treten. Dem Vorhaben der Eltern sich zu fügen, war ihm selbstverständlich. Er hatte nie eine abirrende Neigung in sich verspürt. Vor ihm lag geebnete Bahn. Sein eigenes Treiben beschäftigte ihn nur im Hinblick auf das erreichbare Ziel. Er gab sich unfragend dem hin, er war sich ohne Gewicht fast. Er kannte keine Verdunkelung, keine Zweifel. Gehorsam war bequem, da er Hindernisse aus dem Weg räumte.

Zu Ende des Winters, in dem er siebzehn Jahre alt geworden war, erkrankte sein Vater. Schon Monate vorher hatte ihn die Spannkraft verlassen. Er zog sich von den Geschäften zurück, legte Ämter und Ehrenstellen nieder, wollte seine Freunde nicht sehen, hatte den Glauben an sich, an die Zukunft, an die Nation verloren, und wurde die Beute einer unabwendbar einsickernden Schwermut, die den körperlichen Verfall beschleunigte. Kaum, daß er begraben war, fiel auch Dietrich in schwere Krankheit, von der er sich erst mit Anbruch des Frühlings zu erholen begann.

Der Arzt riet, ihn aufs Land zu schicken, und zwar für lange. Damit der Studiengang nicht geschädigt würde, erachtete er es für zweckmäßig, wenn er in einer Waldschule Unterkunft fände. Nach mancherlei Umfragen wollte sich die Ratsherrin für die Schulgemeinde Hochlinden entscheiden, die sich durch ihre landschaftliche Lage in einem Tal des südlichen Schwarzwaldes empfahl; aber gutmeinende Bekannte warnten vor den extrem modernen Ideen, die dort im Schwange seien, und hauptsächlich vor dem Leiter der Anstalt, Doktor von der Leyen, der in pädagogischen Fragen als gefährlicher Fortschrittler galt.

Zufällig war Georg Mathys auf Ferienbesuch bei seinen Eltern. Er war seit einem Jahr Zögling in Hochlinden. Die Mathys, weltberühmte Seidenweber, im Besitz des Privilegs seit 156o, waren als Familie ebenbürtig. Nach ihrer Meinung sich zu richten, ihren Rat zu befolgen, lag nahe und war klug. Die Auskunft beseitigte jedes Bedenken. Georg selbst schilderte ihr das Leben in der Schulgemeinde ruhig und anschaulich. Er urteilte nicht, schwärmte nicht, das sagte ihr zu. Daß er gewillt war, sich Dietrichs anzunehmen, war ein Grund mehr für die Wahl von Hochlinden. Er war um zwei Jahre älter als Dietrich, machte aber den Eindruck eines gereiften Charakters. Er war schlank, groß, hatte etwas Sanftes im Wesen und sehr schöne Augen mit langen Wimpern.

Es war leicht, sich in Hochlinden einzuleben. Unbefangenes Entgegenkommen streifte dem Schüchternsten die Fessel ab. Die Freiheit der Gebärde verwunderte Dietrich mehr als die des Wortes. Er mußte jedesmal eine Hemmung überwinden, bevor er gelockert und gleichgestimmt war.

Dies spiegelte sich in seinem Gesicht. Es war ein Gesicht ohne die schlauen und ängstlichen Versteckheiten, wie es viele Siebzehnjährige haben. Es war zu allen Tageszeiten von derselben Frische. Man konnte ihn aus dem Schlaf rütteln, und die Frische leuchtete. Der Kopf war klein, der Körper von zartem Bau. Geradezu auffallend war die Kleinheit und Feinheit seiner Hände. Man hielt ihn anfangs für verweichlicht, aber er war ein vorzüglicher Turner und Schwimmer, und im Ringkampf war ihm nur Kurt Fink überlegen, der Berliner. Damit setzte er sich in Respekt.

Georg Mathys gab ihm freundschaftliche Unterweisung, wie er sich in bestimmten Fällen zu verhalten habe. Er war mit Dietrich in der Kameradschaft Doktor von der Leyens.

Es fiel Dietrich äußerst schwer, sich an das Du zu gewöhnen, mit dem er wie alle diesen Mann anreden sollte. Von der Leyen war es darum zu tun, die Fremdheitsschranke niederzureißen, die aus dem Lehrer einen Popanz, aus dem Schüler ein unbeseeltes Instrument machte. Das Mittel der vertraulichen Anrede war zweischneidig, er verhehlte es sich nicht, aber er wog keine Gefahr, wenn es ihm darum zu tun war, sich zu bewähren. Er wog nicht einmal die Enttäuschung. Nicht auf Disziplin kam es ihm an, die er in den Händen der Pedanten und Moralisten zu einem Erwürgungsapparat hatte werden sehen, sondern auf den freien Entschluß des Einzelnen, sich der Erkenntnis eines Führers zu beugen, der zugleich Liebender war. Er glaubte an die Möglichkeit der Verwandlung in jungen Menschen, und von diesem Glauben erfüllt, nahm er nur an, was ihn befestigte. Zwang und Vorschrift wirkten nicht als solche. Jeder sollte zu der anspornenden Meinung gebracht werden, als bestimme er selbst das Ausmaß seiner Pflichten. Ein überlegener Geist handelte nach wohldurchdachtem Plan, dem sich die untergeordneten Organe willig fügten.

Das Erstaunen Dietrichs bei den Äußerungen von der Leyens wuchs von Tag zu Tag. Der Gegensatz zu dem, was er bisher für erlaubt und erstrebenswert gehalten, war so grell, daß er sich in eine Region versetzt wähnte, von der gewohnten so verschieden wie Feuer von Wasser. Er schaute um sich, er besann sich; es war noch die Welt, und es war nicht mehr die Welt. Die weit hinaus geebnete Bahn verschwamm im Ungewissen.

Wenige können sich verwandeln. Verwandlung erschüttert das Herz.

An einem jener Diskussionsabende, die zu den Einrichtungen in Hochlinden gehörten, hielt Doktor von der Leyen eine Rede, worin er mit der Unwiderstehlichkeit und polemischen Kraft seiner Beweisführung entwickelte, daß der Kultus, den die Gesellschaft den geistigen Heroen weihe, auf fortwuchernder Lüge beruhe. Er wünsche, daß sich die Jugend, seine Jugend, von dieser Lüge lossage; sie sähe wie Trägheit und faules Mittun aus; sie sei wie der katholische Ablaß und absolviere von dem Trieb zur höchsten Leistung. Wem von Kindesbeinen an ins Gehirn gehämmert werde, daß das Große bereits getan sei, dem bleibe im besten Fall nur demütige Nachfolge übrig, im schlimmsten der gedankenlose Trost der sozialen Wanzen. Der Gespensterwahn müsse von der Erde vertilgt werden; jede Zeit habe ihre eigenen Aufgaben, unabhängig von aller andern Zeit, jeder in ihr Geborene habe seine eigene Sendung; keinem, der da lebe, sei die oberste Staffel verwehrt, kein Lorbeer sei ein für alle Mal vergeben, die Vergottung der Gewesenen mache die blühende Gegenwart zur Katakombe. »Nicht Nachfolger sollt ihr sein, sondern Vorläufer,« rief er aus, »verlacht die, die von euch die Andacht vor dem Fetisch fordern. Kniet nicht nieder um zu beten, wo es besser ist, Gerümpel in die Rumpelkammer zu werfen.«

Wie sich denken ließ, wurde die Philippika mit Jubel aufgenommen, und ein junger Westpreuße, Peter Ulschitzky, ging noch einen Schritt weiter im ungestümen Verlangen und wollte den Bildersturm gleich in Tat umsetzen, Klassiker verbannen, die Anerkannten mit dem Interdikt belegen. Dann meldete sich Georg Mathys zum Wort; er war kühn genug, einen Ausspruch seines Vaters zu zitieren, der gesagt hatte: »Hüte dich vor denen, die Häuser bauen wollen und damit anfangen, die Wälder zu verbrennen und die Steinbrüche zu verschütten.« Er fragte, ob auch jeder Vorläufer befähigt sei, einen Weg zu finden, und ob nicht eine greuliche Verwirrung zu befürchten sei, wenn alle vorausrennten und keiner mehr warten wolle, wohin man käme? Und ob mit dem Gerümpel nicht viel Nützliches und Tüchtiges in die Rumpelkammer geriete? Und ob es für die Mehrzahl der Menschen nicht dienlicher sei, Geschaffenes zu verehren, als frech und pfuscherhaft sich anzumaßen, Neues zu schaffen?

Er stand im Ruf eines Reaktionärs, und Doktor von der Leyen nannte ihn bisweilen den Basler Hemmschuh. Aber er war ihm deshalb nicht gram; es behagte ihm, wenn die Meinungen scharf gegeneinander stießen und bot selbst das schöne Beispiel der Duldsamkeit. Leben wollte er um sich wissen, und Leben hieß Aufruhr, Frage, Widerpart.

Aus Georg Mathys redete, ohne daß er dessen vielleicht inne wurde, die zusammenfassende Kraft eines konservativen Gemeinwesens, die alte Polis mit bewahrender Sitte und beruhigter Form. Da war er verwurzelt, und mochten die Zweige noch so weit und wild langen, das Erdreich hielt ihn in unabänderlicher Festigkeit. Was ihn von außen her veranlaßt hatte, sich gegen die wühlerische Flut zu stemmen, war nur ein Blick gewesen, der sich zu Dietrich Oberlin verirrt hatte. Das Bild blieb lange. Oberlin, mitten unter den Knaben sitzend, war verzaubert; seine Augen hingen in schwärmerischer Hingabe an den Lippen des Lehrers, um jeden Hauch, jede Silbe einzufangen. Die jüngerhaft leuchtende Hingabe zu spüren, beängstigte Mathys; es war etwas darin von der leidenschaftlichen Fruchtbarkeit des nie bepflügten Humus, der Unkrautsamen mit gleicher Gier empfängt wie edlen.

Lucian von der Leyen war ein hagerer Mann über Mittelgröße im Alter von ungefähr fünfzig Jahren. Er gehörte zu den streitbaren Erziehern und wirkte in Wort und Schrift für seine reformatorischen Ideen unablässig. Er hatte viel Anfeindung erfahren; Verleumdung lag stets auf der Lauer. Es beirrte ihn nicht; je heftiger die Gegnerschaften waren, je höher trug er den Kopf.

Seine Züge hatten eine strenge Prägung; in dem blassen, knochigen Gesicht steckten kleine fahle zumeist erloschene Augen, die das Gesicht noch finsterer machten. Im Verkehr mit Erwachsenen und Fertigen, Leuten von Beruf und Amt war er wortkarg, unliebenswürdig, ja abstoßend; wenn er mit seinen Zöglingen sprach, strahlten diese selben Augen eine berückende Güte aus, und die von der bitteren Geschlossenheit des Mundes herrührenden scharfen und bösen Linien wurden weich. Es war ihm Werk. Jeder Schritt Entdeckung, jeder Schritt Wagnis. Sich der schlimmen Erfahrungen zu erwehren, verlangte einen Charakter von Stahl. Kein Vertrauen ohne äußerste Wachsamkeit; kein Gelingen ohne beständigen Kampf. Kampf mit den Mächten draußen, mit den Mächten drinnen; Kampf wider die Gewöhnung, wider die Verstocktheit. Die Gesellschaft in wartendem Argwohn, bereit, den Stein zu schleudern, den ihr Verrat und Mißgunst in die Hand schob; der Staat in abgefeilschter Duldung; Zweifel von allen Seiten; die Bürde der Verantwortung erdrückend; Furcht vor Untreue dauernde Qual; und immer wieder Verlust des Menschen, dem man Gestalt verliehen und Richtung gewiesen, der einem vielleicht als Geschaffenes teuer war, als Bestätigung unentbehrlich; er löste sich los, verlor sich, verging. Es war wie bei einer Leydener Flasche: ein Überspringen von wunderbar gleißenden Funken, dem Element entlockt, eine bewegliche Kette von Licht; aber zwischen Funken und Funken Ur-Finsternis.

Von seiner Vergangenheit war wenig bekannt. Bis zu seinem vierzigsten Jahr hatte er ein unstetes Wanderleben geführt, feste Anstellung verschmähend, oder wenn er sich dazu verstanden, durch Ränke der Fachgenossen und das herausfordernd Neue seiner Methode wieder vertrieben. Seine Schriften waren totgeschwiegen worden, eine, Die Erotik in der Schule betitelt, hatte der Staatsanwalt beschlagnahmt. Eine Zeitlang hatte er sich in würgendem Elend befunden; gerettet hatte ihn nur der eiserne Wille und trappistische Bedürfnislosigkeit. Endlich wurde man auf ihn aufmerksam. Ein Berliner Bankkonsortium hatte das Gut Hochlinden angekauft und das zur Durchführung seines

Projekts notwendige Kapital zur Verfügung gestellt. Der Erfolg rechtfertigte den damals noch kühnen Versuch. Es war ein anmutiges Stück Erde, vom Talgrund in Hügelterrassen aufsteigend, stundenweit von Städten, mit Wiesen, Wald, Fruchtgärten, Wässern, Brunnen, Ställen, Meiereien, Tennisplätzen und zierlich verstreuten Häusern. Kaum ein Jahr verging, ohne daß die Wohn- und Schulgebäude nicht vermehrt und vergrößert werden mußten.

An einem regnerischen Sonntagnachmittag hatte sich eine Anzahl Knaben im Spielsaal versammelt, der das Erdgeschoß eines großen Pavillons einnahm. Zuerst wurden die Schachtische besetzt; um die Spieler gruppierten sich Zuschauer, die alsbald lebhafte Kritik an den Zügen übten. Der allgemeine Lärm verschlang ihre Stimmen. Belustigendes Einzelnes löste sich aus dem Getöse, ein horazischer Vers; eine chemische Formel; Streit über den Tonnengehalt eines neuen Ozeandampfers; Gelächter über einen Witz; Nachfrage um ein verlorenes Messer. Ein Rotkopf wettete, daß er auf den Händen gehen könne; als er das Kunststück zum Besten gab, erntete er Applaus. Der Ruhm stachelte einen andern; er behauptete, Bauchredner zu sein, aber da er es nur zu quiekenden Mißtönen brachte, wurde er verhöhnt. Zu hören waren Stimmen in der Fistel und im prahlerischen Baß wie Durcheinander von Vogelgezwitscher und Bärengebrumm. Ein Präfekt rief vom offenen Fenster einen Namen herein; dann verirrte sich eine Schwalbe in den Raum und erzwang durch ihren ängstlichen Kreuzflug Sekunden neugieriger Stille.

Als es dämmerte, kam Doktor von der Leyen mit mehreren seiner Kameradschaft; sie hatten trotz des schlechten Wetters einen Gang durch den Wald gemacht, Mathys, Uschitzky und Kurt Fink. Oberlin hatte nicht daran teilgenommen; er hatte einen Brief an seine Mutter, die Ratsherrin, geschrieben und war erst vor kurzem in den Saal gekommen. Er saß am Klavier und spielte, unbekümmert um den

Tumult, mit suchenden Fingern eine Melodie aus Carmen. Da trat Kurt Fink neben ihn, übermütig, händelsüchtig, und schnarrte in seinem Berliner Dialekt: »Pfui Deibel, das is ja, als ob deine Großmutter aus dem Grabe winselt«. Oberlin stutzte, spielte aber weiter, als hätte er nichts gehört. Kurt Fink erboste sich, fuhr mit der Linken über die ganze Tastatur, was ein kreischendes, dann dröhnendes Saitengeklirr hervorbrachte, schob dabei Dietrichs Hände weg und rief: »Schluß mit dem Schmachtfetzen.«

Oberlin erhob sich, und sie standen Aug in Auge. Da war etwas von der Feindschaft der Stämme drin; Norden gegen Süden. Die Knaben stellten sich im Kreis um Beide. Solche Auftritte waren selten. Fink spürte, daß er Mißbilligung erweckte und zu weit gegangen war; er brach in Lachen aus, das aber nichts gutmachte, sondern beleidigend klang. Oberlin verfärbte sich. Ein verwirrter und zorniger Blick musterte die Gesichter; er hätte sich am liebsten auf Fink gestürzt, aber die Anwesenheit Lucians lähmte ihn. Er senkte den Kopf, und als er die Augen wieder emporrichtete, begegneten sie denen von der Leyens, die ihn fragend oder forschend anschauten. Er mißverstand den Ausdruck und glaubte, daß er Rechenschaft geben solle; seine Verwirrung wuchs, und sich an Lucian wendend, stieß er trotzig hervor: »Er soll aufhören zu lachen«. Das war kindlich, und auf einigen Gesichtern zeigte sich Grinsen.

»Genug des Unsinns, Kurt«, mischte sich von der Leyen ein und legte die schwere Hand auf Oberlins Haupt. Die Knaben traten auseinander. Kurt Fink hatte seine Absicht erreicht, er nahm am Flügel Platz und begann einen Gassenhauer zu trommeln, den er mit parodistischem Krähen begleitete.

»Und wir beide? wollen wir nicht ein bißchen miteinander plaudern?« fragte von der Leyen den noch immer befangenen Dietrich.

»Gern, wenn du Lust hast«, antwortete er überrascht.

Eine Weile gingen sie im Saal auf und ab, der sich langsam leerte. Von der Leyen, den Knaben um die Höhe der Stirn überragend, hatte den Arm um seine Schulter geschlungen. Nachher setzten sie sich in eine Ecke, und das Gespräch wurde intensiver. Wenn Oberlin redete, hing sein offener, voller, beglückter Blick an dem Gesicht des Mannes; wenn dieser das Wort ergriff, bog er mit über den Knien verfalteten Händen den schmalen Körper nach vorn, und je wichtiger ihm das zu Sagende erschien, je gedämpfter klang seine Stimme. Erst als die Glocke zum Abendessen läutete, erhoben sie sich.

Von da ab verging kein Tag ohne ein solches Zusammensein von Lehrer und Schüler. Da der Unterricht, sofern es das Wetter irgend zuließ, im Freien abgehalten wurde, beim Lagern auf Wiesen oder im Wald und auf Wanderungen, boten sich die Gelegenheiten ungesucht. In dieser Zeit war Oberlin gegen die Kameraden schweigsam, auch gegen Mathys und Justus Richter, einen Heidelberger Professorssohn, an den er sich angeschlossen und dessen aufrichtige Art ihm Sympathie eingeflößt. Nur in seinen Mienen verriet sich eine nicht aussetzende Erregung.

Schwer war die Scheu vor dem Mann in ergrauenden Haaren zu überwinden gewesen, vor seiner Würde, seinem Wissen. Doch wenn er sprach, in seiner leisen, horchenden, sinnenden Art, verschwand Würde und Wissen, das ergraute Haar, das faltige Gesicht.

Was den Knaben am mächtigsten anrührte, daß er bis in die Knie gebannt war, gebannt emporsah, war der ergründlich tiefe, geistige Ernst. Das schnitt durch und durch, wie Eisluft von einem Gletscher. Das Lächeln, das heitere Wort, die herzliche Gebärde beleuchteten den Ernst nur, sie verdeckten ihn nicht.

Sich ihm zu nähern, war, als ob man sich erfrechte. Und doch war er selbst herangetreten und hatte einem den Arm um die Schultern geschlungen. Es ehrte unermeßlich. Jeder einzelne Blutstropfen unterwarf sich. Die freiwillige, enthusiastische Unterwerfung war seliger Rausch.

Er stand ganz oben in Dietrichs Augen; befehlender Mensch, bestimmender Geist. Sein Wort glich einer Mauer, an die man sich lehnt und die Sicherheit gewährt. Die heimlichen und feurigen Gedanken von fünfundachtzig Knaben folgten ihm in seine wolkenhafte Höhe, und wer weiß wie vieler noch von draußen. Und er war herangetreten, um den Arm um seine Schultern zu schlingen. Schauderndes Gefühl.

Dietrich hatte nie einen gegenwärtigen Zustand an einem vergangenen oder einem möglichen gemessen. Es hatte ihm immer geschienen, daß alles so war, wie es sein mußte; es anders zu wünschen, war ihm nicht in den Sinn gekommen. Jetzt sah er sich um wie einer, der aus Träumen erwacht, in denen er gedemütigt worden ist, ohne es zu merken; er erwacht verwundert und beschämt. Von der Leyens bloße Nähe bewirkte, daß er ungern zurückdachte; Heimat und Vaterhaus waren öde, weil dort keiner war, zu dem man bewundernd emporsehen konnte.

Das Du, das ihm erlaubt war, vermehrte die Ehrfurcht und Dankbarkeit nur. Es war wie ein überkostbares Geschenk, das man selten zu gebrauchen wagt. Er war plötzlich voller Zweifel in bezug auf sich selbst. Früher wäre es ihm fern gewesen, sich zu fragen, ob das, was er gesagt, getan, wie er sich hielt, sich gab, richtig und gut war. Jetzt prüfte er sich innen und außen; ein übereiltes Wort quälte ihn; ein begangener Fehler machte ihn in der Erinnerung erbleichen; er spürte bedrückend das Langsame seiner Auffassung, das träge Beharren in seiner Natur; er war voll Unruhe, voll brennenden geheimen Eifers, voll Angst, nicht erfüllen zu können, was von ihm erwartet wurde; was Er erwartete.

Gab er ihm denn so viel Vorsprung, daß er so freundlich war? Sammelte er Forderungen in der Stille, um ihm dann seine Unzulänglichkeit desto bündiger zu beweisen? Warum war er freundlich? Warum redete er wie zu einem Gefährten? Vielleicht überschätzte er ihn; Oberlin zitterte vor dem Tag, der ihn, Dietrich, in seiner wahren Gestalt zeigen mußte, seiner groben, trüben, mißgebildeten Beschaffenheit.

Er war sich unwert. Er gefiel sich nicht. Dennoch wollte er Ihm gefallen, um jeden Preis. Kein Opfer war zu hart; nur Ihn nicht enttäuschen, nur nicht zurückgestoßen werden, da man doch, aus unerklärlichen Gründen freilich, einmal vorgezogen war; nur nicht wieder ein Unbeachteter sein, verdeckt, versteckt unter den Andern, nur nicht wieder hinab in die gefühllose Leere, wo kein Glanz war, kein Gerufenwerden, kein Arm-in-Arm-Wandeln, kein Gehörtwerden. Er hätte beten mögen darum.

Bisweilen warf er einen musternden Blick in den Spiegel und haßte sein Gesicht, weil es nicht edler und bedeutender war, nahm ein schwer verständliches Buch zur Hand und haßte sein Gehirn, weil es nicht leichter begriff. Er schrieb seinen Namen auf die Löschblätter und fand ihn häßlich, nichtssagend, plump. Alles war Ungenügen, Verzagen, Kriechen im Schatten; alles Hunger und Begier nach Seinem Wort, Seinem Einverständnis, Seiner Billigung.

War er in Lucians Gesellschaft, so blühte das Leben. Er hatte Pläne, er wollte etwas werden und etwas können. Nach und nach faßte er Mut zu Fragen, die ohne Wortkleid in ihm geschlummert hatten, über Menschen und alltägliche Vorfälle. In der Freude am Sichüberliefern las er ihm Briefe seiner Mutter vor. Erzählte vom Vater, von abendlichen Gängen ins Gebirge, von der Ermatinger Villa am Bodensee, wo die Familie den Sommer zu verbringen pflegte, von Regatten, Wettschwimmen, Fischpartien. Es gab harmlose Erlebnisse, die er mit lebhafter Eindringlichkeit vortrug. Sie sollten bezeugen und bezeugten auch einen Schatz von bereits gesammelten Erfahrungen. Lucian von der Leyen nahm es in diesem seriösen Sinn auf. Unter anderem berichtete er von einer Katze und einem Hund, die er seit ihrer Geburt besessen; wie die Tiere sich zur Verwunderung aller miteinander angefreundet und schließlich unzertrennlich gewesen seien; stets um ihn und mit ihm, sogar die Katze folgte treulich bis zur Bootshütte; eines Nachts weckt ihn ein Schrei, wie er nie einen vernommen; er lauscht, wirft sich in Kleider, eilt ins Freie; wieder ein Schrei, als ob ein Mensch erstochen würde; sogleich denkt er an die Katze, er läuft durch den Garten ans Seeufer, da kommt ihm der Hund entgegen, verbrecherhaft geduckt, er stellt ihn zur Rede; man könne das; Hunde antworteten; und der Hund habe gestanden, aus bösem Gewissen heraus; er führt ihn zum Zaun, dort liegt, in schwachem Mondlicht sichtbar, die schöne Katze mit dem getigerten Fell ausgestreckt in ihrem Blut. Von der Leyen sagte: »Zwischen denen mag etwas Schlimmes passiert sein, bevor ihre Freundschaft ein so jähes Ende genommen. Wer das wüßte, der wüßte viel von verborgenen Dingen. War dir nicht nachher in der Phantasie der Moment der schrecklichste, wo du die Katze wehrlos unter den Zähnen des Hundes gedacht hast? So weit reicht bei den meisten die Vorstellungskraft nicht, und deshalb steht es mit ihnen so übel.«

Im Ton niemals eine Mahnung an die Kluft der Jahre. Brüder redeten. Einer, der den Kreis der Welt durchlaufen und atemholend zurückschaut; einer am Beginn. Fülle des Schicksals hier, Unbekanntschaft mit ihm dort; das machte die Brücke fester, das Hinübergehen lockender, die Tiefe unten, den fließenden Strom. Auch von der Leyen erzählte; selten Begebenheiten in einer Folge, noch seltener Erlittenes; im Vorüberstreifen, seinem verschlossenen Wesen abgestohlen, riß er eine Stunde aus der Erinnerung, in der Entscheidung gefallen war; ein Antlitz tauchte auf; ein Freund, ein Gehilfe; ein Feind, ein Verderber; der Tod,

Trennung; Irrfahrten; Bittwege; Canossawege; wieder das Juwel eines gefundenen Herzens: ein Freund.

Oberlin lauschte entzückt. Lucian hielt ihn also nicht für zu gering, um sich mitzuteilen; darauf war Verlaß. Eid war nicht bindender als einbezogen sein in das Vertrauen. Allmählich schmolz ihm Zug um Zug in dem Bild des Mannes zusammen, das er verklärte über jeden Begriff. Er erriet die Einsamkeit dieses Lebens; er wollte ihr ein Ende bereiten; er spürte die Entbehrungen; er wollte sie vergessen machen. Es dünkte ihm ein Ziel, er sah eine Aufgabe.

Lucian von der Leyen kannte nur Ein Verknüpfendes zwischen Menschen, das war Freundschaft. Der Freund war ihm die reife Frucht des Schaffens und Seins. Er hatte kein Gefühl für Familienbeziehungen, Neigung zwischen Eltern und Kindern, zärtliche Rücksicht auf Blutsverwandte und Pflichten der Pietät; nicht einmal Verständnis, nur Spott und abschätziges Bedauern. Es waren ihm animalische Instinkte oder klug benutzte, unter dem Mantel der Heuchelei gepflegte Mittel zur Aufrechterhaltung der Leibeigenschaft. Vor vielen Jahren hatte er in einer Schrift, die sogar die Entrüstung der Umsturzlüsternen erregt hatte, die Gründung staatlicher Institute vorgeschlagen, Findelhäuser großen Stils, in denen alle Neugeborenen männlichen Geschlechts als Namenlose und des Namens Entkleidete bis zum zwanzigsten Jahr erzogen werden sollten. Er hatte verheißen, eine derart umgeformte Menschheit würde nach einem halben Jahrhundert Siechtum und Verfall überwunden haben.

So erblickte er auch in der Liebe zwischen Mann und Weib nichts anderes als eine Form der Leibeigenschaft. Seine Äußerungen darüber geschahen unter merklichem Widerwillen. Eine Frau war ihm ein Geschöpf aus einer fremden, untergeordneten Region. Daß alle Dichtung auf Erotik gestellt war, begründete er mit dem Hang des Menschen zu Traum und Symbol, die in den hohen Beispielen der Deutung bedürftig waren, in den niederen ihrer umnebelnden und lügenhaften Wirkungen halber zur Abwehr und Verachtung zwangen.

Er war ohne Anhänglichkeit an Dinge, ohne Streben nach Besitz, ohne sinnliche Verkettung. Genüsse reizten ihn nicht. Begierden beunruhigten ihn nicht, Ansprüche an Wohlbehagen stellte er nicht. Zu empfinden vermochte er nur für den Freund. War es eine ihm innewohnende verfeinerte oder vergeistete Sehnsucht? Aber an den Gleiches Wollenden, Gleichgearteten schloß er sich nicht an. Es war auch keiner da, man erfuhr von keinem. Er stand so sichtbar allein, daß man ihn verbündet und mit Gefährten kaum denken konnte. Doch wenn von den Zöglingen einer nur ihm an der Seite ging, es brauchte nicht ein Erwählter zu sein, war er plötzlich nicht mehr der Abgekehrte, der Unverbundene; dann war in seinem Aug zu lesen: du und ich. Dies du und ich war keuscheste Hoffnung, furchtsamster Wunsch; Wollust von einem, der Seelen an sich preßt und ihr epheuhaftes Ranken mit der eigenen nährt.

Er sagte zu seinen Schülern, seit die Freundschaft aufgehört habe, ein Element des sozialen Lebens zu sein, sei die abendländische Welt mit unaufhaltsamer Gesetzmäßigkeit gesunken, und der brüderliche Geist des Humanismus wandle sich in verfolgungssüchtige Barbarei. Er erzählte ihnen von berühmten Freundschaften, und die karge Reinheit seiner Darstellung gab den Nüchternsten Bild und Begriff; wie nur Freundschaft das Einzelschicksal aus dem tragischen Grauen zu heben vermöge, das der Kreatur als solcher angeboren. Die Griechen hätten es gewußt und den Altar der Freundschaft zum heiligsten gemacht; daher die Größe des Volks und die fast unbegreifliche Zahl schöpferischer Menschen. »Heute aber,« sagte er, »ist die Entzückung nicht mehr da von Mann zu Mann, der Glaube nicht, die Macht von Gemüt zu Gemüt nicht. Der Freund ist zum Gespielen geworden, zum Mitwisser, zum Zeitverderber, und später ist er Herr oder Sklave oder Feind. Laßt doch lieber die Erde absterben und die Nationen vergehen, als daß ihr so weiter lebt, so arm, so halb.«

Bei solchen Worten liebten ihn die jungen Herzen noch mehr als sonst.

Es konnte ihm aber nicht entgehen, daß er in Oberlin einen gewonnen hatte, der ihm wesentlicher anhing und beharrlicher folgte als je einer zuvor. Den hatte er aus dem Innersten entfaltet und in die Flamme hineingetrieben, wo er nun mit Adorantenhänden stand. Es bewegte ihn sehr. Er hätte nicht kühner begehren können, als es nun die Wirklichkeit schenkte.

Manchmal schaute er in das erschlossene Jünglingsgesicht und dachte froh: ein Schüler! Was lag da nicht drin an Gewähr, an Unvergänglichem! So konnte es also sein! Manchmal auch erschrak er: bin ich dem gewachsen? Da war kein Einschränken und Sträuben; der volle Akkord aus der Tiefe, glockenklar.

Zarteste Obliegenheiten erwuchsen daraus. Selbstprüfung, Selbstbewachung; ein Führen wie an seidenen Fäden. Er wurde gespannter, elastischer, beredter. Im Maße wie es ihn ergriff, erfuhr er die hundertmal erfahrene Angst von neuem: Angst vor Verlust, vor der Brüchigkeit, vor der Zeit und dem räuberischen Geschick. Auch dieser Ikarus wird mir in den Abgrund stürzen, sagte er sich.

Indessen wurden die andern Knaben, namentlich die in der Kameradschaft, ungeduldig. Die Bevorzugung des hübschen, aber nach dem allgemeinen Urteil etwas simplen Oberlin verärgerte viele. Es hatte stets Begünstigte gegeben, doch so weit war es nie gediehen. Während aber die Unzufriedenheit in den meisten nur still gärte, auch durch ein Wort oder Lächeln von der Leyens leicht zu beschwichtigen war, übte Kurt Fink hämische Kritik. Dabei blieb es nicht; er verbündete sich mit dem Präfekten Rottmann, und das Einverständnis gewann herausfordernden Charakter; denn zwischen Rottmann und von der Leyen bestand eine ernstliche Verstimmung. In einer Frage von prinzipieller Wichtigkeit hatte der Präfekt dem Schulleiter Widerpart geleistet und im Verlauf einer scharfen Auseinandersetzung sogar mit der Öffentlichkeit gedroht.

Von der Leyen hatte die Verfügung erlassen, die gemeinsamen Leibesübungen sollten völlig nackt, auch ohne die übliche Lendenhose vorgenommen werden. Er nannte dies Kleidungsstück unzüchtig und sagte, es versetze in den Zustand des Ausgezogenseins, nicht des Nacktseins. Die Knaben waren auf Doktor von der Leyens Seite und erklärten sich bei der Schulversammlung einhellig für ihn; danach aber hatte Rottmann eine Gegenpartei zu bilden vermocht, die er heimlich aufwiegelte. Er pochte auf seine Verwandtschaft mit einem der Geldgeber der Anstalt, war aber dabei ein armer Teufel, aus welchem Grund sich auch von der Leyen nicht entschließen konnte, ihn brotlos zu machen.

»Hört mal, Kinder, so geht das nicht weiter«, polterte eines Abends Justus Richter. »Rottmann schleicht im Schlafsaal herum, wenn man müde ist, spioniert und stänkert. Ich erlaube nicht, daß hier gestänkert wird. Hier hat gute Luft zu sein, basta. Was hat er denn von dir gewollt, Oberlin, als er dich beiseite nahm?«

Dietrich antwortete: »Ich habe ihn nicht verstanden. Er tat so geheimnisvoll. Er sagte, Lucian beginge Unrecht an sich und an uns. Seine ideale Absicht wäre nicht zu bezweifeln, aber er wäre sich nicht klar darüber, daß er widernatürliche Triebe in uns wecke.«

Richter, der schon im Bett lag, schnellte auf. »O das Schwein!« rief er. »Hier gelob ichs, wenn er wieder das Lokal betritt, werf ich ihn die Treppe hinunter. Was für ein schmutziges Schwein. Uns was hast du ihm erwidert?«

24

»Ja, ich wußte nicht,« sagte Dietrich zögernd, »ich wußte garnicht, was er meinte. Was sind denn das: widernatürliche Triebe?«

Herzliches Gelächter folgte der Frage. Eine Weile noch wurde Dietrich geneckt, dann drehte der Zimmerälteste das Licht ab. Mehrere schimpften, aber zehn Minuten darauf war rhythmisch durchatmete Ruhe. Dietrich allein konnte lange keinen Schlaf finden. Mitten in der Nacht erhob er sich. Mattes Licht klebte an den Scheiben; er sah die schlummernden Gesichter der Kameraden, einige glatt und heiter, einige wie im Schmerz verzogen; ein Seufzen von irgendwo, ein geflüsterter Laut wieder; draußen rauschten Bäume, es war so schwül, so eigen; auf den Zehen schlich er zum Fenster, öffnete es und beugte sich hinaus, weit, durstig, beklommen, träumend halb, die Welt war wie ein Wurm, der im Kriechen müd geworden ist und regungslos liegt, der Himmel oben wie eine zugemachte Tür. »Was tust du, Oberlin?« fragte eine leise Stimme.

Dietrich kehrte sich betroffen um. Es war Georg Mathys, der mit aufs Kissen gestütztem Arm ihn still forschend betrachtete.

Des Morgens um sieben Uhr war Wettlauf in der großen Längshalle angesagt. Als im goldigen Frühlicht die sechzehn-, siebzehn-, neunzehnjährigen nackten Leiber sich geschmeidig durcheinander bewegten, hatten sie mit den Kleidern das eitel Unterschiedene abgestreift und waren sorglos spielende Fische geworden. Oberlin, von jähem Mutwillensrausch erfaßt, führte einen Tanz aus, glitt von einem Knaben zum andern und verübte Schabernack, entschlüpfte gewandt, wenn sie ihn packen wollten, kletterte schließlich waghalsig auf einen der Tragbalken, riß einen Glycinienzweig ab und flocht sich ihn um die Stirn. Seht, Oberlin ist nicht bei Verstand, hieß es; aber seine Ausgelassenheit war ansteckend.

Die Gruppen traten zum Lauf an. Zuerst die Kameradschaft des Präfekten Kreß. Es gab harten Kampf, von Zurufen und Händeklatschen begleitet. Ein langbeiniger Junge war dem Ziel bereits nah, da überholte ihn der dickliche Wiener Meerheim, drehte sich, als er gesiegt hatte, um und machte in der Atemlosigkeit eine so komische Triumphgrimasse, daß das Gelächter darüber die Luft erschütterte.

Die Leyensche Kameradschaft hatte die besten Läufer. Lucian beteiligte sich selbst, was den Ehrgeiz hochtrieb. Er hatte einen mageren Pantherkörper, gestreckt, muskulös, äußerst gehorsam. Nachdem angetreten war, gab einer der Präfekten das Zeichen zum Start. Zehn Paar Füße raschelten flink über den Asphalt; es war, wie wenn Tauben auffliegen. Anfangs war Kurt Fink voraus; dicht neben ihm hielt sich Georg Mathys, der prachtvoll lief, federnd, schleifend, wie mühelos. In der Mitte der Bahn gewann Oberlin die Spitze, um Armeslänge, um Meterlänge dann, behauptete sich so, den Blick trunken gegen die Zielstange gebohrt, innerlich jauchzend schon, denn er hatte sichs geschworen zu siegen. Aber da sauste ein brauner Schatten vorüber; es mußte Lucian sein; er hatte eine raffinierte Technik und versparte alle Kraft auf die letzten Sekunden.

Oberlin biß die Zähne aufeinander; der Atem sott; straffer den Nacken, lockrer die Gelenke, noch wars möglich, ihn zu schlagen; zu spät nun! Lucian war am Ziel. Dietrich stieß einen heiseren Zornschrei aus, stolperte im selben Moment und wäre gestürzt, wenn ihn Lucian nicht in seinen Armen aufgefangen hätte.

Sie schauten sich an, in stürmischer Blutwallung beide; Oberlin keuchend, die Wangen glühend; der alternde Mann blaß von der Anstrengung, doch seiner Überlegenheit und Stärke sich bewußt. Als er Dietrich umfangen hatte, lächelte er; es war jenes finster-zärtliche Lächeln, das wie eine Bresche seiner Einsamkeit war und sein Gesicht leidend und

leidenschaftlich machte. Aber der Blick hatte etwas Mütter-
liches, Froh-Ergriffenes; in einer rätselvollen Regung küßte
er den Jüngling auf den Mund.

Mitten in der jagenden Hitze überrieselte es Oberlin kühl.
Maßloses Glück und schreckenvolles Erstaunen war in
einem; das Herz stand einen Augenblick still. Als ihn Lucians Arme freigaben, taumelte er, lehnte sich an die
Mauer; die Kameraden sammelten sich um ihn mit ratlosen,
mit neugierigen Mienen, Kurt Fink mit einem schlimmen
Zug im Gesicht.

Den Tag über bemerkte Oberlin nicht die veränderte
Stimmung in der Schulgemeinde. Er war versponnen und
ging allen aus dem Weg. In seinen Augen war Verklärung,
aber von dunkler Tiefe her. Am Abend hörte er, es sei zwischen Doktor von der Leyen und Rottmann nach einem häßlichen Auftritt zum Bruch gekommen; der Präfekt verlasse
die Anstalt. Beim Aufstehen vom Essen trat Justus Richter
zu Oberlin und raunte ihm zu: »Nimm dich in acht, es geht
was vor.« Lucian blieb unsichtbar; nachdem ihn Dietrich
gesucht und vergeblich auf ihn gewartet hatte, trieb es ihn
ins Freie; er legte sich unter einen Baum und schaute mit
glänzenden Blicken himmelan.

Als es finster geworden war, kehrte er zurück und mischte sich unter die Gruppen vor dem Haus. Es war in allen
eine gehemmtere Bewegung als sonst; der schwül-farblose
Abend drückte vielleicht, eine von den Sommernächten, in
denen Jugend zur Bürde wird und Gedanken wie Wunden
sind. Unversehens war Kurt Fink an Oberlins Seite, schob
vertraulich den Arm unter seinen und zog ihn von den andern fort. Er plauderte von den bevorstehenden Ferien, von
Berlin, für das er schwärmte, von Theatern, Zirkus, Kabar-
etts, schönen Weibern; von Lucian unvermutet, an den er in
einem Atem Lob und Zweifel hing; von einem jungen Mädchen dann, das er seine Verlobte nannte; Oberlin war überrascht und horchte auf, aber es ging so eilig, schon wieder

sprach er von Lucian, beugte sich vor und starrte Dietrich lachend ins Gesicht; er konnte liebenswürdig sein, in einer durchtriebenen Art; er fragte, ob es wahr sei, daß ihn Lucian geküßt; er, Fink, sei zu fern gestanden, die Jungens hätten es erzählt. Doch traf es ja nicht zu, Dietrich erinnerte sich aus der fiebrig-schamhaften Verwirrung, daß er gerade Finks Gesicht unangenehm nah gesehen. Er machte sich los. Warum er so rot werde? rief Fink schadenfroh, warum er wie eine Jungfrau erröte? Darauf trat er dicht herzu, faßte seine Hand und sagte, sie wollten Freunde sein, Oberlin gefalle ihm, die Rüpelei neulich am Klavier sei nur aus Wut geschehen, weil ihn Dietrich vor der Kameradschaft immer geschnitten habe.

Wie zufällig begegnete ihnen Rottmann, grüßte, gesellte sich zu ihnen, sagte, er freue sich, von Oberlin noch Abschied nehmen zu können, da er morgen früh nach Freiburg fahre. Er habe große Stücke auf Oberlin gehalten, und dies und anderes sagte er eigentümlich beziehungsreich und lauernd. Mit Bitterkeit gedachte er der Behandlung, die er von Doktor von der Leyen erfahren, lenkte jedoch ein, als er den befremdeten Blick Dietrichs gewahrte. Kurt Fink schmiegte sich wieder an ihn an, und bemerkte kichernd zu Rottmann, er hätte dabei sein sollen, wie Oberlin rot geworden sei, als er von der Kußgeschichte gesprochen. Rottmann tat unwissend, Fink mußte ihm den Vorfall in Erinnerung rufen; es klang sogar für Dietrichs Unerfahrenheit wie ein abgekarteter Dialog. Das halte er für unmöglich, sagte Rottmann abweisend, so etwas tue von der Leyen nicht, noch dazu in einer so verfänglichen Situation; Unsinn; solches Geschwätz dürfe man nicht aufkommen lassen; von der Leyen sei viel zu herzenskalt übrigens, um sich in der geschilderten Weise hinreißen zu lassen; er, Rottmann, fürchte, Oberlin habe sich bloß wichtig machen wollen, aber dergleichen Prahlerei stehe ihm übel an. Dietrich schaute ihm entrüstet ins Gesicht. Das war unerwartet. Worauf zielte er hin? Was er im Denken kaum noch zu berühren sich unterfangen, das Gehütete, dieser Irgendwer riß es aus ihm heraus und wies mit Fingern hin. Im Innern war eine vorher nicht gespürte Last, ohne die es schöner und bunter zu leben war. Die ehrenkränkende Bezichtigung gab ihm das Wort ein, daß es geschehen sei, habe niemand zu kümmern, es wäre ihm nie in den Sinn gekommen, darüber zu reden, und er begreife nicht, mit welchem Recht man ihn verdächtige. Nun, nun, besänftigte Rottmann, es habe ja nichts weiter auf sich, er glaube ihm natürlich, mehr habe er nicht gewollt, als daß Oberlin den Vorgang einräume, das Geständnis vor einem Zeugen genüge ihm vollständig. Er nickte den beiden zu und entfernte sich.

»Was hat das zu bedeuten?« fragte Oberlin erstaunt. Kurt Fink zuckte die Achseln und sah verlegen aus.

Georg Mathys hielt es für geraten, Oberlin zu warnen. »Du solltest dich nicht mit Kurt Fink einlassen«, sagte er noch am selben Abend zu ihm. Dem sei nicht zu trauen, dem Unsichern, sich selbst Gefährlichen. Draußen habe er schlechte Streiche gemacht, sei von der Prima relegiert worden; ihn aufzunehmen habe sich von der Leyen lange gesträubt und nur auf inständiges Bitten der Eltern nachgegeben. Als er ihn einmal in Obhut gehabt, sei ihm auch Pflicht daraus erwachsen, er mache sichs ja mit keinem leicht. Eine Zeitlang habe er sich besonders angelegentlich mit ihm beschäftigt, es hatte geschienen, als sei Fink ein anderer geworden. Da habe eines Tages der Bürgermeister im Dorf drüben sich beschwert, daß er in unverschämter Manier den Mägden und Bauerntöchtern nachstelle, und daraufhin habe sich Lucian von ihm abgewendet. Seitdem habe er sich aufsässig gezeigt, ränkevoll, und auf eine Lüge mehr oder weniger käme es ihm nicht an. Übrigens sei es das letzte Semester für ihn, er wolle sich in einer Presse für die Matura vorbereiten.

Die jungen Menschen wagen es nicht, sich gegeneinander klar zu entscheiden. Oberlin fühlte sich keineswegs wohl mit Kurt Fink, aber er mied ihn nicht. Es war da etwas Anziehendes wie ein Wasser, dessen Tiefe man kennen mußte; das fremdere Wort, der verwegenere Sinn, der verratende Blick. Er suchte ihn nicht, aber er ließ sich finden. Er öffnete sich nicht, aber er lieh ihm Gehör. Häßliches wurde verführerisch, und er hatte Furcht. Die Stunde barst von Geheimnissen. Hinter dem Wirklichen stand ein schattenhaft Verhülltes. Es war ein Wühlen in der Erde und ein Brausen in den Wolken. Schlaf quälte. Der Duft der Akazien war wie beständiger Orgelton. Wenn der Kuckuck schrie, zitterte man. Drei, vier Tage kamen, so voll Ahnung, Hindrängen, Ertasten, Erwünschen, daß Buch und Lehre verstummten. Auch mit den andern schien es so zu stehen; ihre feuchteren Blicke, ihre unruhigeren Hände ließen es wissen; in der Nacht richtete sich einer auf und rief ein Wort in die Dunkelheit; am Morgen waren manche Augen hohl und Lippen blaß.

Oberlin suchte Lucians Nähe; wenn er Fink verlassen hatte, spürte er es wie Durst nach Lucian. Doch Lucian schien bedrängt. Es war bisweilen, als horche er, warte er; nicht auf Gutes, die Stirn hatte die finstere Falte. Er schützte gehäufte Arbeit vor, um einem Zusammensein auszuweichen, aber im Druck seiner Hand war die herzlichste Versicherung. Es war seine Art nicht, sich zurückzunehmen, doch wenn ihm Oberlin wortlos das Herz entgegentrug, richtete sein Auge eine Schranke auf.

Denn er verzieh sich jene Sekunde der Selbstvergessenheit nicht. Er maßte sich das Recht nicht an, die Schale um die Menschenbrust zu sprengen; was konnte er tun, um Schutz zu bieten, die unbegrenzte Verheißung zu erfüllen? Er hatte sein Gesetz übertreten, preisgegeben, was zu bewahren war, sich an ein Gefühl verraten, das Mysterium entsiegelt; das forderte Umkehr und Entsagung. Oberlin wurde ihm wie ein geliebtes Bild, das man besitzt, um es zu verschließen.

Aber in der Gemeinschaft, wo er Lehrer und Führer war, gab es doch immer ein Zeichen, das nur für Oberlin bestimmt war, Worte, die nur ihm allein galten. Dietrich mußte freilich fein und wachsam sein, damit sie ihm nicht entgingen; das brachte Spannung in sein ganzes Wesen; Spannung wuchs ins Unerträgliche, so daß er dann das leichte Opfer des Verführers wurde, der das Netz um ihn wob. So geschah es auch am dritten Tag, nachdem der Präfekt Rottmann Hochlinden verlassen hatte; es war wolkenloser Himmel, und Lucian hatte beschlossen, die Geschichtsstunde mit einer Wanderung gegen den Belchen zu verbinden. Die vierzehn Zöglinge umgaben ihn wie junge Paladine; Georg Mathys mit dem gelassenen Schritt ging an seiner Rechten, Peter Ulschitzky zur Linken. Seine Heiterkeit hatte einen ihr sonst nicht eigenen Glanz, als spüre er das über ihm schwebende Verhängnis schon und wolle nicht mit sich sparen, alles von sich schenken. Er war voll geistiger Laune, jedes Thema hatte hundert Nebenwege und Aspekten, jeder Name erhöhte sich zur Figur. Über Friedrich von Preußen zu sprechen, wie es zum heutigen Plan gehörte, war ihm Leidenschaft; er zeichnete den Menschen als hätte er mit ihm gelebt; er war ihm der große »Freund«; als er die Beziehung zwischen Friedrich und Katte schilderte, den Zwist mit dem Vater, Kattes Gang zur Hinrichtung vor dem Fenster von Friedrichs Gefängnis, war etwas Schwärmerisches über ihn gebreitet, in ergreifendem Gegensatz zur Härte, ja häufigen Dürre seiner Natur. Nichts unterliege so dem Mißverständnis und der Verzerrung, als was an geschichtlichen Persönlichkeiten, Königen und Feldherrn die Größe genannt wird, bemerkte er beiläufig. Nicht die Größe der Tat, immer die Größe der Seele sei es, die Unsterblichkeit verleihe. Was Schwert und Politik außerdem noch vollbringe, sei eher Abzug als Vermehrung, und man stecke in dieser Hinsicht noch im trüben Aberglauben historischer Mordromantik. Da sei der Punkt, wo sich das ewig Lebendige vom Verwesten scheide.

Hierüber entspann sich lebhafter Meinungsaustausch, den Lucian in sokratischer Methode zu fragen leitete. Der Konflikt zwischen Kronprinz und König wurde Anlaß, von dem Verhältnis zwischen Vater und Sohn überhaupt zu sprechen. Da war Lucians bitterster Hader; er kam immer darauf zurück; da war er Rebell, denn es war der Damm, gegen den er fruchtlos anstürmte. »Unterbundene Wurzel, heißt das nicht verdorrte Krone?« Er erzählte, wie ihn sein Vater grausam gezüchtigt, als er sich, mit fünfzehn Jahren, geweigert hatte, Theolog zu werden. Die Knaben lauschten atemlos, sie hörten es zum erstenmal; er gab, mit bebenden Lippen, Einzelheiten wie aus einem mittelalterlichen Inquisitionsprozeß: Einsperrung, Fasten und die Peitsche. Zur Theologie gepeitscht.

»Es schleppt sich durch die Geschlechter eine unausgeglichene Rechnung. Väter und Urväter haben das Herz der Menschheit vergiftet und die Vernunft vergewaltigt; kommt dann die Zeit, so tritt jeder Vater an den Sohn mit der Forderung heran: verpfände mir dein Herz und unterwirf mir deinen Geist. Fürchte dich, spricht er, so wie Jehovah zu seinem Volk sprach: fürchte dich. Der Sohn beugt sich und dient dem Übel weiter, bis abermals die Zeit kommt und nun er zum Sohn spricht: fürchte dich.«

»Wir fürchten uns nicht,« wurde geantwortet, »wir gehorchen aus Überzeugung.«

»Wir gehorchen aus Liebe«, sagte eine Stimme.

Es sei mehr versklavende Liebe als befreiende auf der Erde, sagte Lucian. Im Menschen sei noch zu viel Tier, Krippe und Stall seien mächtiger als Prophetenwort. Und doch gebe die Tiermutter ihr Junges auf, sobald es sich selbst Nahrung verschaffen könne. Eine Vokabel wisse er, die solle ausgestrichen werden aus dem Wörterbuch der Sprache, die heiße Glück. Glück und Leben verneinten einander. Wer Glück wolle, der wolle Tod. Dabei sei es nur das Krippenglück, das Stallglück, nach dem sie gierten, das verbrecherische Genug und Genügen, das Du sollst und Ich darf, ich der Jäger, du das Wild.

Er war weit von sich selbst, und im Schreiten schien er auch zu fliehen vor sich selbst. Fürchtet euch nicht! Es war nicht die Mahnung eines Lehrers, sondern der Schlachtruf eines Soldaten. Georg Mathys wandte ein, es gebe eine schöne Furcht, und die verschweige er, die Ehrfurcht. Sie bedeute ihm nicht mehr als alle andere Furcht, erwiderte Lucian; er anerkenne sie erst, wo die innere Ehre nicht befleckt werde durch die Furcht und man ihn nicht zwingen wolle, auf Schutt und Moder zu bauen. Aber der Basler Hemmschuh ließ nicht locker. Ohne Furcht sei keine Macht, behauptete er, und seien zur Ehrfurcht nur die Seltenen fähig, so müßte den Geringen die Furcht ins Blut geimpft werden, sonst gehe alles außer Rand und Band.

Lucian lachte. »Ist das nicht ergötzlich, diese Neunzehnjährigkeit auf dem rechten Flügel des Hauses?« rief er. »Aber siehst du; dich nenn ich eben furchtlos, und so behagst du mir. *Quo res cunque cadunt semper stat linea recta.* Das war die Devise der Ligne und Egmont, die wollen wir uns wählen.« Er zog Oberlin, der in einem Krampf des Lauschens dicht vor ihm schritt, zwischen sich und Ulschitzky, nahm ihm die Mütze vom Kopf und trug sie im lässig schlenkernden Arm.

Auf dem Heimweg fügte es sich wie von ungefähr, daß Kurt Fink mit Oberlin ging, und Fink erzwang durch seinen langsameren Schritt, daß sie allmählich weit hinter den andern zurückblieben. Anfangs wehrte sich Dietrich still gegen den Weggenossen; er wußte ja, was kam. Das Helle verging, das Silberne wurde grau. Oft fühlte er in Farben, träumte auch in Farben. Es gab einen periodisch wiederkehrenden Angsttraum, der nur darin bestand, daß süßes Blau sich in tückisches Gelb verwandelte.

Es dünkte ihn schmählich, daß er sich verlocken ließ, und es dünkte ihn schwächlich, sich zu entziehen. Listige Worte umschwatzten ihn; noch hielt ihn Lucians Geisterkreis und Geisterblick, dann war es banges Sichfallenlassen. Es ist ein Unterschied, ob einer nach oben oder nach unten lauscht, die Wimper verrät es. Dort hatte die Welt ein hohes Tor, hier ein verbotenes Pförtchen, durch das man in dämmrige Gewölbe stieg. Wahrend Fink Blätter von den Büschen riß, an einem Grashalm sog, sich bückte, um einen Käfer oder bunten Stein zu betrachten, geriet er bald in das Revier, wo Eros herrschte, ein armseliger Eros, Ohrenbläser, Schlüssellochdieb, lüsterner feiger Räuber. Oberlin war zu sauber von Fantasie, um immer gleich deuten zu können, was der Verdorbene ihm zeigte; bisweilen zuckte er zusammen, die Vogelstimmen schwiegen, der Saft in den Bäumen hörte auf zu rinnen, die Luft schmeckte wie Galle.

Fink erzählte, daß er sich mit seiner Verlobten, Hedwig Schönwieser, zu einer Reise ins Allgäu verabredet habe; dann wollten sie einige Zeit im Inselhotel in Konstanz wohnen. Aus gelegentlichen Gesprächen, die Oberlin mit Georg Mathys und Justus Richter geführt, wußte er, daß Dietrich die beiden zu einem Aufenthalt in der Ermatinger Villa eingeladen hatte. Er hatte bereits mit der Mutter darüber korrespondiert, und die Ratsherrin, die eine Kur im Leuckerbad gebrauchen wollte, war einverstanden. Nun fragte Fink, ob er ihn ebenfalls besuchen und Hedwig mitbringen dürfe. Das war Oberlin sonderbar zu hören; die Reise mit einem Mädchen, das die Braut sein sollte; demselben Mädchen, von dem jener vor fünf Minuten geschildert, wie es sich vor dem Spiegel völlig entkleidet und ihm erlaubt habe, daß er aus dem Nebenzimmer in den Spiegel schaue; nicht sich selbst habe sie seinen Augen freigegeben; an sie nicht einmal zu denken, habe er feierlich versprechen müssen; nur das Bild im Spiegel. Es war eine umgestülpte Wirklichkeit, eigentümlich ruchlos; die Lippe wurde trocken, der Fuß müde. Dietrich vermochte lange nicht Antwort zu geben, dann stotterte er: »Ja, komm nur, bei uns ist es sehr hübsch.« Kurt Fink lachte, Oberlin wandte sich ab und sagte, jetzt wolle er allein gehen, er habe Kopfweh. Nach ein paar Schritten drehte er sich wieder um, sah Fink starr ins Gesicht und trat auf ihn zu. Plötzlich hatten sie einander untergefaßt und rangen, keuchend, schweigend, mitten in der Stille des Waldes, ohne Anlaß, ohne Streit, Wange an Wange, Brust wider Brust; keiner wich um einen Zoll, keiner konnte den Gegner bewältigen, da ließen sie wieder voneinander. Oberlin hob die Mütze auf, reinigte sie von Erde und dürren Nadeln und setzte heiß atmend seinen Weg fort. Nach kurzer Weile hörte er Fink hinter sich ein leichtfertiges Lied singen.

Schweres Wetter hing im Westen, als er aus dem Wald trat, eine schwefelgelbe Wolke, ausgespien aus dem Rachen einer ungeheuren schwarzen. Im Dorf läuteten die Glocken, Schafe trippelten lautlos über den Hügelhang, ein paar Krähen fielen wie Tintenklexe in die Furchen. Oberlin schlug im Gehen die Hände vors Gesicht; es war ihm bitter ums Herz, bitter und süß; in einen Strudel von Sehnen wurde es hinuntergezogen, dieses willige, brennende Herz; die Welt war verloren, in die pochenden Adern verkroch sie sich, das Bittersüße schnürte die Kehle zusammen; man hätte niederkauern müssen, die Arme in die Erde wühlen, die Augen ans Finstere pressen, sie sahen so viel, sie wußten so viel. Das Donnergegroll rührte ihn mächtig an; er trug Verlangen; Straße auf und Straße ab war leer; er war sich feind, er war sich alt.

Bei den Akazien vor dem Eingang warteten Mathys und Richter auf ihn. Sie erkundigten sich, wo Fink geblieben sei. Sie zogen ihn in den Garten und dort wanderten sie zu dreien eine Weile auf und ab. Unbewußt erfüllten sie die Aufgabe der Freunde, zu besänftigen und zu vergessender Ruhe zurückzuführen. Doch hatte ihr Tun einen vorgesetzten Zweck; Justus Richter, dem sein sprudelndes Temperament Vorsicht nicht leicht machte, begann mit einer mißfälligen Bemerkung über die zwischen Oberlin und Fink herrschende Intimität; Georg Mathys milderte die Schärfe; er sagte, für ihn sprächen Geschmacksgründe gegen einen solchen Verkehr, auch Gründe der Selbstliebe; neben dem wurmigen Holz kränkle das gesunde bald. Seine Herzlichkeit und Zartheit, Richters warme Art drangen zu Oberlin; mit aufleuchtenden Blicken reichte er ihnen die Hand; sie begriffen; sie waren mit der Erklärung zufrieden.

Eine Stunde später war die Siedlung Schauplatz fiebernder Aufregung. Kurz nach der Heimkehr schon hatte man Lucian mit einem Zeitungsblatt in der Hand auffallend bleich in die Kanzlei eilen sehen. Er hatte sofort eine Konferenz der Lehrer und Präfekten einberufen. Die Zeitung, so erwies sich bald, war die neueste Nummer des Landboten für den Neckarkreis und enthielt einen wutschnaubenden Artikel über die sittenlosen, oder wie es wörtlich hieß, sardanapalischen Zustände in der Hochlindener Schulgemeinde, dieses Geschwür am Leibe eines christlichen Staates. Zugleich hatte von der Leyen ein trockenes, Rechtfertigung heischendes Schreiben des Berliner Geldkonsortiums erhalten. Nicht genug damit, brachte dann die Achtuhrpost, gerade als zu Tisch geläutet wurde, mehr denn anderthalb Dutzend Briefe von Eltern, teils an die Söhne selbst, teils an den Leiter der Anstalt, mit dem empörten Hinweis auf skandalöse Enthüllungen, die ihnen von vertrauenswürdiger Seite zugegangen seien und die, falls sie bestätigt würden, längeres Verbleiben der Zöglinge unmöglich machten. Man forderte deshalb schleunigen wahrheitsgetreuen Bericht. Vier Schüler aber erhielten Telegramme mit der Ankündigung von der Ankunft des Vaters oder der Mutter, und einer, das war Oberlin, mit dem kategorischen Befehl, ohne Verzug nach Hause zu reisen, wenn tunlich am selben Tag. Aus dem Wortlaut der Depesche war zu entnehmen, daß er der Ratsherrin als ein an den Vorgängen unmittelbar Beteiligter denunziert worden war.

Bestürztes Rennen über die Gänge. In den Sälen traten Gruppen zusammen; jeder brachte jeden Augenblick neue Kunde. Draußen tobte das Gewitter und plätscherte der Juniregen. Gegen neun Uhr hieß es, im Spielsaal solle Beratung stattfinden. Dort herrschte alsbald ängstliches Gewühl. Georg Mathys wurde umringt und man wollte seine Meinung hören; er hatte sich nicht nur im Verhältnis zu seinen Angehörigen eine gewisse Selbständigkeit errungen, sondern genoß auch in der Schulgemeinde eine bevorzugte Stellung zwischen Zögling und Erzieher; Lucian hatte ihn als Helfer schätzen gelernt. Da er die Prüfungen bereits im Frühjahr abgelegt und bestanden hatte, war es nur die Neigung zum Lehrberuf, Interesse an organischer Entwicklung des Geistes, die ihn an Hochlinden fesselten.

Daß man ohne Wanken für Lucian einzustehen habe, brauchte er ihnen nicht zu sagen; es lag ihm im Gegenteil daran, einen zutage tretenden Übereifer zu bekämpfen, und dieses Bemühen erregte Unwillen, von Minute zu Minute mehr. Sie wollten zum Angriff übergehen, für die Bedrohung und Verunglimpfung des Führers Rache üben und sich für unabhängig erklären. Die Erörterung wurde ungestüm. Drei zugleich, vier zugleich ergriffen das Wort. Der anschwellende Aufruhr entzündete die Gemäßigten und Furchtsamen; die Besonnenen wurden niedergeschrien. Sturz der Autorität, hieß der Brandruf; man habe ein Recht zu leben, folglich ein Recht zu handeln; sich in einem so beispielhaften Fall bevormunden zu lassen sei Schmach; jetzt oder nie müsse es zum Austrag kommen zwischen ihnen und der verrotteten, vernörgelten Philisterhaftigkeit. Peter Ulschitzky stieg auf einen Stuhl und forderte mit gellender Stimme zur Gründung des Bundes neuer Jugend auf; der Einfall begeisterte; sofort entstand der Plan, Statuten zu verfassen; ein Knirps im Hintergrund schrie, alle sollten schwören, sich von nun an Vätern und Müttern nicht mehr zu fügen. Beifallsgejohl; Hände erhoben sich; ein knatternder Donnerschlag brachte kurze Dämpfung des Tumults hervor, um so wilder stieg die Woge bis zum nächsten. Einige umarmten sich; einige brüllten zornig aufeinander los; einige erklärten, die Schule in ihrer bisherigen Verfassung sei abzuschaffen; Unterricht könne nur eine von den Schülern gewählte Persönlichkeit erteilen. Es fuchtelten Arme durch die Luft, die sich bemühten, etwas zu ergreifen, etwas in den Staub zu schleudern, sei es ein seit Menschengedenken beweihräucherter Götze, sei es ein unschuldiges ausgestopftes Wiesel an der Wand. Homer, Dante, Rafael und Mozart waren nicht sicherer davor, endgültig von ihren Thronen gestoßen zu werden als die Herren Erzeuger, die neben eisernen Kassen den schmählich erhandelten Mammon abzählten. Fluchwürdige Unterdrückung alles, eine Welt, deren morsche Stützen dem Sturmatem herrlicher neuer Zeit nicht standhalten konnte. Ja, neu soll es werden; neu die Gesetze; nein, fort mit Gesetzen, wozu braucht man sie, jeder hat sein unverbrüchliches Gesetz in sich; neu die Gefühle, schrankenlos, neu die Formen, jeder erfülle seine eigene: höher die Woge, höher der Gischt; erst das Bestehende zu Trümmern schlagen und die Ketten zerreißen, dann wollen wir darüber nachdenken, wie wirs uns erträglich einrichten.

Manche nahmen das Gewühl und Toben humorig auf, als Anlaß, das unterste zu oberst zu kehren und sich mit; doch waren die Schabernackleute in Minderzahl, und wenige waren so gutmütig oder wohlerzogen, daß nicht in ihrem Auge etwas von Haß, Vernichtungslust, gebändigtem und nun hervorbrechendem bösen Trieb erglomm. Jeder war Werkzeug für die wilderen Forderungen des andern, und jeder suchte wieder einen Schwächeren, den seine Unentschlossenheit verdächtigte, um an ihm den Rausch zu steigern. Dies hatte ungefähr eine halbe Stunde gedauert, da wurde die Mitteltür zum Korridor aufgerissen und Lucian zeigte sich auf der Schwelle, begleitet von mehreren Präfekten und dem bejahrten Mathematiklehrer. Er blickte über die Köpfe hin, verwundert, mit dem umbuschten, flüchtigen Lächeln; er kreuzte die Arme über der Brust; es war still. Einen suchte er mit den Augen; es war Mathys; er schaute ihn fragend an; Mathys zuckte die Achseln; seine Miene sagte viel.

Lucian trat in den Kreis, der sich öffnete, blickte abermals schweigend umher, und ihm antwortete immer tiefer werdendes Schweigen. Da vernahm man Schritte; sie waren unerwartet, diese Schritte, sie hatten etwas Ordnung und Zucht durchbrechendes in der bloß vom verrollenden Donner gestörten Stille. Sie rührten von Oberlin her, der sich von seinem Platz erhoben hatte, als Lucian unter der Türe erschienen war. Während des ganzen furchter-weckenden Lärms und Getümmels war er steif und stumm auf dem Fenstersims am Ende des Raumes gesessen, das Telegramm in seinen Händen. Er hatte kaum recht gehört, was die Kameraden geredet, geschrien, gebrüllt; oder wenn gehört, doch das Einzelne nicht erfaßt; der rasende Wirr-warr hatte ihn in sich selbst zurückgetrieben, so daß er in seiner Beklommenheit, Ratlosigkeit und Bestürzung über den Inhalt der Depesche wie hinter einer Mauer gefangen-blieb. Nun raffte er sich auf; die jähe Ruhe verlieh ihm eine verträumte Art von Mut; das Geräusch seiner Schritte war ihm aber ebenfalls erstaunlich, doch da eine Gasse für ihn gebildet wurde, besiegte er die letzte Scheu, ging auf Lu-cian zu, reichte ihm das zerknitterte Telegramm und sagte allen vernehmlich: »Soll ich nun gehorchen? Entscheide du.«

Die einfache Stimme und die einfache Frage brachten sonderbarerweise eine beschämende und ergreifende Wirkung hervor. Augen senkten sich, die bis dahin noch voll Kampfgier und Selbstgefühl gewesen waren. Lucian nahm das Telegramm, las es, dachte eine Weile nach, dann fing er an zu sprechen, ohne Oberlin vorerst zu beachten.

»Ihr denkt doch nicht, daß ich euch loben soll? Was ihr da getrieben habt, könnt ihr euch eine ersprießliche Folge davon erhoffen? Es hat verdammte Ähnlichkeit mit manchen Geschichten von den sieben Schwaben. Die sieben Schwaben nahmen das Maul immer gewaltig voll, wenn sie weit genug vom Schuß waren. Ihr seid sehr weit vom Schuß. Ich will euch auch keine Vorwürfe machen, sonst ginge es mir vielleicht wie dem alten Storch in meiner Heimat. Es war da eine der feierlichen Storchenversammlungen, wie sie gewöhnlich im Herbst stattfinden. Nachdem die Burschen anfangs ganz sittsam beraten hatten, erhob sich plötzlich ein ohrenbetäubendes Geschnatter und Geklapper, und nur ein einziger alter würdevoller Storch bewahrte Haltung und gab sich Mühe, die aufgeregte Gesellschaft zur Vernunft zu bringen; da fielen sie insgesamt über ihn her und hackten ihn mit den Schnäbeln tot. Ob sie dann trotzdem glücklich nach Ägypten oder wo sie sonst ihren Winteraufenthalt hatten, gekommen sind, weiß ich nicht. Es ist wahrscheinlich; demnach wäre also der alte lästige Friedenstifter wirklich entbehrlich gewesen, und sie hätten von ihrem Standpunkt aus so unrecht nicht gehabt, ihm den Garaus zu machen. *Exempla docent.* Hier stehe ich. Rührt die Schnäbel, Jungens. Ihr wollt nicht? Umso besser. Also gebt acht.«

Und er fuhr fort:

»Ich habe da draußen eine ganze Weile den Lauscher an der Wand gespielt. Und es war mir auch fast zumut, als hört ich meine eigene Schand. Zunächst hatte ich natürlich keinen Anlaß, mich von euerm Anathema getroffen und inbegriffen zu fühlen, denn schließlich zwitschert ihr ja, wie ich gesungen habe, und das müßte mir eigentlich, werdet ihr sagen, eine gewisse Befriedigung gewähren. Aber man hat immerhin ein halbes Hundert Jahre auf dem Buckel, und man mag sich selber noch so zugehörig dünken zu allem, was jung und rebellisch ist, der Saft in alten Knochen läßt sich durch keine Selbstüberredung achtzehnjährig machen, und so unabänderlich der Baum seine Ringe ansetzt und die erkaltende Lava ihre Kruste, so hat auch das vorgerückte Lebensalter seine Zeichen. Etwas in uns wird starrer, etwas in uns versteint, wir mögen tun und reden, so viel wir wollen, und das einzige was uns bleibt, ist, diesen Prozeß zu einem fruchtbaren und sinnvollen zu machen. Das habe ich in meiner Weise versucht. Wenn ich trotzdem zur Erkenntnis gekommen bin, daß die Stunde der Abdankung vielleicht auch für mich geschlagen hat, so darf euch das nach eurer turbulent geäußerten Gesinnung nicht groß verwundern. Ich erkläre mich also zum freiwilligen Autoritätsverzicht bereit; keine Zwischenrede, straft nicht Lügen, was euch der Geist eingegeben hat, ich erkläre mich bereit zum Verzicht, sage ich, allerdings unter einer Bedingung. Wenn von euch achtzig oder fünfundachtzig, die ihr vor mir steht, einer vortreten und den Beweis liefern kann, daß er eine persönliche Leistung vollbracht hat, irgend eine Tat, die für vorbildlich oder exemplarisch oder nachahmenswert oder rühmlich gelten muß, ein Opfer, das auf Gemeinsinn, auf selbständiges Menschentum deutet, eine Handlung großer Unerschrockenheit, edler Verleugnung und Entbehrung, irgend ein Werk, irgend ein schaffend Neues, irgend ein uns alle Förderndes, dann will ich meine Ämter und Befugnisse, die ich mir ja nur im Vertrauen auf meine bessere Einsicht und das bessere Wissen angemaßt, niederlegen und mich für einen eurer unwürdigen Usurpator halten. Nun? niemand meldet sich? Was für verlegene Gesichter? Noch vor zehn Minuten habt ihr die Mauern erschüttert und den Donner überdonnert mit euerm Weltbewußtsein und jetzt so kleinlaut? Meint ihr denn, ihr könnt mir imponieren, so lang ihr bloß das Kapital verwirtschaftet, das andere für euch aufgehäuft haben? Bildet ihr euch ein, Spinnweben wegzukehren und rostige Wetterfahnen vom Dach zu schmeißen sei schon was? Könnt ihr einen Schuh verfertigen? Könnt ihr einen Tisch zimmern? Könnt ihr ein Hufeisen schmieden? Könnt ihr Honigwaben aus dem Stock schneiden? Ich behaupte nicht, das sei nötig, um Gesetze diktieren und Richter sein zu können, aber auf das Elementare muß man sich verstehen, das muß man hinter sich haben. Und hier ist der Punkt, wo ich mich, sicherlich zur Genugtuung des Kameraden Mathys, eines Fehlers anzuklagen habe. Als ich da draußen vor der Türe stand, fiel mirs schuldschwer auf die Seele, daß ich euch und mich um dieses Elementare herumgeschwindelt habe, das einem echten Kerl freilich in den Gelenken sitzt, das aber gewußt und bedacht werden muß, sonst zersplittern die Schwerter am Urgestein und das Schädliche bläht sich hernach doppelt. Nichts anderes werf ich mir vor, als daß ich mirs zu bequem habe werden lassen, wie wenn einer ein Fell gerben und sich die Lohe ersparen möchte und glaubt, es sei dasselbe, wenn er Lohe, Lohe, Lohe schreit. Da lacht ihr, aber da ist nichts zu lachen, ich stamme von Gerbern ab, ich kann das beurteilen. Es ist bitterer Ernst. Um so mehr fühle ich mich zu dem Schuldbekenntnis gezwungen, als ich einen vorläufigen Abschied von euch zu nehmen habe. Ich werde die Schulgemeinde verlassen, um irgendwo den Verlauf dieser Verrats- und Verleumdungskampagne abzuwarten und mich jedem Schein, als wollte ich meine Freunde beeinflussen, zu entziehen. Ein stellvertretendes Lehrerkollegium übernimmt die Leitung, und daß ihr diesen Entschluß billigt, darüber bin ich nicht im Zweifel. Nein, nein,« rief er und streckte die Hände aus gegen Zudrängende, Bewegte, Bittende, »da ist nicht zu rütteln dran; es empfiehlt sich, und es schickt sich. Ich verabschiede mich auch von keinem allein, sondern von allen, als wär es ein Einziger.«

Jetzt blickte er Oberlin voll ins Gesicht. »Und du,« sagte er langsam, indem er beide Hände auf Dietrichs Schultern legte, »du gehorche nur. Du sollst gehorchen. Aber merk dies: vielleicht kommt der Tag, bald oder nicht bald, an dem kein anderer Mensch für dich da sein kann als ich. Dann mußt du mich zu finden wissen.«

Oberlin senkte den Kopf. Als Lucian den Saal verließ und die meisten ihm das Geleite gaben, stand er zu Boden schauend und von Blitzen umzuckt, die das Nachgewitter durch die hohen Fenster streute

Die zweite Stufe

Rottmanns Brief

Hochverehrte Frau Ratsherrin, es geschehen in der Schulgemeinde Hochlinden schlimme Dinge, vor denen Eltern ihre Söhne zu schützen verpflichtet sind. Wenn in einer Zeit der hemmungslosen gedanklichen Ausschweifungen in willensschwachen Jünglinzweite stufegsseelen der Keim der Verführung aufschießt, trifft es nur diejenigen überraschend, die zuvor die Augen in gutmütiger Blindheit geschlossen hatten. Beifolgender Zeitungsausschnitt wird Ihnen einen Begriff davon geben, bis zu welch bedenklichem Grad das Unwesen gediehen ist. Die Öffentlichkeit nimmt Anstoß, der Stein kommt ins Rollen, man wird sich mit den erzieherischen Grundsätzen des Doktor von der Leyen an maßgebender Stelle auseinandersetzen und den Stachel zu entgiften suchen, den er in leider allzu empfängliche Gemüter zu senken weiß. Wobei ich mir und andern nicht verhehle, daß man es mit einem Mann von hohen Gaben zu tun hat, von einer ungemeinen Kraft der Beeinflussung, der aber in der Hoffart und Rücksichtslosigkeit des entschlossenen Theoretikers keine Grenze achtet, auch die heiligste nicht, und lieber das ihm anvertraute Menschengut zugrunde richtet, als von dem einmal beschrittenen Wege abweicht. Um die gebotene Ehrerbietung nicht zu verletzen, darf ich in meinen Andeutungen nicht ausführlicher werden; nur so viel will ich erwähnen, daß ich mit offenem Visier auf den Plan trete, mich der Verantwortung in keinem Punkt entziehen werde und mich, was den unzüchtigen Vorfall betrifft, der die letzte Ursache meiner Trennung von Doktor von der Leyen war, auf das freie Eingeständnis Ihres Sohnes Dietrich mir gegenüber und vor einem Zeugen berufen kann. Legen Sie es einem fernstehenden, aber ergebenen Freund nicht zur Last,

hochverehrte Frau, daß er es wagt, Sie mit solchen Widrig-
keiten zu belästigen. Seine Erwägung ist, eher das Odium
des Angebers auf sich zu nehmen, als unter dem Gewis-
sensvorwurf zu leiden, er habe das äußerste nicht getan, um
eine würdige Familie vor Schande zu bewahren und einen
jungen Menschen, der ihm trotz verzeihlicher Charakter-
mängel wert ist, einer mit jedem versäumten Tag drohender
sich gestaltenden Gefahr zu entreißen. In besonderer Hoch-
schätzung Alfred Rottmann, Lehrer, zur Zeit Freiburg,
Domgasse 8.

Dorine

Dorine Oberlin war vierzig Jahre alt. Sie hatte eine Jugend im Sinn von Freiheit und Überschwang nicht gelebt,
daher fühlte sie dieses Alter nicht als Abstieg und nicht als
Verarmung, sondern als Ergebnis eines natürlichen
Prozesses, der sie weder zur Rückschau zwang, noch zum
Bedauern. Unbestrittene Gebieterin in ihrem Kreis, hielt sie
sich im Verhältnis zu Menschen und Dingen an die be-
währte Regel. Nichts was von außen zu ihr drang, von der
Welt der Gleichgeordneten nicht und von der der Untergebenen nicht, hatte bisher vermocht, sie zu beunruhigen.
Das Dasein war vollkommen durchsichtig für sie gewesen.

Mit einundzwanzig Jahren hatte sie den um zwanzig
Jahre älteren Mann geheiratet, der ihr gesicherte Umstände,
glänzende gesellschaftliche Stellung und ein Miteinander-
leben ohne Konflikte versprach. In der Tat war die Ehe
niemals durch einen Zwist, einen Wortwechsel, eine Verstimmung getrübt worden. Beide Partner waren
gleichgerichtet in ihren Neigungen, Anschauungen, Gewohnheiten und äußeren Beziehungen. Die gänzliche
Leidenschaftslosigkeit der Führung bewirkte in den ge-

meinsamen Fragen einen Ausgleich ohne Rest. Es konnte kaum von Sich-fügen die Rede sein, von Nachgeben auf der einen oder der andern Seite, da Wunsch und Wille stets aus der nämlichen Wurzel kamen und Übereinkunft sich ergab wie bei zwei Reisegefährten, die weder über den Weg noch über das Ziel ein Wort zu verlieren brauchen.

Hieran änderte sich nichts mit der Geburt und dem Aufwachsen des Sohnes. Wie das Verhalten zueinander so stand auch das zu dem Knaben unter einem Gesetz, das freilich bei den konservativsten Familien der Stadt seine ursprüngliche Geltung nicht mehr besaß und von modernem Geist, moderner Schwäche etwa seit der Wende des Jahrhunderts angekränkelt war. Man mochte es patriarchalisch nennen oder bürgerlich-patrizisch, es war Frucht von altüberbrachten Lehren und Erfahrungen, die im Blut wirkten und der profanierenden und entkräftenden Aussprache nicht bedurften.

Der Ratsherr Oberlin, bis in die Faser den Interessen der Gemeinschaft ergeben, zu deren vornehmsten Hütern er gehörte und sich zählte, brach vielleicht daran, daß er die Heraufkunft neuer Welt und Zeit voraussah und im ahnungsvoll erschütterten Innern spürte, daß seine und seiner Geschlechter Uhr abgelaufen war. Bei einem politischen Anlaß hielt er in der Ratsversammlung eine Rede, die einigen Teilnehmern durch das schmerzlich-aufrüttelnde Geständnis davon unvergeßlich geblieben war.

In der wachsenden Schwermut dann quälten ihn hypochondrische Befürchtungen in bezug auf den Knaben, und er suchte grüblerisch nach Mitteln, wie er vor dem Unheil zu retten wäre, als ob der Brand, der den Besitz der Menschheit bedrohte, vor diesem allein hätte Halt machen sollen. Einige Tage vor seinem Tod hatte er eine Unterredung mit Dorine, in der es sich ausschließlich um die Richtlinien handelte, nach denen Dietrichs Erziehung zu vollenden sei.

Es lag an der Atmosphäre von Dorines Leben, dem spröden Sichtragen, nüchternen Erscheinen, erzogenen und kühl-heiteren Selbstsein, daß sichtbare Zärtlichkeit gegen Dietrich nie hervorgetreten war. Das einzige Kind; der erfüllte Sinn ihrer Frauenexistenz; ein wohlgeratener Mensch, fügsam, bildsam, erfreulich anzusehen, angenehm im Umgang; alles das war selbstverständlich. Schicksal war selbstverständlich. Daran, daß einer war wie er war, hatte er kein Verdienst; fuhr er doch in einem tüchtigen Fahrzeug auf breitem Strom, und das Wesentliche war ihm, als Erben vieler Trefflichkeit und edler Art, bereitet und gebaut. Man ließ sich auch selbst nichts durchgehen, hatte acht auf den Tag und diente Gott zu seiner Stunde. Da hätte Weichlichkeit dem frevlen Aufdröseln eines dauerhaften Gewebes geglichen.

Eines freilich ruhte in ihrem Gemüt als Grundstein von Denken und Fühlen, und nach dem Tod des Gatten noch tiefer darin versenkt denn zuvor: dieser Sohn war ihr Eigentum; nicht zu schmälerndes, von ihm nicht, von andern nicht; unbedingt ihr gehörig wie kein Ding auf Erden sonst, Teil von ihr. Fleisch von ihr. Daß er auch eines Sinnes und Wesens mit ihr war, dünkte ihr über jeden Zweifel und Argwohn erhaben.

Es hatte den Anschein, als habe die Witwenschaft verjüngend auf Dorine gewirkt. Manche versicherten es ihr taktlos schmeichelnd. Ihr Gesicht hatte Festigkeit und frische glatte Haut. Die Form des Kopfes war anmutig schmal, die Stirn von einer gutrassigen Flachheit. Die Nase war ein wenig gestülpt, mit nervös-beweglichen Flügeln; die Lippen traten leicht hervor, und die obere, entschlossene, zwang die untere, etwas bedächtige, ihr im Schwung zu folgen. Das stark entwickelte Kinn deutete auf Herrschsucht. Die langwimprigen Augen waren von intensivem Blaugrau; sie hatten einen kalten Blick im Vordergrund, einen unbestimmteren, fast fragenden dahinter. Die Lider, umschattet und gelblich verfaltet wie bei Menschen, die wenig und schlecht schlafen, verrieten am merklichsten die vierzig Jahre; im übrigen hätte sie für dreißig gelten können.

Sie besaß einen gesunden Organismus, ruhige Nerven, und ihre Lebensgewohnheiten waren so anspruchslos wie gleichmäßig. Doch führte sie auch nach dem Ableben des Ratsherrn das Haus im selben Stande weiter, niemand vom Gesinde wurde entlassen, und zu jeder Frist konnten Gäste eintreffen, ohne irgend Ungelegenheiten zu verursachen. Sie war Sammlerin und Kennerin von altem Porzellan. In der Ermatinger Villa waren kostbare Schätze davon aufgespeichert; sie hatte ihre Korrespondenten, und bisweilen besuchten sie Händler, um ihr ein kostbares Stück anzubieten. Daneben trieb sie ziemlich ernsthafte botanische Arbeiten, legte Herbarien an, las die einschlägigen Werke und gelehrten Fachschriften, und ihr Spezialstudium war die hochalpine Flora.

Wenn der Föhn einbrach und die Schlaflosigkeit, die zu Zeiten wie Krankheit über sie kam, folternd wurde, packte sie den Rucksack, fuhr ins Oberland und stieg auf die Berge. Sie konnte zehn Stunden wandern, ohne zu ermüden, hatte Führer, die sie bevorzugte und schreckte vor den schwierigsten Gletscherpartien und Felsklettereien nicht zurück. Davon machte sie aber kein Aufhebens, es war ihr sogar unangenehm, wenn es beredet wurde, und hauptsächlich um diese Liebhaberei zu bemänteln, hatte sie sich von ihrem Arzt Heuer das Leuckerbad verordnen lassen.

Banger Traum

Der Brief Rottmanns und der mitgesandte Zeitungsartikel flößten ihr wohl Schrecken ein, doch faßte sie nicht die Anklage. Unerläßlich erschien es ihr, Dietrich zurückzurufen, und ebenso unerläßlich, genaueren Aufschluß zu erhalten, als der Brief ihn gab. Daher schickte sie zugleich mit dem Telegramm an Dietrich eines an Rottmann und ersuchte ihn, zu einer persönlichen Unterredung nach Basel zu kommen. Einen entsprechenden Geldbetrag wies sie telegraphisch an. Es war eine Reise von zwei Stunden, und er traf noch am selben Nachmittag ein.

Der Mann mißfiel ihr. Sie fand ihn verschlagen, ärgerliche Mischung von Untertänigkeit und Insolenz. Aber das wollte nichts bedeuten gegenüber seinen Eröffnungen, die den Stempel der Wahrheit trugen.

Es war außerordentlich peinvoll. Sie hatte an die bloße Möglichkeit von Dingen nie hingedacht, die dieser schilderte, als seien sie in seinem Beruf alltäglich. Er wählte die Worte mit Vorsicht und errötete sogar vor der strengblickenden Frau, als er von dem Nacktlauf und der mit einem Kuß besiegelten Umarmung notgedrungen sprechen mußte; er schien durchaus nicht zu fühlen, wie niedrig ihn seine Betretenheit machte. Nur zögernd nannte er die Gründe, die ihn bewogen hatten, sich wider die Verfügung aufzulehnen, daß die Knaben sich in völliger Blöße im Freien tummeln sollten. Worüber er sich vornehmlich ausließ, war der verhängnisvolle Geist der Entfesselung, mit dem Lucian von der Leyen seine Schüler erfüllte, die beständige verderbliche Lehre, mit dem Herkommen zu brechen, nichts gelten zu lassen, was bisher unantastbar gewesen, die Schranken des Egoismus und der Genußsucht niederzureißen und sich zu befreien, das heißt kein anderes Gesetz anzuerkennen als das von den eigenen Leidenschaften diktierte.

Da aber Dorine Fakten zu erfahren begehrte, beweisbares Einzelnes, Worte, Handlungen, Geschehen, zitierte er Gespräche und Reden, deren Zeuge er gewesen, erbot sich, Tagebuchnotizen vorzuweisen, schilderte die Art des Umgangs von Lucian mit den Zöglingen, die fangende, verfängliche, Neugier und Wißbegier aufreizende, den jugendlichen Enthusiasmus mit schlauester Herzenskenntnis weckende; wie ein Ausspruch über Eltern, Häuslichkeit, Religion, Staat als ätzender Tropfen in die jungen Seelen träufelte, unlöslich vermengt mit Freundschaft, Zutrauen, Interesse, und wie durch ein Lächeln, ein Achselzucken zunichte gemacht werde, was Liebe und redliche Bemühung der Angehörigen aufgebaut. Darum sei es ihm gegangen, sagte er zum Schluß, daß diese wenigstens zu wissen bekämen, wo der Verwüster zu suchen sei, wenn sie eines Tages entdeckten, daß ihre Hoffnung in Scherben vor ihnen läge; in einer Welt, in der der Idealismus ohnehin zum Tod verurteilt sei, habe er sichs zur Pflicht gemacht, sich gegen die Henker zu stemmen, auch gegen so geschickt vermummte wie von der Leyen einer sei.

Dorine ging im Zimmer auf und ab wie eine Tigerin. Weshalb man ihr denn die Anstalt empfohlen habe? Gebe es also solche, die das leichterdings auf ihr Gewissen nähmen ? Ob er glaube, daß die Folgen unabänderlich und unheilbar seien? Ob er es einer besonderen Anlage Dietrichs zuschreibe, daß er nach so kurzer Frist in den Mittelpunkt des abscheulichen Treibens getreten sei? Was sie tun, wie sie sich ihm gegenüber verhalten solle?

Sie redete eigentlich laut mit sich selbst, erschrak auch über sich selbst, faßte sich, schnitt die gewundenen, mit Philosophie und Schmeichelei verbrämten Trost- und Beileidsfloskeln des Mannes schroff ab, dankte ihm für seine Willigkeit und guten Dienste, fragte, ob sie sich bei Gelegenheit seiner erinnern dürfe und entließ ihn.

»Den Jungen wieder auf die rechte Bahn zu bringen, wird keine Schwierigkeit haben, der ist aus prächtigem Stoff,« war sein letztes Wort, auf das sie nur ein höfliches Kopfnicken hatte. Als er draußen war, zeigte ihre Miene Widerwillen. Nein, dachte sie verächtlich, jetzt keinen mehr von euch Seelenquacksalbern, jetzt heißt es, Aug in Aug mit ihm sein und sehen, was verdorben ist und was zu retten ist.

Hierüber grübelte sie den Rest des Abends: was verdorben sei und was zu retten sei. Sie versuchte, sich den Knaben in den Situationen vorzustellen, die der von ihr im Innersten beargwöhnte Mensch teils geschildert, teils hatte ahnen lassen. Es war nicht möglich. Im ziellosen Spähen schauderte sie schon. Die Welt wurde Kloake.

Den Knaben: ihren Knaben; Dietrich. Dietrich ohne Scham. Oder nur Opfer von Schamlosen. Oder, wenn dies Tun auch vor minder strengem Blick hätte bestehen können, in einer Auffassung bestehen, die sie nicht zu begreifen fähig war, dann doch Schritt um Schritt weitergetrieben, der Verführbare verführt, der Ehrfürchtige sich erfrechend, der Gehorsame widersetzlich, der Offene verstockt. Und wie ihn gewinnen, wie ihn zur Mitteilung stimmen, damit sein Wort am Wort jenes andern zu messen war, der nicht gelogen haben mußte, um doch Lügner zu sein? – Und wie ihm Unbefangenheit zeigen, die natürliche Scheu überwinden, wenn sie genötigt war, ihn zur Rede zu stellen, den Trotz niederhalten, in dem er, auch er vielleicht, zum Lügner wurde, zum Verheimlicher, Beschöniger?

Es ging um alles. Die Stunde will bedacht, zehnmal bedacht sein, in der ein Wesen abspenstig werden kann für immer. Da entscheidet ein Hauch, eine unüberlegte Gebärde. Schlimm, wenn er ahnte, um was es ging; schlimmer noch, wenn er ohne Ahnung war. Schlimm, wenn es zum Austausch von Meinungen kam; schlimmer noch, wenn sie zum Geständnis überreden sollte. In jedem Fall war ein Geisterband zerrissen und etwas herabgezogen ins Für und

Wider, ins Nein und Ja, was hoch darüber geschwebt hatte, schlummernd.

Gegen Morgen hatte sie einen Traum. Sie hörte eine Stimme, die ihr zurief: Mutter! Dann hörte sie eine andere Stimme, die ihr zurief: Frau! Jene war eine erstickte und verhallende Stimme, diese eine lebendige und nahe. Aber stets, wenn sie der einen lauschte und sich dorthin kehrte, von wo sie kam, rief die andere sie um desto dringlicher an, bis sie schließlich voll Angst, die Hände an die Ohren pressend, entfloh.

In einem Tropfen Blut

Der Tag der Rückkehr erschien Oberlin dunkel-schächtig wie ein Brunnen.

Die Mutter sei ausgegangen und käme vor Abend nicht nach Hause, wurde ihm gesagt. Dies zu hören, war ihm nicht unlieb; es verzögerte das Mißliche und Ungewisse der Begegnung, und er durfte ihr etwas verübeln, was von Kälte, wenn nicht Feindseligkeit zeugte, denn er hatte sie von seiner Ankunft benachrichtigt.

Er packte seinen Koffer aus und legte Bücher, Wäsche, Kleider ordnungslos herum. Dann erwachte die Ungeduld und trieb ihn durch die eigentümlich starren Prunkräume des Geschosses. Daß sie kleiner waren als noch gestern die Vorstellung von ihnen gewesen, verlieh ihm Sicherheit.

Die Frage: was wird mit mir geschehen? beschämte, weil sie ihm zu spüren gab, daß über ihm ein fremder und stärkerer Wille war. Beim königlich-sonoren Schlag der Florentiner Uhr, die die sechste Stunde meldete, war sein Gedanke: so ist dieser Wille, unüberhörbar, unwiderleglich. Eingedrungen wie der Ruf der Uhr war er in das Haus, teilte die Zeit, thronte richterlich. Aber ich habe einen neben mir, hinter mir, der auch ein Wort mitreden wird, sagte er sich.

Im Vorübergehen öffnete er ein Album, und das erste Bild, das ihm in die Augen fiel, war das der Mutter. Er betrachtete es verwundert. So hübsch kann sie doch nicht sein, dachte er, das war vor langer Zeit. Da vernahm er ihren Schritt, wandte sich um, die Tür ging auf, freundlich-rasch eilte sie auf ihn zu und reichte ihm die Hand. Mit einer Art von Bestürzung nahm er wahr, daß sie wirklich eine noch jugendliche Frau von besonders geprägter Schönheit war, schlank, elegant, geschmeidig. Er hatte es nicht gewußt. Er hatte es nie gesehen. Die Mutter, obwohl jahrlos, war das Alte gewesen, stets im nämlichen Kreis, in der nämlichen Würde und Ferne.

Die Schwierigkeit des ersten Beisammenseins zu besiegen, ohne ihn zu überfallen und sich überfallen zu lassen, hatte Dorine Mittel genug. In allem, was sie tat und sagte, war sie klug bemüht, Spannung zu beseitigen. Kein Blick von ihr ließ merken, wie sie ihn im Auge hielt, jede Bewegung verfolgte, jeden Tonfall behorchte. Sie wollte ihn verändert finden und fand ihn verändert: geschlossener, verborgener. Dann wieder nicht; dann wieder freier, lebhafter. Beides war nicht das Gewünschte. Ihr Forschen bezog sich auf den Verlust von Kindlichkeit; da berührte sie schon die rauher gewordene Stimme, der dichtere Flaum auf der Oberlippe ängstlich. Auf den Verlust von Leitbarkeit; da war ein Lachen, ein fertiges Urteil, eine allzu runde Bemerkung, die ihr nicht gefallen wollten. Er hatte früher mehr Distanz gehabt, mehr wartende Unterordnung. Oder täuschte der brodelnde Argwohn?

Ihn harmlos zu machen, erwies sich als überflüssig. Er war harmlos. Sie hatte geglaubt, ein wenig gehofft sogar, daß er von schlechtem Gewissen bedrückt vor sie treten werde. Davon war keine Spur; im Gegenteil, eine neugierige Erwartung wich nicht aus seinen Mienen, als sie jeden Versuch zur Aussprache vorsätzlich, wie er genau spürte, vereitelte. Schließlich war sie selbst die Bedrückte, und um nicht noch mehr Boden zu verlieren, sah sie sich genötigt, ihm entgegenzukommen. Es war schon spät am Abend, und ihre leicht hingeworfene Frage nach seinem Leben in der Schulgemeinde klang mehr wie der Abschluß als wie der Beginn eines Gesprächs.

Dietrich atmete befreit auf. Ohne zu antworten, stellte er hastig die Gegenfrage, weshalb sie ihn zurückgerufen, so jäh und drohend, zwei Wochen vor Semesterschluß. Sie war erstaunt. Daß er sich völlig unwissend geben würde, darauf war sie nicht gefaßt; dennoch wollte sie ihn nicht der Heuchelei bezichtigen; so konnte ein Heuchler nicht fragen und blicken. Seine Offenheit, der dringliche Vorwurf in seinen Augen ließ sie an der Wahrheit der Anklage zweifeln. Sie wurde irre und fühlte sich erleichtert. In Kürze und mit kühlen Worten berichtete sie von der Denunziation, verhehlte auch nicht, daß sie sich, um sicherer zu gehen, bereits mit Rottmann ins Vernehmen gesetzt und obwohl sie, in unüberwindlicher Scheu halb, halb in politischer Absicht, die Vorgänge kaum andeutend streifte, deren Kenntnis sie Rottmann verdankte, durchtränkte doch das Unbehagen und der Widerwille dagegen jede Silbe.

Nicht minder klar malte sich auf Dietrichs Gesicht die Empörung über das Spiel hinter der Wand, den Verrat Rottmanns, in den er die Mutter verstrickt sah. Er hatte den Zusammenhang freilich erraten, dazu war kein Scharfsinn vonnöten, und niemand in Hochlinden war in Ungewißheit gewesen, wer den tückischen Streich geführt. Aber die Bestätigung gab ein anderes Bild als die Vermutung.

Eine Weile schaute er denkend vor sich nieder. Dorine beobachtete ihn aufmerksam. Zu ihrer Überraschung gewahrte sie ein Lächeln auf seinen Lippen, helles, herzliches Lächeln. Plötzlich packte er ihre beiden Hände und sagte: »Du, Mutter, wenn du eine Ahnung hättest, wie es war!«

Dorine entzog ihm ihre Hände, unwillkürlich fast; sie kreuzte die Arme über der Brust und erwiderte freundlich: »Nun also, wie war es? Erzähle.«

Der Aufforderung hatte es nur bedurft, damit der verhaltene Strom hervorbrach. Dorine traute ihren Ohren nicht. Was für Worte; woher die Worte? woher die Kühnheit, sie ihr gegenüber zu gebrauchen? Redete man über Menschen so, wie er über diesen Lehrer? Es hätte einer ein Halbgott sein müssen, um nur den geringsten Teil dessen zu verdienen, was der unerschöpflich begeisterte Knabenmund an ihm zu preisen hatte: Wissen und Geistesmacht, Verstehen und Größe der Seele, Führertum und Genie der Freundschaft, Fülle des Erlebens und kristallene innere Welt, ruhige Würde und vertraulichsten Umgang.

Die Gespräche; wie Unterricht gemeinsames Wirken war; wie an jeder Tätigkeit die Natur Anteil hatte und Buchstabe und Regel nichts mehr galten; wie das Wirre sich von selber ordnete, jedes Ding sein richtiges Maß und Gewicht erhielt und ursprünglichen Sinn; wie man bloß das hatte achten müssen, was Achtung erheischte; wie reinlich sich das Gute vom Bösen schied, das Unnütze vom Nützlichen; Lucian brauchte nur eins gegen das andere zu halten, und es fiel einem wie Schuppen von den Augen, so daß man von Vorurteil und Aberglauben entlastet wurde. Er hätte es bald gemerkt, wie viel Vorurteil und Aberglauben er gedankenlos mit sich geschleppt, und sein Gehirn sei ihm wie ein Kehrichthaufen erschienen.

Wie man den Tag verbracht; planvoll, in froher Zuversicht von einer Stunde zur nächsten. Nichts häßlich Befohlenes, keine Fußangeln, Predigten, Strafmandate, alles Lockung, Versprechung, Lohn, Wetteifer, williger Beschluß. Da er das kennen gelernt, fürchte er, jedes andere Dasein werde ihn unbefriedigt lassen, ihm traurig und zwecklos vorkommen wie Krebsgang. Er könne sich des Gefühls nicht erwehren, als habe man ihn aus der einzig förderlichen Bahn gerissen, und er wisse nun nicht wohin, zumal ihm ganz und gar nicht einleuchte, weshalb man so mit ihm verfahren.

Dorine bezwang sich, ihm ohne Gereiztheit zu antworten. Sie sagte, die Beurteilung dessen, was sie zu seinem Besten verfügt, stehe ihm nicht zu, auch was seine Zukunft anlange, könne er getrost ihrer Einsicht vertrauen. Er habe ja mit viel Eifer und Beredsamkeit die in Hochlinden verbrachte Zeit geschildert; sie freue sich, daß er alles in so schönem Licht sehe, obgleich sie mit seiner Schwärmerei, die schon ans Ausschweifende grenze, nichts Rechtes anzufangen wisse; wundern müsse sie sich aber doch, daß er über die Bezichtigung, den dunklen Fleck in dem rosigen Bild, in geschicktem Bogen hinweggvoltigiert sei. Ob er sich da nicht einer Unehrlichkeit schuldig gemacht habe? Er möge mit sich selber darüber ins Gericht gehen, denn hören wolle sie jetzt nichts mehr, heute nichts mehr. »Nur so viel,« und sie beugte sich mit großaufgeschlagenen Augen näher zu ihm, »ehrlich will ich dich wieder haben, ehrlich vor allem.«

Sie endete mit einem Lächeln und nickte ihm lächelnd zu. Er erhob sich, um gute Nacht zu sagen, zögerte aber. Sein Blick war ratlos. Er verstehe nicht genau, was sie meine, stammelte er. Oder doch, freilich; auch dort sei ja schließlich von nichts anderem gesprochen worden; er verstehe trotzdem nicht, was daran schimpflich sein solle, weshalb man so viel Wesens davon mache. Er habe sich den Kopf zerbrochen und verstehe es nicht. Er wurde flammend rot und schwieg, dann auf einmal, unter dem musternden, bohrenden Blick der Mutter, glaubte er es zu verstehen, es zu ahnen wenigstens, und seine Augen senkten sich in Scham.

Auch Dorine verfärbte sich. Das Zwiegespräch dünkte ihr unerträglich. Der Raum drehte sich im Kreis. Der Knabe hatte das Gesicht eines Verworfenen; sie selbst erschien sich als das Opfer boshafter und schmutziger Umtriebe. »Geh,« sagte sie mit mühsamer Gelassenheit, »es ist spät, ich bin müde.«

Schuldgefühl und Grollgefühl waren in ihr. Lange saß sie allein. Sie schob den Ring mit dem Smaragd an ihrem Goldfinger hundertmal über die Gelenke, endlich schmerzte die Haut und ein Blutstropfen quoll neben dem Knöchel hervor. Während sie darauf niederschaute, wurde er groß und größer, wie eine Seifenblase, wie eine Schusterkugel, und im hohlen und durchsichtigen Innern sah sie eine widrige Vision: den Unbekannten, den Verführer, nackt; neben ihm Dietrich, nackt, und in Umschlingung beide. Versteinerndes Grauen rann ihren Leib entlang, eilig wischte sie das Blut mit dem Taschentuch ab. Aber das Bild war ihrem Geiste eingebrannt; es fruchtete nicht, daß sie es mit Zorn, mit Haß und Häßlichkeit belud, und wie es aus dem Blut entstiegen war, so blieb es im Blute drinnen.

Ehe sie sich schlafen legte, ging sie durch die Zimmerreihe bis zu Dietrichs Stube, machte an der Tür Halt, ging wieder weg, kehrte zurück, drückte die Klinke leise nieder, öffnete und lauschte.

Sie hörte ihn tief und ruhig atmen.

Am nächsten Morgen fuhr sie nach Glarus, denn sich in der Höhe oben zu sammeln und zu besinnen, war Bedürfnis. Auch hatte sie seit drei Nächten nicht mehr geschlafen. Als Dietrich zum Frühstückstisch kam, war sie schon fort, und das Mädchen händigte ihm einen Zettel ein, auf dem sie ihm in ein paar herzlichen Zeilen mitteilte, daß sie zum Sonntag wieder zuhause sein würde und ihn anwies, sich für die baldige Übersiedlung nach Ermatingen vorzubereiten. Einerseits freute sich Dietrich der Aussicht, andererseits wehrte er sich gegen diesen Willen, der ohne vorherige Übereinkunft befahl und immer nur befahl.

Nymphe und Faun

Die Einsamkeit war schlimm. Unversehens wurde das Buch, das er las, zum Feind. Die gedruckten Worte verschworen sich mit gedachten. Das aufgenommene Bild zerfloß gestaltlos in den Schatten. Zwiesprache fehlte, Deutung fehlte, naher Herzschlag fehlte. Da die Tage schwül waren, ging er vormittags und nachmittags ins Rheinbad. Unter dem Gelächter und den Scherzen der Gleichaltrigen war er ein Fremder. Kameraden von ehedem mied er. Wohlwollende Blicke junger Mädchen, die er kannte, erzürnten ihn. Spaziergänge langweilten; durch die Straßen schlendern verstimmte; so setzte er sich aufs Rad, fuhr meilenweit über die Landstraße, am liebsten der untergehenden Sonne entgegen, deren Glut er trinken zu können glaubte. Oft irrte er durch das Haus, griff nach Folianten in der Bibliothek, blätterte zerstreut, durchsuchte Schubladen und Truhen, stieg auf den Dachboden, steckte den Kopf durch die Luke, heftete den Blick gierig auf Wolken, Mauern, Fenster, die wimmelnden Menschen in der Gassenschlucht, warf sich bäuchlings in einen Winkel, wo Staub aufwirbelte und Spinnennetze rissen, fing an zu singen, endete den Gesang mit einem Gelächter, einmal auch mit einem harten Aufschluchzen, das sich zu seinem eigenen Schrecken aus der Kehle würgte wie der Laut eines in ihm versteckten andern. Und wieder einmal hörte er mit demselben Schrecken, daß seine Stimme fragte: »Wenn mir nur einer sagen könnte, wer ich bin.« Sich aufreckend, antwortete er flüsternd: »Oberlin bin ich, Oberlin bin ich.« Und er faßte seine Arme und seine Stirn an.

Da war die Mutter schon zurückgekehrt. Er nahm sich vor ihr zusammen. Er wachte über sein äußeres Gehaben, das schmiegsame, gefällige, art- und standesbewußte, das ein um ihn gezimmerter Rahmen war. Es geschah weniger in der Absicht, sich dem Scheine nach zu unterwerfen, als aus Furcht, sich zu verraten. Ihn dünkte zuweilen, er habe einen Aussatz am Leibe, der dem spähenden Blick über ihm um jeden Preis verhehlt werden mußte.

Sie kamen überein, daß er bis zum Oktober Ferien haben und sich dann das Pensum der Prima mit Hilfe privaten Unterrichts aneignen solle. Vom Besuch der Schule wollte Dorine unter Berufung auf das ärztliche Verbot nichts wissen. Dietrich, dem hieran nichts gelegen war, stimmte zu. Herbst, Winter, nächstes Jahr, das waren ungeheuer entfernte Zeiträume; schien es doch jeden Abend, als stieße man auf einem Nachen vom Ufer ab, ins Grenzenlose.

Mit Anfang Juli zogen sie in die Villa. Dietrich erinnerte Georg Mathys und Justus Richter an ihr Versprechen, zu kommen; Mathys antwortete aus Hochlinden, er sei von Lucian, der in Stuttgart weile, gebeten worden, noch sechs Wochen mit den Ferienzöglingen in der Schulgemeinde zu bleiben, dann müsse er einige Zeit mit seinen Eltern verbringen, und erst in der zweiten Septemberhälfte sei er frei. Für diesen Termin habe er sich auch mit Richter verabredet. Justus Richter schrieb in demselben Sinn.

So waren Mutter und Sohn nah aneinander gewiesen, näher als je, zumal der Aufenthalt mit tagelangem Regenwetter begann. Dorine sah sich vor der Aufgabe, Freunde zu ersetzen, Ablenkung zu schaffen, die gleichmäßigen Tage mit Bewegung und Wechsel zu füllen, wenn sie erreichen wollte, was sie sich in der Stille der Berge auf gedankenvollen Wanderungen vorgesetzt. Sie selbst brauchte die Menschen nicht, ihr Geist beschäftigte sich kaum mit ihnen, der Abschluß gegen die Welt war ihr willkommen und gewohnt, aber so viel war ihr klar, daß sie dem Jüngling Tür und Tor straflos nur verriegeln konnte, wenn sie zurückzuschenken vermochte, was sie ihm entzog. Und ihr Tun und Sein richtete sich darauf, ihn keine Entbehrung fühlen zu lassen, ihn an sich zu binden, sich ihm notwendig zu machen, zurückzuerobern, was sie verloren, neu zu erobern, was ihr bisher nicht zu eigen gewesen war.

Es hielt sie in Atem, es gab ihr zu denken, es nahm ihre Gemütskräfte völlig in Anspruch, es spannte sie bis zu krankhafter Hell- und Überhörigkeit. So ists nicht gut, mahnte oft eine Stimme in ihr, zu viel, zu viel, zu heftig, zu wollerisch, zu herrisch; es ist gut und muß gut sein, antwortete sie sich unbeugsam.

Sie ordnete die Pflanzenhefte mit ihm und war bemüht, ihm ihr lebendiges Interesse einzuflößen. Er schien empfänglich, durch ihre Kenntnisse und die Liebe für das kleine Einzelne überrascht. Unter dem mitgenommenen Gepäck befanden sich in zwei Kisten die Briefe und hinterlassenen Schriften des Ratsherrn; Exzerpte, Entwürfe, Aufsätze, in denen er sich über politische und soziale wie über Lebensprobleme in seiner profunden und großen Manier ausgesprochen. Da galt es zu sichten, zu prüfen und was bewahrt zu werden verdiente, vom Flüchtigen und Gelegentlichen zu sondern. Abwechselnd lasen sie an den Abenden einander vor, es wurde nicht selten Mitternacht, ehe sie sich zur Ruhe begaben, und Dietrich, in Eifer, Teilnahme und aufgeschürter Wissenslust, brach nur widerstrebend ab.

Dorine wollte ein Verzeichnis ihrer Porzellansammlung anfertigen. Zu dem Zweck wurden die Stücke aus den Schränken genommen, katalogisiert und mit kurzen Schlagworten beschrieben. Sie machte Dietrich auf schöne Besonderheiten aufmerksam, auf die Merkmale der verschiedenen Fabriken und Stile, die Zartheit der Malerei, den Reiz der Formen, erwärmte und erhellte sich dabei so, daß ihr Dietrich mehr als einmal mit seinem hübschen Lächeln in die freundlich-strahlenden Augen blickte. Er war sehr befriedigt von ihrer Fähigkeit, sich zu entzücken und hatte sie ihr offenbar nicht zugetraut.

Desungeachtet wurde sie der Zweifel und Ungewißheit nie ledig. Er fügt sich nur, er gibt sich Mühe, rief es in ihr; es ist die wahre Natur nicht; wenn er die Tür hinter sich schließt, hat er ein anderes Gesicht. Ihr dünkte, als führe jede ihrer Anstrengungen bloß dazu, daß er Schale um Schale über sich zog, durch die sein eigentliches Wesen mit jedem Tag unzugänglicher wurde.

Sie wachte, forschte, das Blut in ihr horchte, die Haut war förmlich wund vor angespannter Wachsamkeit und Wachheit. Der verlorene Ausdruck jetzt, mit dem er die Blumen und Kräuter aus den Pressen nahm und sie zum Einkleben vor sich hinbreitete. Schatten über der Stirn, die Mundwinkel erschlafften, die Augen wurden größer, nun zuckte er zusammen, die Wangen bedeckten sich mit der kindlichen, unbegreiflichen Röte, ihr Blick umschlang ihn stumm, er warf den Blick unwillig ab, alles war Zurückweichen und Flucht.

Eines Morgens kam sie ins obere Zimmer, wo er vor den Glasschränken auf sie wartete. Er hielt eine Meißener Gruppe zwischen den Händen, eines der kostbarsten und edelsten Stücke der Sammlung. Eine hingelagerte Nymphe; der üppige Körper wollüstig gedehnt; in jeder Linie Ruf, Lockung, kicherndes Spiel, preisgegebene Heimlichkeit; hinter einem Strunk der lauernde Faun; die Gebärde: frech beschlossener Überfall; das Grinsen: Vorschmack des Besitzes; die Haltung: Lüsternheit und Stärke. Eine Sekunde, und Dorine begriff. Alles bäumte sich in ihr vor Haß und Widerwillen. Da war es wieder, das Bild aus der purpurnen Kugel, nur ins Verständlichere umgewandelt, aber deshalb nicht minder abschreckend für sie, Auflösung, früher Selbstverlust, Unfrieden und Qual der Sinne, besudeltes Herz; nicht Sohn mehr, nicht Kind mehr, nicht Werdender, nicht Schauender; Dieb und Jäger, Heimlichgeher und Abgewendeter, vom Trieb Entseelter und von Glut Entschämter. Sie sah es in seinen Mienen; er hatte sie nicht eintreten gehört und betrachtete die Figuren mit sorgenvollem, fast schwermütigen Grauen, einem wunderlichen Schmerz, den die gefesselte Vorstellung erregte, einer grabenden, scheuen Neugier. Beim Knarren der Dielen fuhr er zusammen; sein Gesicht veränderte sich mit einer Raschheit ins Gleichgültige, die ein Meisterzug an einem Schauspieler gewesen wäre. Auch das erfaßte Dorine, und es verletzte sie und stieß sie ab. Doch solche Gewalt hatte sie über sich, daß ihr Lächeln keine Zeugenschaft verriet. Unbefangen fragte sie, ob die Gruppe schon einregistriert sei und nahm sie ihm behutsam aus den Händen. Dietrich ging zum Tisch, um in der Liste nachzusehen, währenddem geschah ein Fall und gläsernes Klirren; die Gruppe lag zerschmettert auf dem Boden.

Dietrich eilte bestürzt herzu. Dorine bückte sich nach den Scherben, ließ sich auf die Knie nieder und verbarg das Gesicht, auf dem Dietrich, sehr im Gegensatz zu dem magdhaften Hinknien, eine stolze, bittere Genugtuung hätte sehen können.

»Wie ungeschickt man sein kann,« murmelte sie; »schade um das herrliche Ding.«

Sommertag und -abend

Von dem Tag ab schritt sie wissender auf dem Weg weiter, den sie durch Dickicht schlug.

Sie schmückte sich für ihn. Sie verwendete überlegteste Sorgfalt auf ihre Toilette, die Wahl jedes Kleidungsstücks, den Einklang der Farben, Art und Haltbarkeit der Frisur. Was sie früher nur selten vermocht, sie saß vor dem Spiegel, prüfte ihr Gesicht und beobachtete ängstlich die Zeichen des Alterns.

Sie wollte jung sein für ihn, stark, mutig, ausdauernd, Gefährtin. Sie wollte ihm gefallen, und sie entdeckte die Gabe in sich, zu gefallen. Es sollte ihm Vergnügen bereiten, mit ihr unter die Menschen zu gehen, seinen Ehrgeiz wecken, mit ihr zu wandern, zu schwimmen, zu segeln. Sie machte sich so viel wie möglich frei von täglichen Obliegenheiten, Pflichten der Korrespondenz, des Verkehrs, unterdrückte ihr Verlangen nach Alleinsein und botanischen Gängen, war voll von Plänen, Vorschlägen, Unternehmungslust. Häufig entzog sich Dietrich unter irgendeiner Ausrede; das Wetter sei zu unsicher; er sei müde; er wolle arbeiten. Häufig verschwand er am Morgen, war nicht mehr auffindbar und kam erst am Abend zurück, in sich gekehrt, schweigsam, unfroh. Bisweilen aber stimmte er in gehobener Laune zu, riß sie dann selbst mit, statt sich mitreißen zu lassen, und einmal geschah es, daß er während eines Ausflugs innerlich ganz trunken war, wie sie ihn nie gesehen, von feuriger Gesprächigkeit, lachender Freude, Bereitschaft des Mitteilens, vertrauender Offenheit, glücklicher und beglückender Hingabe in Blick und Rede, so daß Dorine glaubte, das Schwere sei vollbracht und sie habe ihn sich errungen.

In früher Nachmittagsstunde waren sie den See entlang nach Steckborn gefahren und hatten den Weg über Muren, Engerswylen, Gonterswylen, Helsighausen angetreten. Wolkenloser Himmel; die Luft frappiert, schmeichelnd-kühl und erregend-durchsichtig; die Erde liebte den Fuß, der über sie schritt, Bild um Bild der Landschaft wurde dem Auge leuchtende Fülle, die es weiter trug, ungesättigt und ruhig staunend. Mitten im Wald fing Dietrich an, von seinem künftigen Beruf zu sprechen, der Bestimmung, die er für sich ahnte, einem Ziel, das er dunkel empfand, und zwar wie in neuem Bewußtsein von Zuversicht und Erwähltheit. Man möge ihn nur gewähren lassen, ihn nicht vor der Zeit binden, weder an ein Programm, noch an praktische Rücksicht; er erblicke Möglichkeiten nach vielen Seiten, als stehe er im Mittelpunkt eines lodernden Kreises; bald dränge es ihn dahin, bald dorthin, doch störe ihn die Anziehung des Gegensätzlichen nicht, eher spanne sie und gebe das Gefühl von Reichtum. Freiheit der Entscheidung müsse er haben, und nicht schon beim ersten Mal mit der vollen Bürde der Verantwortung, sondern Freiheit, wieder und wieder entscheiden zu dürfen, abwerfen, was sich hinderlich und falsch erwiesen und wieder und wieder versuchen, bis sich ein Glied zum andern gefügt und ein Organismus entstanden sei. Nur so, wenigstens sei er überzeugt davon, könne man die in der Seele zerstreuten und vergrabenen Gaben einheitlich bilden, ein gesammelter Mensch werden, einer der echt ist und echt handelt. Ob es nun die Geschichte sei, oder die wirtschaftliche Existenz der Völker, oder die Rechtszustände, oder die Repräsentation des eigenen Volks nach außen, oder der Wunsch und Trieb, zu lehren, all dieses könne sich erst in dem Maß gestalten, wie man sich selber finde, sich selber zu gestalten Muße und Spielraum habe. Mit ihm, leider müsse er es bekennen, sei es vorläufig noch so, daß es ihn den einen Tag dünke, er könne fliegen, den anderen aber sei er lahm; das gebe ihm zu schaffen, das mache ihn zu often Malen irre.

Dorine hörte mit großer Aufmerksamkeit zu. Ihr war, als lerne sie ein unbekanntes Land kennen. Hie und da warf sie ein Wort ein, Frage, Zweifel, Bedenken, aber sie wollte ihn nicht einschüchtern, und er ging auch, je stiller der Pfad wurde, je mehr aus sich heraus. Auf einmal wurde er kindlich-zutraulich, mitten in seinen Freiheitsphantasien, und erklärte, heiraten wolle er niemals; er könne sich gar nicht vorstellen, daß eine Frau das Leben des Mannes zu teilen vermöge, im schönen, tiefen Sinn zu teilen (dabei schob er seinen Arm abbittend unter den der Mutter, und sie wanderten weiter wie Freunde im Glück der ersten Geständnisse); er fürchte überhaupt, daß es ihm versagt sei, zu lieben, ja, wenn er ganz aufrichtig sein solle, so glaube er gar nicht an die Liebe zwischen Mann und Weib. Es sei ein tragischer Wahn, dem die Geschlechter durch grausamen Machtwillen der Natur verfielen, eine Idee bloß, an die keine Erfahrung hinreiche und deren verhängnisvollen Einfluß sich zu entziehen sein Vorsatz sei. Es werde ihm gewiß nicht schwer werden, denn im Grunde sei er hart, skeptisch, ablehnend, nicht besonders gutmütig, und wenn auch einerseits ziemlich leidenschaftlich, so doch dafür sehr egoistisch.

Dorine lachte. Aber ein köstlicher Frieden war in ihrem Gemüt, und ein Gefühl der Jugend blühte auf, wirklich nun, und nicht erbangt und erfeilscht, das den Tag in goldenes Licht tauchte, Blätter, Wurzeln, Steine und den verdämmernden Weg mit. Sie erwiderte einiges, doch es war ohne Gewicht und Anspruch, es versummte im aufgeglühten Abend. Sie gingen rasch talabwärts, die Seefläche schimmerte bläulich-silbern mit scharlachnen Flecken, der Westen war eine flammende Schmiede-Esse, über den schon nahen Häusern lags wie fließender Brokat, farbige Segel glitten schwanhaft, Schwalben flogen in einem Gewebe aus Rubinstaub; da sang Dorine ein Lied, und Dietrich begleitete sie im Knabenbaß.

Als sie in den Ort herunterkamen, war die Gasse, durch die sie mußten, durch dichtes Menschengedränge versperrt. Erregte Gesichter waren einem Haus zugewandt, vor welchem Schutzleute und Männer mit Sanitätsbinden am Arm standen; ein grüner Spitalswagen hielt vor dem Tor, und nach kurzer Weile wurden drei verdeckte Bahren herausgetragen, denen weinende Kinder folgten und ein Weib, das sich rasend gebärdete. Ein weißbärtiger Schlossermeister, den Dorine kannte, trat grüßend zu ihr und Dietrich und erzählte ihnen, was sich begeben. In dem Hause hatte ein leichtfertiges Mädchen gewohnt, eine gewisse Karoline Kranich, die beim Theater gewesen und dann immer tiefer gesunken war. Sie hatte zwei junge Leute in ihre Netze verstrickt, mit beiden gleichzeitig ein hinterlistiges Spiel getrieben; der eine war Arbeiter bei den Friedrichshafener Werften, der andere Advokatenschreiber in Konstanz. Sie bevorzugte scheinbar keinen, wollte aber aus beiden ihren Profit schlagen und stachelte sie zur Eifersucht auf, namentlich den jungen Arbeiter, der aus einem ordentlichen

Menschen zum Lüderjahn geworden war. Heute nun hatte sie den Schreiber mit sich in ihre Wohnung genommen; der andere hatte Argwohn geschöpft, den Aufpasser gemacht, war ins Haus geschlichen, hatte unter wüstem Lärm den Eintritt in ihr Zimmer erzwungen, den Revolver hervorgezogen, erst die Kranich und ihren Liebhaber niedergeknallt und dann sich selber durch einen Schuß in den Kopf getötet.

Während der Alte dies mit ruhiger Stimme und ernstem Wesen berichtete, dachte Dorine bedauernd an die vergangenen Stunden und ihre nun getrübte Schönheit, und ohne ihn anzusehen, spürte sie, welche niederschlagende Wirkung das Geschehnis auf Dietrich hatte. Das Kostbarste ihres Besitzes hätte sie opfern können, um es wegzuwischen von der Tafel dieses Tages. Indessen gewahrte sie, daß Dietrich, mit einem Gesicht voll Blässe, das ihre Ahnung bestätigte, den Blick nach einem bestimmten Punkt gerichtet hatte; seine Augen glänzten bestürzt und erstaunt; stammelnd deutete er auf einen Mann, der inmitten der Menge die ihn Umgebenden stirnhoch überragte; einen schlanken, bärtigen, düster-schauenden Mann; der breitrandige Hut, den er trug, verschattete sein Gesicht; der abendrote Himmel am Ende der Gasse verstärkte die Konturen der Gestalt; »er ist es, er muß es sein«, drängte es sich halb jubelnd, halb zagend aus Dietrichs Lippen, und schon war er in die Richtung hingeeilt, schob sich durch die Menschen, verschwand zwischen ihnen.

Dorine stockte das Herz, und der verworrene Sturz ihrer Gedanken riß die Zeit, die es dauerte, bis Dietrich wieder neben sie trat, in tönende Stücke. Er war beklommen, schüttelte den Kopf und sagte: »Daß man sich so täuschen kann; es war wie eine Erscheinung, freilich, zu wunderbar wärs gewesen: Er!« Noch hingenommen von dem Wunsch und Augentrug, zweifelnd noch, obwohl er sich Gewißheit über den Irrtum verschafft, in einen Widerstreit häßlicher Empfindungen durch die Erzählung des alten Mannes und die Erregung der Menschengesichter versetzt, in denen sich der blutige Vorgang spiegelte, so schritt er endlich an der Seite der Mutter weiter, und es gelang ihnen, sich durch das Gewühl Bahn zu machen.

Das fanatisch geflüsterte »Er« hatte langen Widerhall in Dorine. Wie muß ihn das Bild erfüllen, wie gegenwärtig muß es ihm beständig sein, dachte sie mutlos, daß eine ungefähre Ähnlichkeit solche Wirkung hervorbringen kann. Das Überhitzte seines Gebarens hatte ihr außerdem mißfallen, und als sie nach einer Erklärung tastete, fühlte sie den tückisch verknüpfenden Anteil, den die Mordtat des jungen Arbeiters, und was sich zwischen den drei Menschen abgespielt, daran hatte. Zuhause warf sie sich müde in einen Sessel, kreuzte die Arme, ließ den Kopf sinken und wehrte sich kaum gegen die anflutende Furcht.

Das Abendessen verlief schweigsam, Dietrich ging danach in sein Zimmer, Dorine prüfte mit der Köchin die Rechnungen und hatte dann mit dem Gärtner zu verhandeln. Anderthalb Stunden mochten verflossen sein, sie war längst wieder allein, als sie Dietrichs Schritt zu hören glaubte, über den Flur, die Treppe hinunter, über den Kies im Garten. Es verdroß sie, daß er sich noch so spät entfernte, sie wollte sich überzeugen und ging in seine Stube. Es war finster dort. Sie drehte die elektrische Flamme auf, trat an den Schreibtisch, und keineswegs neugierig oder spähsüchtig, eher in trauriger und abgekehrter Gleichgültigkeit, öffnete sie eine große Ledermappe und sah einen Brief liegen.

Sie las: Lieber einziger Freund.

Sie las weiter, hastig zuerst wie in Angst, ertappt zu werden, dann langsamer, betroffen von der Reife des Ausdrucks, der Nüchternheit der äußeren Fassung bei solchem Inhalt. Sie setzte sich auf den Stuhl, stützte die Stirn auf die

Linke, nahm Blatt um Blatt mit der Rechten, wurde bleich und bleicher, las und las:

An Lucian

Nach allem, was zwischen uns vorgegangen ist, wirst du es begreiflich und verzeihlich finden, daß ich mich in meinem jetzigen Zustande einer recht ernsthaften Bedrängnis an dich wende wie an einen älteren und erfahreneren Bruder, wobei ich aber freilich noch nicht weiß, ob ich diesen Brief, so wie er geschrieben ist, auch abschicken werde. Jedenfalls ist er für dich gedacht, ob er dir nun vor Augen kommt oder nicht, und da ich mir vorgenommen habe, in ihm, soweit meine Fähigkeit dazu reicht, die Wahrheit darzustellen, kann ich mir keinen andern Menschen als Empfänger und Leser denken.

Wir haben einmal darüber gesprochen, daß jedes Individuum drei verschiedene Arten von Existenz habe, nämlich eine geistige, eine soziale und eine animalische. Du sagtest, keine für sich könne eine Lebensgestaltung herbeiführen, sondern müsse korrigierend und bereichernd auf die andere wirken, und je edler einer veranlagt sei, je höher er auf der Stufenleiter der Geschöpfe stehe, je sicherer werde er es zu einer Verschmelzung dieser Kräfte bringen.

Mir klang das sehr einleuchtend und scheint mir auch heute noch richtig. Nur frage ich dich: was kann man zu dieser Verschmelzung tun? Ich erinnere mich, ich habe schon damals eine ähnliche Frage an dich gerichtet, darauf hast du gelacht und hast geantwortet, Apothekenrezepte gebe es dafür nicht und es sei am ratsamsten, sich dem zu überlassen, was man den guten Instinkt nenne und sonst Augen und Herz offen zu halten.

Gewiß, das leidet keinen Zweifel. Grübelei und Aufpassen auf sich selber macht einen schwach und feig. Aber siehst du, Lucian, es gibt ein Übermächtiges, und eben das letzte von den dreien, das Animalische, ist das Übermächtige. Du verstehst mich, nicht wahr? ich brauche dir darüber nicht viel Worte zu sagen, und dennoch muß ich dir meine Verfassung etwas eingehender schildern, wenn ich erwarten soll, daß du mir hilfst oder wenigstens einen Ausweg aus der Klemme zeigst. Etwas Extraordinäres wird es ja nicht sein bei meiner sonstigen Dutzendbeschaffenheit, aber schmerzlich und niederdrückend ist es, oft so, daß ich nicht mehr ein noch aus weiß.

Wie du dich entsinnen wirst, haben wir auch einmal über das Verhältnis zwischen den Geschlechtern gesprochen, und was du von dir sagtest, daß du ein Anhänger und Verfechter der unbedingten Keuschheit seist, hat mich sehr ergriffen, ich weiß nicht warum. Die Enthaltsamkeit in diesem Punkt, so sagtest du ungefähr, beruhe auf Zucht der Phantasie, Strenge der Gedankenhaltung, Unterdrückung der leisesten Regung von Naschhaftigkeit; die sei immer der erste Keim. Du sagtest, die Fortpflanzung der Menschheit sei nicht vornehmlich das Wünschenswerte für die Gesellschaft, wie man allgemein zu Nutz und Frommen des Staates doziere; das Wünschenswerte sei die Erziehung des Einzelnen zu einem Edeldasein und zur Überwindung der Furcht, der Knechtschaft und des Leidens. Auch darin habe ich dir beigestimmt, umsomehr, als ja deine Anschauung durch die Lehren großer Denker bestätigt wird.

Alles das hindert nicht, daß meine Natur unterliegt. Ich habe mit mir gerungen, hart gerungen, schon in Hochlinden, obwohl deine Nähe den beginnenden Aufruhr immer wieder im Zaum gehalten hat. Mit einem bestimmten Augenblick hat es angefangen, ich will ihn nicht bezeichnen, denn das hieße zugleich ein unvergeßliches Erlebnis besudeln, das eine Gnade war. Dann flogen Worte zu und flogen Bilder zu und etwas, das dicht gewesen war, wurde ausgehöhlt. Es war nichts deutlich Beschreibbares, nichts, was im Willen wurzelt, im Wunsch sich meldet. So weit durfte es nicht kommen, so weit ist es auch heute noch nicht.

Sieh, Lieber, die Vorstellung, mich in den Armen eines Weibes zu wissen, flößt mir den unüberwindlichsten Abscheu ein. Vielleicht trifft das Wort nicht ganz, ich kann die Empfindung nicht definieren; Kapitulation, nie mehr gutzumachender Verlust liegt darin, aber auch das trifft nicht. Das Bild wagt sich nicht an mich, es verzischt früher als ichs sehe wie glühende Kohle im Wasser, aber dann wühlt es unterirdisch, dann kommt das Brausen im Blut, und die von unheimlichem Spuk ins Ohr gebrüllten Worte, und die ungewisse Erinnerung, das Alleinsein und Nichtalleinseinwollen, das Zerflattern der Arbeit, die Nächte, die Träume.

Du weißt, ich bin kein Mucker. Ich bin jetzt alt genug, um die natürlichen Vorgange unbefangen zu beurteilen. Auch fühle ich mich wie gesagt nicht als Ausnahmewesen und möchte nicht bei dir in den Verdacht geraten, daß ich, was andern so gut beschieden ist wie mir, übermäßig wichtig nehme. Das alles muß wahrscheinlich erlebt und durchgekämpft werden, und wenn es mir schwerer fällt als andern, so sind meine besonderen Umstände daran schuld, die Art, wie man mich behütet hat, die Kargheit aller Mitteilung, die Entfernung vom Leben, die Strenge in der Auffassung alles dessen, was außerhalb des Befohlenen und Akkreditierten liegt. Sollte meine unbedeutende Person dazu bestimmt sein, Rache zu nehmen für die Zurückhaltung und den Puritanismus ganzer Generationen? frag ich mich bisweilen. Bin ich die Entartung, der Rückschlag, durch den die Natur sich entschädigt für das, was man ihr ein paar Jahrhunderte lang an Tribut der Leidenschaften versagt hat? Solche Selbstüberschätzung ruft vielleicht deinen Spott hervor, aber ich kann dir versichern, daß mich der Gedanke manchmal ernstlich beschäftigt. Möglicherweise erblickst du dann das, was du geistige Unzucht nennst, Verwahrlosung der Eigenliebe, aber sage mir, wie du dir die Zucht und Eindämmung der Phantasie in der Praxis denkst, denn eben die Phantasie erscheint mir als furchtbare, tyrannische Elementargewalt, je unbändiger, je mehr man sie zu knebeln versucht. Sie erlauert die Wehrlosigkeit des Menschen, um ihn zu peinigen.

Ich schlafe bei offenen Fenstern, zugedeckt mit einem dünnen Tuch, in der letzten Zeit meide ich sogar das Bett und richte mir mein Lager auf dem Fußboden. Es schützt mich nicht vor widerlichen Träumen. Diese Träume, obwohl sie nichts unmittelbar Häßliches und Beschämendes an sich haben, sind doch derart, daß sie mich durch den Tag verfolgen wie Gift, das man mir eingegeben; das Schmähliche liegt oft mehr in der Farbe und in der Wirkung als im Vorgang, der an sich sinnlos ist. Ein Traum ist, da klebt alles was ich anfasse; Fleisch und Knochen an mir sind eine heiße, weiche, zähe Masse; dabei fühl ich, ich bins garnicht, ein fremdes Wesen durchsickert mich, ein fremder Leib; es wird mir eigentümlich wohlig matt, die feurige Luft wird dunkelblau, alles rinnt und rieselt um mich herum, schmeichelt und rührt mich an, will mich packen und höhnt, und wenn ich aufwache, sind meine Augen wie zwei Stücke Eisen. Dann ist da ein Traum voller Schlangen, gelbweiße, mit schlüpfrig zarter Haut und grünen Augen; sie ringeln sich an einem glatten Turm hinauf, von oben hängen Haare herab wie aufgelöste Haare einer Frau, ich muß hingreifen, der Schauder verwandelt mich, ich bin selber Schlange, das Haar flutet über mich, der Turm fängt an zu brennen, ich stürze maßlos tief hinunter, über mir ein feuriges Rad, das dann mitten durch meinen Körper hindurchfährt.

Ich laufe stundenlang, tagelang durch die Wälder. Bin ich gleich müd, Frieden erring ich nicht. Wenn alle im Haus schon schlafen, stehl ich mich oft an den See, lös das Boot von der Kette, rudere hinaus. Weit vom Ufer, laß ich die Ruder fallen, leg mich flach auf den Rücken, Hände hinterm Kopf, und schau in den Himmel hinein. Die Herrlichkeit, Lucian, die erhabene Herrlichkeit! Das Boot schaukelt mit der schwachen Dünung, leis surrt der Wind, die Nacht ist dunkler Purpur. Aber wenn ich mich so in den Anblick der Sterne verliere, ergreift mich Wahnsinn. Könnt ich dirs nur schildern! Ich habe es schon als Kind gehabt, das Sternengrauen, hast dus nie empfunden? Ich frage mich dann: gibt es einen Zusammenhang zwischen dem Niedrig-Sinnlichen in mir und der Überwelt da droben? Ists denn erlaubt, den verbrecherischen Blick dorthin zu richten, den blutgebundenen, der den Jammer meines Fleisches in die Unendlichkeit trägt und sie ansteckt mit Begierden? Daß ich das ewig versperrte größere Leben nur ahnen darf, verfinstert mir die Seele und verwirrt den Verstand; ich möchte nicht mehr sein, es ist, als ließen mich Arme fallen, und unten sind Arme, die wollen mich auffangen, der Raum dazwischen ist das reine Entsetzen. Kann der Tod so schrecklich sein, wie ihn die Menschen sehen? Wäre man nicht ein viel wirklicherer Mensch, wenn ihn der Geist konzipieren könnte?

Ich bin bis jetzt mit meiner Mutter allein. Du müßtest diese Frau kennen. Sie erscheint mir von Tag zu Tag besonderer. Sie hat seltene Eigenschaften, und ich habe außerdem entdeckt, daß sie schön ist. Das macht mich kindischerweise oft ganz glücklich. Aber trotzdem wir uns gut vertragen, ist von innerer Beziehung, wie ich sie momentan nötig hätte, keine Rede. Was mag wohl die Ursache sein? Geh ich sehr fehl in der Vermutung, daß zwischen Mutter und Sohn eine Schranke des Unaussprechlichen besteht und bestehen muß? So nah sie einander durch das Blut sind, so fern sind sie einander durch das Wort. Es kommt in meinem Fall noch hinzu, daß ich das Gefühl habe, als dürfe sie gar nicht verstehen, als könne sies nicht, als sei sie in diesem Punkt erfahrungslos, auch als Weib, trotzdem sie Ehegattin war und Kinder geboren hat, ja daß ichs grade heraus sage, als sei sie noch unschuldig, als sei sies zu meinem Refugium und zu meinem Stolz, und folglich von mir zu behüten, nicht ich von ihr. Dadurch aber wird vieles doppelt schwer, wie du begreifen wirst ...

An dieser Stelle brach das Schreiben ab.

Die ganze Nacht über lag Dorine angekleidet auf ihrem Bett, die Hand wider das Herz gedrückt, dessen unaufhörlich tobende Schläge nicht zu beschwichtigen waren.

Der Haß

Am zweitfolgenden Tag kam Dietrich aus Konstanz zurück, wohin er mit dem Motorboot gefahren war und sagte lebhaft: »Fink ist hier. Ich bin ihm zufällig begegnet. Er wohnt im Inselhotel. Er wollte mich nachmittag besuchen, aber ich treffe mich lieber mit ihm in der Stadt.«

Aus Dietrichs Erzählungen erinnerte sich Dorine, daß Fink einer von seinen Hochlindener Kameraden war; sie erinnerte sich auch, daß er mit einiger Abschätzigkeit von ihm gesprochen. »So? dieser?« entgegnete sie leichthin und etwas verwundert über seine unverhohlene Freude; »ist er mit seinen Eltern da?«

»Ich weiß es nicht genau; ich glaube nicht. Es war immer schon seine Absicht, ein paar Wochen in unserer Gegend zu verbringen.«

»Wenn er allein ist, könntest du ihn ja einladen, bei uns zu wohnen.«

»Sehr liebenswürdig von dir, Mutter; aber es wird wohl nicht gehen. Er erwartet nämlich seine Braut.«

»Seine Braut? Er ist verlobt? Ist er denn nicht gleichen Alters mit dir?«

»Nein; zwanzig denk ich.«

»Und schon verlobt? Das erstaunt mich. Mit wem reist denn die junge Dame, und wer ist sie?«

»Das weiß ich alles nicht, Mutter. Das heißt, den Namen hat er mir mal gesagt; Schönwieser, glaub ich, Hedwig Schönwieser.«

»Nun, wir werden ja sehen, was es damit für eine Bewandtnis hat,« schloß Dorine das Gespräch.

Am nächsten Tag, nach Tisch, kam Fink, um Dietrich zu einer Segelpartie abzuholen. Dorine hatte sich bereits zurückgezogen und ließ den jungen Leuten sagen, sie erwarte sie zum Tee. Sie blieben drei Stunden auf dem Wasser; der Teetisch war im Garten gedeckt; als sie munter plaudernd erschienen, saß Dorine in einem Strandsessel, ganz in Weiß, das blasse Gesicht von einem Panamahut mit Kornblumenkranz beschattet.

Fink veränderte ihr gegenüber wie auf Kommando seine saloppe Haltung. Er verbeugte sich wie ein deutscher Korpsstudent, schlug die Hacken zusammen, küßte ihr die Hand, alles vollkommen artig, aber mit dem etwas lächerlichen Ernst eines neugebackenen Weltmanns von zweifelhafter Erziehung. Dorine war sich darüber gleich im Klaren, und auch sonst mißfiel er ihr gründlich. Die berlinische Suada, das unruhige Auge, das blecherne Lachen, der lasterhafte Mund, die Sucht, mit Wortwitzen zu glänzen, das Besserwissen und spöttische Abtun von Gesprächsthemen, die sich über das Bequeme erhoben, sie kannte es, es war ein gefürchtet Typisches. Übrigens sah er gut aus, die Züge waren angenehm, die Gestalt schlank, das Wesen von sorgloser Lebhaftigkeit.

»Deine Mutter ist famos,« sagte er zu Dietrich, als sie allein waren, »famose Frau. Könnte ohne weiteres eine Fürstin abgeben. Famos, wie sie sich trägt und wie schlicht sie dabei wirkt.«

»Wozu Fürstin? es genügt ihr, eine Oberlin zu sein«, erwiderte Dietrich trocken.

Fink lachte. »Freilich; ihr Patrizier mit eurem autochthonen Hochmut. Da kommt unsereins nicht gegen auf, und wenn wir die fünfzackige im Schnupftuch hätten.« Er schaute sich um und redete weiter, die Zigarette im Mundwinkel, was Dietrich unsympathisch war. »Prachtvoller Besitz. Herrschaftlich gradezu. Werde mal Hedwig herausführen, wenn du gestattest. So was kennt sie nicht, denn in Berlin, weißt du, da bauen wir auf Sand, trotz vorhandenen Gottvertrauens.«

»Wann kommt das Fräulein?« erkundigte sich Dietrich etwas betreten.

»Spätestens Ende der Woche. Ich erwarte Telegramm. Lustig wird das werden, so zu dreien, meinst du nicht, Oberlin? Sie ist nämlich ein reizender Käfer, kann ich dir sagen, von Spielverderben nicht die Spur.«

Dietrich fragte schüchtern: »Reist sie wirklich allein und ist allein bei dir?«

»Na hör mal, warum denn nicht? Wen kümmert das denn? Ist doch ganz unsere private Angelegenheit.«

»Gewiß; aber üblich ist es im allgemeinen nicht. Wenigstens nennt man es dann anders. Meine Mutter zum Beispiel könnte sie unter solchen Umständen nicht empfangen, das wirst du begreifen.«

»Mutet ihr auch kein Mensch zu«, antwortete Fink. »Die Hedwig, die will ihren Urlaub genießen, alles andere läßt sie kalt. Muß denn empfangen werden? Das klingt so großartig. Und wenn sich eine Begegnung nicht vermeiden läßt, mußt du denn deiner Mutter gleich den juristischen Tatbestand auseinandersetzen?«

»Ihr kann man nichts vormachen. Und was sie nicht selber merkt, wird ihr zugetragen. Wir sind Provinzleute.«

»Schön, halte das, wie du willst; wir haltens nach unserer Fasson. *Vogue la galère* steht in meinem Stammbuch, auf der allerersten Seite. Leben, leben, leben, Mensch. Was nachher kommt, ist mir totalement gleichgültig. Meinetwegen Reue, meinetwegen Armut, meinetwegen Zuchthaus, heut ist heut, und heut will ich leben. Ah, wie wunderbar die Luft schmeckt, wie gesund man ist und wie viel Kraft man hat! Du, Oberlin, schleppst wie die Gefangenen in den mittelalterlichen Kerkern Zentnerkugeln an den Füßen. Du tust mir leid, aber ich hab dich gern, und irgend was in dir, weiß der Teufel was, zwingt mich zum Respekt. Wir müssen wieder mal ringen, Oberlin. Das wird dir aus den Skrupeln und mir aus der Faulheit helfen.«

Dieser Prahlruf: leben! mitsamt seinen frechen und heroischen Verbrämungen machte geringen Eindruck auf Dietrich. Mit natürlichem Instinkt spürte er, daß nichts dahinter war, und daß sogar die Verzweiflung und Herzensleere, die solche glitzernde Blasen aus dem Sumpf der Zeit emportrieb, hier ins Modische und Eitle verdünnt war. Zu seiner eigenen Verwunderung stand er überhaupt Fink voller Kritik und abwartender Ruhe gegenüber, als ob nicht fünf Wochen, sondern ebensoviel Jahre seit ihrem Zusammensein in Hochlinden verflossen wären und er den andern währenddessen weit hinter sich gelassen hätte.

Trotzdem hielt er sich zu ihm. Trotzdem ließ er sich bereden, jede freie Stunde mit ihm zu verbringen. Sie fischten, ruderten, segelten, badeten miteinander. Fink lud ihn zum Essen ins Hotel, wo er als splendider Kavalier in hoher Schätzung stand, mietete ein Auto, erhandelte Antiquitäten, besichtigte Schlösser und Landsitze, weil er daran dachte, sich in der Gegend ansässig zu machen. Alles war ein wenig aufschneiderisch, ein wenig hochstaplerisch, hatte aber keine verletzende Form. Nur über der Quelle des luxuriösen Wandels lag verdächtiges Zwielicht.

Der so rasch intim gewordene Umgang war für Dietrich ein Mittel, sich selber auszuweichen, und er wußte es sogar. Er betrog sich selbst mit dem neu gefundenen Gefährten, er überlistete seine anders erfüllte Seele. Deshalb ging er innen nicht ganz so weit mit, als er außen mitging und war stärker durch Vorbehalte als jener durch seine entschlossene Genußgier. Fink war ein Maßloser; er wurde erbittert, wenn er den Gemessenen an seiner Seite nicht über die Grenze zu ziehen vermochte, die er sich selbst zog. Am Abend vor der gemeldeten Ankunft Hedwig Schönwiesers wollte er, berauscht von Wein, berauscht von unbeschränkter Freiheit, Dietrich dazu bringen, daß er mit ihm ein Mädchenhaus besuche, das man ihm bezeichnet hatte. Dietrich weigerte sich. Weder Bitten, noch Drängen konnten ihn bewegen. Fink machte sich über seine Tugendhaftigkeit lustig, er antwortete, die Tugend habe damit nichts zu schaffen, es sei ihm einfach unappetitlich. Philisterausflucht, um die Feigheit zu bemänteln, erklärte Fink, wenn Dietrich nicht mittun wolle, gehe er allein. »Ich brauche mir nichts zu beweisen,« antwortete Dietrich, »aber ich werde dich bis an das Haus begleiten und auf dich warten. Ich bin neugierig, ob dus wirklich über dich gewinnst.« Fink kicherte. »Deine Neugier kann belohnt werden. Ziehen wir los.«

Sie gingen hin, Fink trennte sich ärgerlich von Dietrich, und dieser wanderte an der gegenüberliegenden Stadtmauer im dunklen Schatten auf und ab. Seine Betrachtungen waren nicht angenehm. Eine halbe Stunde mochte vergangen sein, da kam Fink zurück und wollte sich ausschütten vor Lachen über die Kleinstadthetären, ihre Bettelleganz und ihre bescheidenen Verführungskünste. Dietrichs Blick war aber so ernst, beinahe finster, daß er innehielt und fragte, was mit ihm geschehen sei. »Gute Nacht,« sagte Dietrich und reichte ihm widerstrebend die Hand, »ich hab noch einen weiten Weg.« Verblüfft sah ihm Fink nach, als er sich entfernte. »Ich könnte ja ein Stück mit dir gehen, Oberlin«, rief er hinter ihm her. Dietrich beschleunigte seinen Schritt. »Esel«, murmelte Fink und drehte sich auf dem Absatz um.

Am anderen Nachmittag ließ Fink Dietrich ans Telefon rufen und sagte ihm, er und Hedwig erwarteten ihn zum Fünfuhrtee im Hotel. Er zögerte mit der Antwort und hielt sie dann im Unbestimmten. Aber um halb fünf setzte er sich aufs Rad und fuhr hinüber, nachdem er mehr Sorgfalt als sonst auf seinen Anzug verwendet hatte.

Er lernte in Hedwig Schönwieser ein mageres, langaufgeschossenes Mädchen kennen, im Alter zwischen zweiundzwanzig und fünfundzwanzig, mit fuchsfeuerrotem Haar und Sommersprossen. Alles war ein wenig spitz an ihr, die Nase, die Finger, der Blick und die Rede. Sie trug englisches Kostüm nach der letzten Mode, sichtlich vom teuersten Schneider, aber wie die Stiefel, die Strümpfe, die Handschuhe, der Hut, sogar der Ring mit der Perle an der Hand von einer in die Augen fallenden Neuheit. Auch sich selber war sie ohne Zweifel neu, was in ihrem Betragen merkbar wurde, das von Unsicherheit jäh in anmutlose Ungebundenheit umschlug. Wie die meisten Großstadtkinder war sie spottsüchtig, aber dieser Spott beruhte auf einem Mangel an Bildung und Bescheidung. Da sie sich in keiner Weise zurückhaltend gab, war Dietrich bereits nach einer halben Stunde in ihre Familienverhältnisse eingeweiht, und ob sie sich schon nicht in allen Stücken zur Wahrheit bekannte, wie er vermutete, lag doch das Nüchterne und Armselige der Existenz spürbar hinter dem Erzählten. Ihr Vater sei Beamter im Ministerium, erwähnte sie nebenbei; es klang so sehr nach Erfindung, daß Dietrich die Augen niederschlug und garnicht nötig hatte, auf die Verräterei zu achten, die Fink durch ein schalkhaft-verwundertes In-die-Luft-Starren beging. Sie hatte die Gewohnheit, beim

Zuhören die Lippen mit der Zungenspitze zu lecken und dabei die Lider zuzukneifen, was ihrem Gesicht einen listigen und zugleich sinnlichen Ausdruck verlieh, der in Dietrich ein Gefühl des Unbehagens erweckte.

Er wurde inne, daß er sich, ehe er sie gesehen, mehr mit ihr beschäftigt hatte, als ihm bewußt war. Ein Name verheißt oft viel, scheint Schicksal zu enthalten; dieser war einst, als er ihn zum erstenmal vernommen, wie ein Gestirn an einem fernen Himmel der Sehnsucht aufgeflammt; voll Scham war er sich darüber klar, jetzt wo die lästige Gegenwart ein so entschmücktes Bild bot, ein Antlitz ohne Feinheit, eine Stirn ohne Traum, Gebärden ohne mitgeborne Kraft und Lieblichkeit, eine Stimme ohne Musik. Daß er Erwartungen gehegt, fühlte er als Schuld und wurde schweigsamer und schweigsamer.

Fink schlug einen Spaziergang vor; er hatte nicht den Mut, sich zu weigern. Die beiden gingen eine Weile Arm in Arm, gaben sich keine Mühe, ihre Verliebtheit zu verbergen, lachten beständig, trieben harmlosen Scherz, auch minder harmlosen, ersannen Vergnügungen für die ersten Tage, und je weiter sie sich von der Stadt entfernten, je ausgelassener wurden sie. Dietrich hätte ein Hund sein können, der neben ihnen trottete; sie beachteten ihn kaum. Nach einer Weile erinnerte sich Hedwig Schönwieser seiner und lockte ihn ins Gespräch. »Ich freue mich, daß du einen so hübschen Freund hast«, sagte sie zu Fink. Dieser antwortete: »Nimm dich bloß in acht vor Oberlin; stilles Wasser, tief wie der Rhein.« Mit den kobaltblauen Augen, einem Blau, wie es nur die Rothaarigen haben, schaute sie Dietrich prüfend ins Gesicht; er lächelte errötend, aber von der Sekunde an empfand er einen ihm selbst nicht verständlichen Widerwillen, einen unhemmbar wachsenden Haß gegen das junge Mädchen.

Er haßte ihr Gehen, ihr Sprechen und ihr Lachen, die eckigen Bewegungen, die anmutlose Ungebundenheit. Er haßte die Spur, die ihr Schritt im Wegsand hinterließ; den Gedanken an ihren Fuß im Schuh; den Atem, mit dem sie ihn streifte, wenn sie sich zu ihm wandte. Es machte ihn bestürzt, aber er konnte sich nicht wehren. Er fragte sich nach dem Grund, er konnte ihn nicht finden. Zuviel Gewicht enthielt es für eine Beliebige, die ihm zufällig entgegentrat aus einer Millionenzahl von Frauen und Mädchen. Es gibt eine Antipathie der Körper, Antipathie der Atmosphären; kaum die wäre bei der Nachgiebigkeit und Billigkeit, die ihm sonst eigen waren, in ihrer Wirkung verblieben, denn die junge Person tat ihm kein Leids, im Gegenteil, sie schmeichelte ihm, sie warb um seine günstigen Blicke, sie anerkannte ihn als Sendung einer Welt, die über der ihren stand und war bereit, sich zu verkleinern und unterzuordnen, alles, weil sie seine Abneigung spürte und sofort ihren ganzen Ehrgeiz daran setzte, sie zu besiegen. Hie und da loderte, jetzt schon, in ihren Augen ungeduldige Entschlossenheit auf wie ein heimlicher Strahl; etwas Böses kam zutage, eine Kraft, die geschlummert hatte; dann verdoppelten sich die Ausbrüche ihrer Lust und der Zärtlichkeit gegen ihren Geliebten.

Durch nichts aber war der quälend-rätselhafte Haß in Dietrichs Brust zu beschwichtigen. Man kann der Sache auf sehr einfache Weise Herr werden, überlegte er; ich brauche ja nur ihre Nähe zu meiden; ein Wort an Fink oder ein paar Briefzeilen, eine Bitte an die Mutter; man verreist für ein paar Tage und alles ist vorüber. Aber gerade dazu fühlte er sich nicht fähig, und er wußte, daß er es nicht tun würde. Warum nur? Auf dem Heimweg, den ganzen Abend, die halbe Nacht dachte er darüber nach. Er war an dieses ihm völlig gleichgültige, völlig fremde, völlig uninteressante Wesen gebunden durch Haß. Wie war das zu erklären? Vielleicht so: weil sie nicht eine andere war, der Verehrung, der Anbetung, der Verherrlichung Würdige; weil das Schicksal aus der Millionenzahl gerade die und keine andere ausgewählt hatte, um sie seinen nach einer Erscheinung durstigen Augen zu zeigen. In jedem menschlichen Herzen ist ein Vorrat von Verehrung, von Anbetung und Verherrlichung; von hinausgreifendem Verlangen danach; in seinem war nicht nur Vorrat, sondern Überfluß; er konnte viel hergeben, er konnte verschwenderisch sein; er war dagestanden und hatte gewartet; einer Erscheinung hätte es bedurft, und seine Seele wäre zerschmolzen; ja, so war es, so empfand ers, eine Erscheinung hätte sein müssen, damit man sich beugen konnte, alles wäre hell geworden, verheißend, in den Bereich des Möglichen gerückt, sogar Fink wäre ein Verwandelter gewesen, ein Gereinigter, unbeneidet begnadeter Freund.

Nun aber band ihn der Haß mit Stricken an die beiden; er mußte ihm täglich, stündlich frische Nahrung reichen und sich aus Redlichkeit beständig vergewissern, ob er nicht Opfer einer Täuschung sei. Er war unzertrennlich von ihnen. Schon am Vormittag fand er sich im Hotel ein und blieb meist zum Essen; er fuhr mit ihnen in seinem Motorboot auf die Reichenau, nach Meersburg und Radolfszell, wanderte mit ihnen auf die Berge und in die Wälder, und in den Tagen, die seine Mutter in Basel verbrachte, lud er sie ins Haus, bewirtete sie, und sie saßen bis spät in den Abend bei einer Bowle im Garten. Hedwig Schönwieser sang Lieder; sie hatte eine nicht üble Altstimme; oder sie haschte nach den Leuchtkäfern, mit denen die Büsche übersät waren; der Tisch stand voller Rosen, die Grillen zirpten, die Frösche quakten, es war der beglückendste Sommer, und Dietrich trug in ihm ein empörtes Herz. Zwietracht herrschte zwischen ihm und der Mutter; Zwietracht in ihm selbst.

Fink wünschte, daß er und Hedwig sich duzen sollten. Durch alle erdenklichen Ausreden wußte Dietrich die Zeremonie hinauszuschieben. Als es sich nicht mehr vermeiden ließ, an einem der Abende in der Villa, verweigerte er doch den brüderlichen Kuß. Es müsse sein, erklärte Fink, wenn

Hedwig und auch er sich nicht schwer beleidigt finden sollten. Dietrich wich mit verlegenen Scherzen aus; dann sagte
er, er sei statt dessen bereit, jede Buße zu entrichten, die
man verlange; er schützte ein Gelübde vor, das er geleistet;
er behauptete, seit Knabenzeit, seit einem gewissen Vorfall
mit einer jungen Magd, habe sich in ihm ein unüberwindlicher Abscheu dagegen festgesetzt; man möge es krankhaft
oder albern nennen, aber er könne sich nicht helfen.

Sein Eifer, seine Beredsamkeit, seine Angst waren kindlich und mitleiderweckend. Hedwig maß ihn mit Erstaunen;
Fink lachte, daß ihm die Tränen in die Augen traten. »Na,
Oberlin, und wie war das mit Lucian damals beim
Wettlauf?« fragte er boshaft und mit neugieriger Miene, als
ginge ihm ein Licht auf über Dietrichs wahre Natur. Dietrich erblaßte und sah ihn zornblitzend an. Indessen flüsterte
Fink dem Mädchen etwas ins Ohr, und sie hielten sich
dabei herausfordernd umschlungen.

Schon lange bemerkte Fink den stummen Kampf, der
sich zwischen Dietrich und dem Mädchen entsponnen hatte.
Das Schauspiel ergötzte ihn, und er mißverstand es; was er
an ihm begriff, schmeichelte seinem Besitzerstolz. Innerlich
des Mädchens bereits müde, hätte er nichts dawider gehabt,
wenn es Hedwig gelungen wäre, den unfaßlich Spröden zu
umgarnen und zu verführen, wenigstens ihn bis zu dem
Punkt zu bringen, wo er fallen mußte, so wie alle fielen. Er
kannte Hedwigs Verschlagenheit und hatte sie gelehrt, sich
ihrer Machtmittel zu bedienen. Jedenfalls ertrug er nicht
mehr Miene und Blick dieses Unberührten, nicht mehr die
eher geahnte als geglaubte Reinheit eines unbefleckten
Körpers, nicht mehr die diamantne Sehnsucht, vor der ein
Etwas in ihm sich neidisch krümmte, und die er höhnen und
herabziehen mußte, um sich vor schlimmeren Gelüsten zu
retten.

So war es mit Fink bestellt.

Plötzlich sprang Hedwig vom Stuhl empor, warf die Arme um Dietrichs Hals und schickte sich an zu rauben, was ihr nicht freiwillig gewährt wurde. Dietrich aber, durch das verschwörerische Wispern der beiden wachsam gemacht, kam ihr zuvor, als schon ihre blutroten Lippen dicht an seinen waren. Mit einer Hand packte er sie bei der Schulter, die andere stemmte er gegen ihre Brust; und so erbittert roh stieß er sie zurück, daß sie taumelte und gefallen wäre, wenn sie Fink nicht aufgefangen hatte. Sie war bleich geworden, grünliches Feuer sprühte in den entsetzt geöffneten Augen. Dietrich hatte sich erhoben, hielt mit beiden Händen die Stuhllehne umklammert und atmete zitternd. »Gehen wir, Kurt«, sagte das Mädchen, raffte Schal, Handschuhe und Täschchen zusammen und schritt zum Gartentor.

»Was bist du für ein querer Bauer, Oberlin«, sagte Fink mit bedauerndem Achselzucken und folgte ihr.

In dem Augenblick, in dem er durch den Stoff des Seidenkleides hindurch die Brust des jungen Weibes gespürt hatte, war ihm traumartig die Szene mit dem Spiegel aufgestiegen, die ihm Fink vor langer Zeit geschildert: wie sie sich entkleidet hatte, vor dem Spiegel, dem Geliebten sich gezeigt hatte, nicht wirklich und ehrlich, nur im Spiegel. Diese seltsam jähe Erinnerung hatte seinen wühlenden Haß aufs äußerste getrieben und ihm war zumut gewesen, als müsse er sie zu Boden schmettern und zerfleischen, als könne die Bahn erst frei werden und Ruhe in ihn einkehren, wenn sie unschädlich zu seinen Füßen lag.

Aber er spürte noch immer die warme, feste, erschreckend, vibrierende Brust; gleich einem mysteriösen Tier hatte sie sich angerührt, und ihm graute vor seiner Hand, die er wieder und wieder betrachtete. Das Geschehene peinigte ihn mit jeder Minute nachhaltiger, die es in Abstand rückte. Heiß irrte er durch die Gartenwege, ans Ufer hinunter, in die Höhe, dem abendschwarzen Wald zu, der wie ein Zyklop aufstand, und vor der Kapelle, unter riesigen Ulmen, warf er sich hin und drückte das fieberflammende Gesicht in die Halme, die vom Tau trieften.

Wie sinnlos alles, wie dunkel; wie feindselig die Nacht um ihn herum schauert; wie bilderlos und kalt es in seinem Innern ist.

Die Lüge

Durch die Lektüre des Briefes an Lucian in einen fortdauernd beklommenen Zustand versetzt, schmerzlich aus der Ungewißheit gerissen, hatte sich Dorine vorgenommen, im Hinblick auf Dietrichs Tun und Treiben sich jedes Einspruchs zu enthalten, jeder Maßregel und Warnung, die drückend oder hemmend auf ihn wirken konnten, der stillen Mißbilligung auch. Der Entschluß hatte schwere Stunden gekostet, in denen die Frage der Verantwortung sie ernstlich bedrängte, die Furcht vor Versäumnis und Verlust nie schwieg.

»Erfahrungslos, auch als Weib, trotzdem sie Ehegattin war und Kinder geboren hat. Unschuldig, zu meinem Refugium und meinem Stolz, und folglich von mir zu behüten, nicht ich von ihr.«

Diese Sätze vor allem vergingen nicht aus ihrem Sinn. Sie ahnte eine Wahrheit in ihnen, aber eine Wahrheit von der anderen Seite der Welt. Ihr Staunen war tief und unverratbar, für ewig eingeschlossen in der Seele und von verwirrender Beunruhigung begleitet. Es benahm ihr den Mut, weiterhin zu entscheiden, was sie bis an diesen Tag für recht und gut gehalten hatte, selbstsicher wie nur diejenigen sind, die ihre Pflichten und ihr Vollbringen so klug wie bescheiden in das allgemeine Lebensgetriebe verwoben haben.

Nun war flammenhafter Zweifel aufgewachsen; als wäre Wesentliches unerfüllt geblieben, ja, in der Dumpfheit des Gemüts nicht einmal bis zum Wunsch gediehen; als wäre man achtlos vorübergegangen an verzauberter Pforte, hinter der die Schätze des Daseins lagen; als hätte man vergessen, das Antlitz dorthin zu wenden, den Schritt dorthin zu lenken, wo ein Glück, wenn auch unbekannt, so doch vorbereitet, wartete.

Glück. Sie fing an, dem Begriff nachzudenken, immer in ihrer Fraueneinsamkeit, in der sie plötzlich das Licht und die Wärme entbehrte. Es schien ihr, daß es frevelhaft sei, die Fundamente zu untersuchen, auf denen sich ihr Schicksal in ehrenvoller Ordnung zugetragen hatte. Sie wollte es auch nicht; sie widersetzte sich. Glück: die Ausrede der Unzulänglichen, Ding ohne Maß und ohne Form, ohne Kern und ohne Gesetz. Nur nicht eigenliebend und falsch bereuend sich ins Ungemessene verlieren, das hieß die Altäre besudeln, vor denen man gläubig gekniet. Und doch dieser Wahn mit seinem Geschmack nach Verwesung; das Zurückirren über die Wege und bange Lauschen an ein für allemal verriegelten Türen; törichtes, würdeloses Beginnen. Sogar mit einem Hingegangenen geriet sie in Hader dabei, rief den Schatten empor und verlangte Führung und Trost.

Er konnte sie nur auf den Menschen hinweisen, den er ihr als Vermächtnis hinterlassen. Und an ihm krampfte sich ihr Wille von neuem fest. Er darf mir nicht entweichen, war der letzte Schluß des Kämpfens und Grübelns, und wenn ich die Seile locker lasse, ist es nur, damit er sich an ihnen, in seiner Finsternis, wieder zu mir tasten kann; ich bleibe an meinem Platze, und gibt es einen sichtbaren Beweis dafür, daß ich mir und meinem Geschick treu war, so ist es sein Leben und sein Gewordensein.

Erschüttert und noch ungewiß, löste sie sich aus dem gefährlichen Netz. Das Erscheinen Finks dünkte ihr wie der Anfang der Prüfung und Erprobung. Sie zeigte Dietrich eine gleichmäßige Freundlichkeit auch dann, als er tage-, abendlang vom Hause wegblieb. Ohne pedantische Ermahnungen bewilligte sie seine erhöhten Geldforderungen. Sie vermied es, ihn auszuholen oder ihm die Zerstreutheit und Lässigkeit in den kleinen Alltagsgeschäften vorzuwerfen. Sie hörte ihm heiter zu, wenn er Heiteres berichtete; sie war nicht ungehalten oder verletzt, wenn er schlechter Laune war. Nur ein einziges Mal erzählte er von Hedwig Schönwieser; es war am Tag ihrer Ankunft. Sie spürte sogleich, daß etwas Besonderes mit ihm vorging, dann wurde es auffallender von Tag zu Tag.

Aus der Zerstreutheit wurde Geistesabwesenheit; aus der Lässigkeit Vernachlässigung. In den wenigen Stunden, die er daheim zubrachte, trieb es ihn von Zimmer zu Zimmer, vom Klavier zum Arbeitstisch, vom Kamin zum Fenster, von einem Buch zu einem Schachproblem. Gequält von dem unsteten Wesen wie von dem beobachtenden Auge der Mutter wollte er sich rechtfertigen, klagte über Kopfschmerz, über die Hitze, über den starken Blumengeruch im Hause. Ohne beschuldigt zu sein, verteidigte er sich. Er sah angestrengt aus, bisweilen verstört. Sein Auge hatte den aufrichtigen Kinderblick eingebüßt, es senkte sich häufig wie bei einem, den man auf schlechtem Vorhaben ertappt, und verstohlen spähte es dann.

Bekannte sagten zu Dorine: »Was treibt der junge Mensch? Man sieht ihn nur noch in Gesellschaft dieses zugereisten Paars. Zweifelhafte Leute, sehr zweifelhafte Leute; leben in Saus und Braus, genießen übelsten Ruf. Kein Umgang, der sich für einen Oberlin schickt.«

Die Folge war, daß Dorine Haus und Garten nicht mehr verließ, Besuche nicht mehr annahm. Aber sie zog durch einen alten Freund des Ratsherrn, Notar in Konstanz, Erkundigungen ein, und die Nachrichten stimmten sie ernst. Es war sogar das Gerücht aufgetaucht, der junge Fink habe einem Geschäftsfreund seines Vaters unter betrügerischen

Vorspiegelungen eine beträchtliche Geldsumme entlockt und nur mit vieler Mühe und nach rascher Wiedergutmachung des Schadens sei die Anzeige verhindert worden. Das Mädchen aber sei die Tochter eines Pförtners im Reichsmarineministerium und in einem Kaufhaus als Probiermamsell angestellt gewesen.

Eines Abends kam Dorine aus dem Garten in den gepflasterten Flur, den großen Neufundländer hinter sich, in dessen Begleitung sie ihre einsamen Spaziergänge zu machen pflegte. Dietrich kam von oben herab; unter dem Sommermantel trug er den Abendanzug. Wohin? fragte sie. Er gehe in die Stadt. Jetzt noch, vor dem Essen? Er esse drinnen; man habe ihn eingeladen. Wer? Kurt Fink. Kurt Fink und die Braut? Ja, Kurt Fink und die Braut. Pause. Ob er nicht telephonisch absagen möchte und den Abend mit ihr verbringen? Sie wünsche es heute. Er blickte verlegen, ja bestürzt. Es sei unmöglich. Unmöglich? Was für eine Wichtigkeit habe es denn? Keine besondere Wichtigkeit, aber es sei unmöglich. Wenn sie es aber ausdrücklich verlange, wenn sie darauf bestehe? Der verlegen-weichende Blick begann im Raum zu schweifen. Unmöglich, er könne sich nicht entziehen, man habe eine kleine Feier veranstaltet, Kameraden kämen aus Hochlinden herüber, Georg Mathys unter anderm, vielleicht sogar Lucian, sicher Lucian auch, er habe telegraphiert, wie solle er sich da ausschließen ohne triftigen Grund? »Nun ja, wenn dem so ist«, sagte Dorine langsam. Die Mutter möge verzeihen, fügte er hastig hinzu, aber er müsse sich beeilen, der Dampfer fahre in fünf Minuten. »Beeile dich nur,« antwortete sie gelassen, »es wird bald regnen, ein Gewitter hängt am Himmel.«

Sie sah ihn an, bevor sie weiterging. Seine Finger nestelten nervös an der Schirmquaste. In seinem Gesicht war die Blässe der Übernächtigkeit. Der Mund war unschön verzogen. Ein fremder junger Mensch, dachte sie.

Sie schritt die breite Treppe empor. Mechanisch griff sie nach dem Halsband des Hundes, der den Kopf an ihrem Schenkel rieb. Oben öffnete sie das hohe Dielenfenster und beugte sich hinaus. Der schwüle Sturmwind zerzauste ihr Haar. Vom Landungsplatz schrillte die Glocke herüber, die Bootsschraube durchwühlte zornig das Wasser. Knarrend bogen sich die Bäume und zeigten die bleiche Unterseite ihrer Blätter, als entblößten sie sich. Dorine schloß die Augen. Der Hund stellte sich empor, legte die Tatzen auf das Fensterbrett und berührte mit der Schnauze ihre Schulter.

Was ist mir? Was geschieht mit mir? fragte sie sich. Niemals im Leben hatte sie ähnliches empfunden. Dieses ätzende, giftige, entehrende Gefühl, was war es? Es dörrte den Hals aus, es schnürte den Atem ab, es war wie eine Kralle und dann wie ein beschimpfend aufgerissenes Maul. Keine Hilfe dagegen als vielleicht der Schlaf. Wer doch schlafen könnte, ein Jahr lang schlafen. Hätte man doch einen Freund, einen weisen Kenner der Dinge, einen liebenden Rater.

Gibt es Eifersucht einer Mutter? Eifersucht, weil ein Glaube wankt; weil ein reines Bild beschmutzt wird; weil ein zugehöriges Herz, aus dem Nest gestoßen, sich ans Nichtige und Böse verliert? Weil über ein geliebtes Antlitz der Schleim und Aussatz der Lüge kriecht? Jugendlicher Leichtsinn? Da ist keine Jugend und kein Sinn mehr, wo die Lüge, so dumm, gedankenlos und schäbig sie sich auch führt, ihre widerwärtige Fratze erhebt. Vor allem galt es, sich zu überzeugen. Lüge stinkt, aber Augenschein war nötig, damit man sie packen konnte.

In den Zügen war ein Ausdruck von Kälte und Drohung, als sie das Fenster schloß, in ihr Zimmer ging und dem Mädchen läutete. Der Eintretenden befahl sie, bei dem benachbarten Fuhrwerksbesitzer einen Wagen zu bestellen; sie müsse sogleich in die Stadt fahren. Sie zog sich um, und im Seidenumhang über dem dunklen Straßenkleid trat sie vors

Gartentor, wo der Wagen bereits wartete. Staubwolken, mit Regen vermischt, trieben ihr ins Gesicht. Eine halbe Stunde später stieg sie am Hotel aus. Sie ging durch die Halle und hierauf durch die uralten Kreuzbogengewölbe, in denen überall an gedeckten Tischen modern gekleidete Menschen saßen. Neugierige und achtungsvolle Blicke richteten sich auf die stattliche, schönschreitende Frau. Sie suchte. Der Hoteldirektor, der sie kannte, eilte ihr nach, um sich ehrerbietig nach ihrem Begehren zu erkundigen. Sie stellte eine Frage, er wollte sie führen, sie deutete mit einer Kopfbewegung an, daß ihr dies unerwünscht sei, er wies nach einem zellenartigen Gelaß am Ende eines größeren Saales. Dort saßen sie, Kurt Fink, das junge Mädchen und Dietrich, dieser mit dem Rücken gegen den Eingang, das Mädchen mit dem Gesicht Dorine zugewandt. Der Tisch war nur für drei Personen berechnet. Neben Fink stand der Sektkübel; man war in munterm Gespräch; die Stimme des Mädchens war die herrschende; während sie das Kelchglas in der Hand hielt und in kleinen Pausen nippte, erzählte sie irgend etwas, wozu Fink häßlich lachte.

Die Situation war derart, daß sich Dorine unauffällig fast bis an den Mauerbogen nähern konnte, der den Raum abschloß, und die kurze Zeitspanne genügte ihr, um das Mädchen ins Auge zu fassen, Gestalt und Gesicht. Sie tat es ohne ein äußeres Zeichen von Interesse. Der erste Eindruck war der der Unechtheit und einer gewissen Verwahrlosung, die allerdings nicht in der absichtsvoll modischen und reichen Toilette hervortrat. Die eigentümlich wächserne Haut, das hektische Lippenrot, der umflorte, ja kahle Blick, die Stimme, die keine Begleittöne der Seele hatte, die harten, dringlichen Gebärden, die niedrig-sinnliche Erfahrenheit, die sich in der Bewegung jeder Körperlinie verriet und die fast nur Frauen, auch die keuschesten, an Frauen zu wittern vermögen, das alles wirkte in hohem Grad abstoßend auf Dorine.

Sie blieb jetzt stehen. Fink erblickte sie, stutzte; wollte grüßen, war seiner Sache doch nicht sicher, sah Dietrich an, der drehte sich um, sprang von Stuhl auf, wurde kreidebleich.

Dorine nickte bloß. Als er einen Schritt auf sie zu machen wollte, fügte sie eine abweisende Geste hinzu und entfernte sich. In tiefen Gedanken und tiefer Unruhe nahm sie wieder im Wagen Platz.

In ihrem Haus dann erschien sie sich wie in einem riesigen Sarg. Kein Buch lockte, kein Tun. Schlaf, wußte sie, war ihr versagt. Unerträglich langsam krochen die Stunden.

Als es ein Uhr schlug, ging sie in Dietrichs Zimmer hinüber, machte Licht und fing an, auf und ab zu wandern, die Arme über der Brust verschränkt, die Stirn verfaltet, aufrecht und kampfbereit.

Man könnte auch darüber hinweggehen, dachte sie; aber dann wäre man von anderer Zucht und aus anderm Holz. Wem die Wahrheit nichts mehr wiegt, der kann auch die Lüge auf die leichte Achsel nehmen. Es ist kein Grund vorhanden, daß ich die Ware, die ich teuer erworben habe, billig hergeben soll. Will mir einer den Ablaß predigen, so hüte er sich, mir Herzenstaubheit für läßliche Sünde aufzureden. Was für eine Welt wäre das denn. Eher mit aller Liebe zuschanden werden, als sie in der Bequemlichkeit nachsichtig verlottern lassen. Was fang ich an mit einem Stoff, der im Gewebe reißt, sobald ich ihn benutzen will? Was tu ich mit einem Sohn, der lügt? Freilich straft sichs nicht von innen aus, ist Hopfen und Malz sowieso verloren. O Gott im Himmel, sag mir, was tu ich mit einem Sohn, der lügt!

Sie preßte die Hände an die Wangen und schaute verzweifelt empor. Nach einer Weile blieb sie am Schreibtisch stehen, öffnete die Mappe und sah den Brief an Lucian noch liegen, wie er vor drei Wochen gelegen, kein Wort war mehr hinzugefügt. Dies erfüllte sie, kaum wußte sie warum, mit schneidender Sorge. Nachdem sie die Schriftzüge lange betrachtet hatte, schloß sie die Mappe wieder und setzte ihre Wanderung fort.

Es wurde zwei Uhr, es wurde drei Uhr. Endlich das Geräusch von Schritten auf dem Kies, des Schlüssels im Tor, von Schritten auf der Treppe. Er trat ein. Er verharrte neben der Tür.

»Du bist noch auf, Mutter ...« klang es halb trotzig, halb beklommen.

Dorine antwortete nichts. Sie hatte sich auf das Sofa gesetzt und blickte vor sich hin.

»Ich habe dich belogen,« begann er wieder, in demselben Ton; »ich weiß keine Entschuldigung dafür, aber ich bitte dich, es zu vergessen.«

Dorine sagte kalt: »Einem Überführten bleibt nicht viel anderes übrig, als zu gestehen. Ich lege keinen Wert auf dein Geständnis.«

»Soll es also in deinen Augen ein Verbrechen bleiben?«

Sie erwiderte: »Ich wünsche keine Erörterung darüber. Weshalb ich dann hier bin, denkst du. Das will ich dir sagen. Ich habe dich gesucht. Denn der, der dort beim Sekt gesessen ist, das warst du nicht. Und der, der jetzt vor mir steht, das bist du nicht.«

Dietrich flüsterte: »Mutter, du tust mir Unrecht.«

Sie zuckte geringschätzig die Achseln.

Plötzlich brach er aus: »Du glaubst doch nicht am Ende, daß ich mir aus der Person etwas mache?«

»Aus welcher Person?« fragte sie fremd und mit Hoheit.

Die Hände bittend hingestreckt, wie außer sich, mit einem Mund, der wie zerrissen aussah, trat er auf sie zu und wiederholte: »Daß ich mir aus der Person nur im allermindesten etwas mache, wirst du, Mutter, doch nicht glauben?«

Dorine erhob sich und entgegnete ebenso fremd und mit ebensolcher Hoheit: »Ich weiß nicht, von welcher Person du sprichst. Redest du von der jungen Dame, von der du mir gesagt hast, daß sie die Verlobte deines Freundes ist? Wie wäre das denn auch möglich? Dann würdest du dich ja noch niedriger stellen, als deine Meinung von ihr zu sein scheint.« Sie maß ihn von oben bis unten. »Nein, Dietrich, das bist du nicht. Aber bilde dir nicht ein, daß ich schon verzichte,« fügte sie mit rätselhaft finsterem Lächeln hinzu; »ich will und muß dich wieder haben.«

Damit verließ sie das Zimmer.

Um neun Uhr morgens fuhr sie nach Basel. Dort vergrub sie sich förmlich in ihrem einsamen Hause, fünf Tage lang.

Pygmalion

Da ihm ein schlimmes Gefühl von der Szene mit Hedwig Schönwieser geblieben war, machte sich Dietrich am andern Tag ziemlich früh schon auf, sie zu besuchen und wenn auch nicht abzubitten, so doch um Finks willen, den er beleidigt glaubte, eine Versöhnung herbeizuführen. Aber alles, was er tat und sich vornahm, verwirrte ihn in gleicher Weise. Die peinigende Unzufriedenheit mit sich selbst, das leidenschaftlich friedlose Sinnen und Hinstürmen verdüsterte nachgerade sein Gemüt.

Fink und Hedwig waren noch in ihren Zimmern. Er ließ sagen, er sei da und warte. Fink schickte Botschaft, er möge hinaufkommen. Es war nicht die Rede von dem gestrigen Vorfall. Fink war ziemlich aufgeregt beschäftigt, seinen Koffer zu packen. Er habe ein Telegramm erhalten, das ihn nach München rief, erzählte er. Hedwig bleibe hier, wie lang es dauern werde, bis er sie abholen könne, wisse er noch nicht. Sie wolle nicht im Hotel bleiben, es sei ihr zu ungemütlich; das verstehe er; sie wolle nach Mannenbach hinaus, in den Pfauenhof, ganz in der Nähe der Villa Oberlin; das Haus und seine Lage überm See hätten ihr gefallen. »Weiber lieben es, sich zu verändern«, sagte Fink, der hemdärmlig hin und her rannte und was ihm gerade zwischen die Finger kam, in den Koffer warf; »du wirst dich hoffentlich ein bißchen um sie kümmern, Oberlin. Ich verlasse mich in dem Punkt ganz auf dich. Dummheiten wirst du ja nicht machen, dazu bist du zu fischblütig und natürlich auch zu anständig. Und sie, wenn sie bloß ihre Ration Amüsement hat, läßt sie sich um den Finger wickeln. Versprichst du mir, daß du dich ihrer annehmen wirst, Oberlin?« Er blieb vor Dietrich stehen, legte ihm beide Hände auf die Schultern und sah ihn treuherzig und zugleich mit kaum verhehlter Pfiffigkeit an.

»Ich bin nicht der Richtige für ein solches Amt«, erwiderte Dietrich ausweichend. Es war ihm ein ärgerlicher Gedanke, daß das Mädchen in seiner unmittelbaren Nachbarschaft wohnen sollte, und es schien ihm etwas wie Bosheit in dem Plan zu liegen, von der Zudringlichkeit abgesehen.

Fink ließ sein schepperndes Lachen hören. »Du, Hedwig,« schrie er auf einmal durch die Tür, »Oberlin kann sich gar nicht fassen vor Wonne über deine Idee mit dem Pfauenhof.«

Dietrich sagte durch die Zähne: »Fühlst du denn nicht, wie taktlos und wie geistlos du bist?«

Fink zog die Brauen in die Höhe, und in seinem Gesicht ging eine häßliche Veränderung vor. Er antwortete giftig: »Sag mir, warum du dich eigentlich so aufplusterst? Wofür hältst du dich eigentlich? Hältst du dich etwa für einen Edelmann? Wie viel Stockwerke über uns ist Euer Erlaucht geboren? Aber ohne Spaß, Oberlin, und auch ohne Groll, sag mir: was bist du für ein Mensch? Wir haben jetzt wochenlang wie zwei Kameraden verkehrt, du warst mein Gast, ich der deine, aber ich weiß wahrhaftig nicht, was du für ein Mensch bist. Ein Dummkopf oder ein Narr? Ein Schwächling oder ein Verräter? Möcht es gerne wissen. Nur damit man sich danach richten kann.«

»Ich glaube,« entgegnete Dietrich langsam, »ich glaube, daß wir zwei beide nichts miteinander zu schaffen haben sollten. Ich glaube, daß jeder von uns beiden durch den anderen schlechter wird. Ob ich ein Schwächling oder ein Verräter bin? fragst du. Beides. Ein Verräter, weil ich dich trotz unserer Intimität mit allen meinen Gedanken verabscheue und immer verabscheut habe, und ein Schwächling, weil ich zu feige und zu ehrlos war, daraus die Konsequenz zu ziehen. Somit weißt du es und darfst mich ruhig verachten. Denn siehst du, Fink, ich habe vor mir selber die Achtung verloren. Wie es zugeht, kann ich mir nicht erklären, aber ich versichere dir, daß ich es ganz gerechtfertigt finde und daß ich mich nicht einmal wehren würde, wenn mir irgend ein Mensch auf der Straße ins Gesicht spucken würde. Könnte mir nur einer sagen, was ich tun soll.« Fink hatte sich verfärbt. In seinen Augen flimmerte Wut. Aber es lag in Dietrichs Worten solche Seelenqual, daß er sein Aufbrausen zurückhielt und in wegwerfendem Ton sagte: »Du bist einfach nicht zurechnungsfähig. Sonst hättest du mir einzustehen für dein windiges Gerede. Ich halte dich für krank. Was du tun sollst? Na schön, wenn du einen freundschaftlichen Rat hören willst, so leg den Keuschheitsgürtel ab. Such dir eine barmherzige Fee, die den Schlüssel dazu verwahrt. Wir sind allesamt eines

Fleisches, Mensch, und wer das Fleisch kasteien will, dem wird das Blut zu Galle. Derlei Popanze, ich kenne sie, mit ihrer Überheblichkeit und ihrer Heuchlerstrenge. Insgeheim haben sie sich dem lüsternsten von allen Teufeln verschrieben und verkohlen innerlich wie die Späne in einem Meiler. Folge mir und geh zu einem Weib.«

»Das ists nicht,« murmelte Dietrich; »nein. So simpel ist es nicht. Da bist du auf dem Holzweg.«

»Was ists denn? Gehörst du zu denen vielleicht, die das Ideal für sich verlangen?« höhnte Fink, der aus einem unklaren Grund wieder in Wut geriet; »schlechtweg und ohne Rabatt das Ideal? die Madonna? die Jungfrau mit dem Glorienschein? Möchtest du Pygmalion spielen, he? den Pygmalion des Traums, wie ich mal irgendwo gelesen habe? So siehste aus, Jungchen. Das gibt nen höllischen Kladderadatsch, sag ich dir; da häng dich nur lieber gleich am nächsten Baume auf.«

Die Tür zum Nebenzimmer öffnete sich, und auf die Schwelle trat Hedwig Schönwieser, mit nichts bekleidet als einem lilaseidenen Überwurf, durch den die Formen ihres stengelschlanken Körpers wie durch gefärbtes Glas sichtbar waren. Die feuerroten Haare hingen aufgelöst über die Schultern bis zu den Hüften herab. Mit beiden gekreuzten Händen hielt sie das Gewand vor der Brust zusammen, schüttelte den Kopf und fragte unzufrieden: »Was zankt ihr euch denn, ihr zwei?«

»Wir haben unsere Weltanschauung kritisch gemustert«, brummte Fink verdrossen.

Hedwig trippelte nacktfüßig bis dicht vor Dietrich hin, beugte Kopf und Hals vor und sagte: »Wirst du nett sein mit der kleinen neuen Freundin, keuscher Oberlin? Wirst du ihr manchmal ein paar Rosen aus deinem Garten schenken und ihr beim Konditor eine Schokoladetorte kaufen? Oder wirst du sie schlecht behandeln und nicht mehr kennen wollen?«

Das war nicht ohne Grazie und echte Schelmerei und hauptsächlich nicht ohne Gutmütigkeit, die Dietrich beinahe entwaffnete und ihn seinen Widerwillen vergessen ließ. Aber die Nähe ihres kaum verhüllten Leibes bewirkte, daß er darüber weghörte und es sich wie Gewölk um seine Lider legte. Etwas Schamloses in Haltung und Miene verletzte ihn; er wich zurück, einen Schritt und noch einen, Hedwig folgte ihm und brach in Gelächter aus, und während sie lachte, ob es unabsichtlich oder in dirnenhafter Berechnung geschah, war nicht zu entscheiden, schlug sie den Überwurf auseinander, und er sah einen Augenblick lang ihren Körper nackt, porzellanweiß fast; wie eine weiße Flamme kam es ihm vor.

Lachend und sich schüttelnd kehrte sie sich ab und ging in ihr Zimmer zurück; auch Fink lachte aus vollem Halse.

»Adieu, Fink«, sagte Dietrich gepreßt und stürzte zur Tür.

»Adieu, Pygmalion«, rief ihm Fink lachend nach.

Er ging zu Fuß nach Hause. So wenig achtete er auf den Weg und die Menschen, daß er sich einmal vor einem Auto stehend fand, das der greulich schimpfende Chauffeur in der letzten Sekunde noch anzuhalten vermocht hatte, das andere Mal in einer spielenden Schar zwei Kinder umstieß. Als er beim Pfauenhof vorüberkam, blieb er unwillkürlich stehen. Das Gebäude lag in halber Höhe des Hangs; der hölzerne Giebel eines langgestreckten Pavillons war von einer Girlande aus Tannenzweigen umwunden, und darunter prangte in roten Lettern auf weißer Tafel die Ankündigung: Morgen Abend findet große Tanzunterhaltung statt.

Zu Hause fand er einen Brief von Georg Mathys. Er las ihn ohne Anteil. »Ich habe erst jetzt eine annähernde Vorstellung davon gewonnen, wie viel Arbeit auf uns junge Leute wartet«, schrieb der Hemmschuh unter anderm. »Vor allem ist mir klar geworden, daß wir uns entschlossen ins Verhältnis zu den Tatsachen zu setzen haben. Das bedingt eine gewisse Härte und eine gewisse Kälte, und allerdings um die geht es. Vergangene Epochen haben mit Vorliebe das Abseitige und Irreale bewundert und gehegt, wenigstens platonisch; sie haben zum Beispiel den Träumer, oder besser gesagt, den Traumbefähigten auf ein Piedestal gehoben. Mich dünkt, daß das für lange vorbei ist. Ich meine damit nicht, daß der Traum aus der Welt geschafft sei oder der Träumer ausgerottet werden soll; ich bin sogar der Ansicht, daß es etwas gibt, was ich die Erziehung durch den Traum nennen möchte, das so tief und hintergründig ist wie die geheimnisvolle Untermalung auf manchen Meisterwerken, aber die Frage ist dann eben, ob es zur Figur reicht, ob Figur entstehen kann. Wir werden unsere Hände rühren müssen, Oberlin. Sieh zu, daß du in deiner Weise vom Fleck kommst. Neulich ging ich durch den Wald, und da hatten sie einen mehr als tausendjährigen Baum umgesägt. Herrgott, dacht ich mir, mein Leben und das von fünfzig meiner Kameraden da hinein, und es ist noch immer nicht dieses wunderbar und ungeheuer Verdichtete an Kraft, an Wuchtigkeit und an Bedeutung für das Ganze ...«

Dietrich legte den Brief mit der Empfindung beiseite: ich werde es später zu verstehen suchen.

Warum klassifizieren sie und stellen Rangordnungen auf? dachte er feindselig. Warum fordern sie, daß man gerade so und so sein soll? wenn man nun anders ist und mit dem Anderssein zu existieren hat? Ist man dann ausgestoßen aus dem wirklichen Leben? Kommt man dann nicht mehr in Betracht, wie eine Wanze, wie eine Laus? Und was ist das: das wirkliche Leben? was ist das: der Traum? Wer entscheidet: dies ist wirklich, dies ist unwirklich? Wer verwirft? wer verdammt? wer hält Gericht? Die Zeit? Was ist die Zeit? wo ist sie? Sie spricht nicht, sie kennt mich nicht, sie liebt mich nicht, ich spür sie nicht, was soll sie mir?

So sank er mit dem vergehenden Tag in Schwermut. Der Abend tröstete nicht, gab nichts. In der Nacht lag er auf dem Marmorrondell beim Springbrunnen und lauschte auf das Rieseln des Wassers. Der große Hund kauerte zu seinen Füßen, über ihm flammte, zwischen den Kronen zweier Kastanien, das Sternbild des Wagens. Es kam ihm vor, als seien seine Adern in Gold verwandelt und die Glieder verwunschen. Die Welt war ausgetilgt und ihr Süßes und Bitteres ganz in ihn hineingeschlüpft wie in einen Fruchtkern. Er schlummerte ein, aber es war kein Schlaf, es war banges Glosen in einem brausenden Element. Als der erste Tagschein rosig-kühl aufschimmerte, erhob er sich, ging ins Haus, warf sich ins Bett wie in einen Abgrund und schlief steinern bis zum Mittag.

Gegen sechs Uhr am Nachmittag saß er in dem kleinen Bibliotheksraum am Schreibtisch und versuchte seine Gedanken zu einem Brief an Mathys zu sammeln, als sich leise die Tür öffnete und Hedwig Schönwieser eintrat, lächelnd, den Finger auf dem Mund. Erst hatte sie den Kopf hereingesteckt und nachdem sie Dietrich gewahrt, hatte sie es sehr eilig gehabt, die Tür wieder zu schließen. »Es hat mich niemand gesehen,« flüsterte sie; »ich bin die Stiege herauf und habe mindestens schon in drei Zimmern nachgeschaut. Na, und da bist du ja endlich, kleiner Oberlin. Ich dachte schon, du wärst über alle Berge.«

Sie trug ein weißes Leinenkleid mit schmalen blauen Litzen; der Strohhut hing am Band an ihrem Arm. Sie schien sehr aufgeräumt, hatte die »diebische Lustigkeit« an sich, wie es ihr Freund Fink nannte, und bewegte sich mit einer ihr sonst nicht eigenen Freiheit, als wären unbequeme Fesseln von ihr genommen.

Dietrich vermochte kein Wort hervorzubringen. Er war aufgestanden, hatte sie angesehen, bestürzt, düster, beinahe hilflos, hatte sich wieder gesetzt, und sein Herz hämmerte tobend.

»Es ist dir wohl nicht recht, daß ich da bin?« fragte sie gekränkt.

Er stammelte etwas und gab sich Mühe, zu lächeln.

»Ach, es ist mir gleich, ob dirs recht ist oder nicht, ich wollte nur zu einem Menschen gehn«, sagte sie seltsam und setzte sich auf ein niedriges Bänkchen am Fenster.

»Wie schwül es heute ist,« seufzte sie; »das Blut gerinnt einem vor Schwüle.«

Und wieder: »Am Abend ist Tanzfest im Pfauenhof. Da möcht ich tanzen.«

Er sprach nicht. Sie verstummte gleichfalls. Sie schaute ihn eine ganze Weile ruhig und forschend an. Er hatte die Augen gesenkt und sein Gesicht wurde allmählich bleicher und immer bleicher. Sein Schweigen schien sie nicht zu stören, es war, als finde sie es selbstverständlich, und wie sie ihn so anschaute, wurde aus dem ruhigen und forschenden Blick ein neugieriger, ein mitleidig-messender, ein verlangender. Sie umschränkte die Knie mit den Händen, entstraffte die Muskeln des Körpers, und auf ihren Lippen war der Ausdruck von Durst. »Hast du einen Brief geschrieben?« fragte sie. »Zeig mir, was hast du geschrieben?« Sie erhob sich, trat an seine Seite, beugte sich über den Tisch und lachte. »Aber da steht ja nichts!« rief sie.

Da legte sie den linken Arm um seine Schulter und drückte die Wange auf sein Haar. In einer Mischung von Grauen, Schrecken, angstvoll lähmender Erregung und Bewußtlosigkeit verschwammen Dietrich alle Dinge ringsherum. Der Zustand eines trüben Halbgefühls von Geschehen und Sein war von dieser Minute an der herrschende in ihm. Ich muß sie erwürgen, fuhr es ihm wie kalter Stahl durch den Kopf, ich muß sie unbedingt erwürgen; zugleich erzitterte er in einer schwindelnden, erstickenden, gehaßten, häßlichen Begehrlichkeit.

Hedwig, sich dichter an ihn schmiegend, nun ohne Furcht, zurückgestoßen zu werden, ergriff mit der Rechten einen Bleistift und schrieb auf das leere Blatt: Ich erwarte dich Punkt neun Uhr bei der Kapelle.

Sie sah ihn fragend an, stieß einen Vogellaut aus, drückte seinen Kopf an ihre Brust, schrieb wieder: Wirst du bestimmt kommen?

Sie sah ihn abermals an; da sagte er mit einer ihm völlig unbekannten Stimme: »Ich werde kommen.«

»Sicher?« jubelte sie leise.

»Sicher.«

Ein gehauchter Ruf von den Lippen des Mädchens; sie richtete sich empor, Dietrich hob den Kopf: die Ratsherrin stand im Zimmer. Im Reiseanzug stand sie da, den Blick wie zerstreut in die Richtung gekehrt, wo die beiden waren, mit den Zähnen an der Unterlippe nagend, was der Miene etwas Grüblerisches gab, und scheinbar gleichmütig die Handschuhe von den Fingern streifend. Dietrich langte nach dem Blatt, auf das Hedwig ihre großen Buchstaben geschrieben, zerknüllte es krampfhaft in der Faust und wünschte, daß es drin zerschmelze oder zu Asche werde, denn ihm war, als drängen die Blicke der Mutter durch seine Hand und könnten die Worte lesen. Hedwig, in peinlicher Verlegenheit, sich scheu duckend unter den Augen dieser Frau, die sie als Luft behandelten, wußte nicht recht, was sie tun sollte, endlich faßte sie einen Entschluß, ging mit einem hastigen Knix an Dorine vorüber und huschte hinaus, was Dietrich ungeachtet seiner Verwirrung als albern und ungeschickt empfand.

Auch das Verschwinden des Mädchens schien Dorine nicht zu bemerken. Sie legte den Hut mit dem langen Schleier ab und ging lässig hin und her. Sie erzählte von der Eisenbahnfahrt, vom Baseler Haus, von einem jungen Professor, den Dietrich kannte und den sie vor der Abreise am Bahnhof gesprochen. Wie sie von allem Vorherigen keine Notiz genommen, schien ihr auch Dietrichs Stummheit nicht aufzufallen, seine Blässe und beengte Haltung nicht. Ehe sie sich in ihr Zimmer begab, um sich umzuziehen, bat sie ihn, ihr sogleich die Abschrift eines Dokuments anzufertigen, das sie aus ihrem Täschchen nahm und ihm reichte. Es war ein Gerichtsbeschluß über die Vormundschaft und über den Nachlaß des Ratsherrn, gespickt mit Ziffern und Paragraphen. Dietrichs Miene zeigte Beflissenheit; er setzte sich hin und fing an zu schreiben, ohne die Worte zu verstehen, geschweige ihren Sinn. Nur das eine begriff er, und es beunruhigte ihn fieberhaft, daß ihn die Mutter hier festhalten wollte, daß sie sein Vorhaben ahnte und nach einem bestimmten Plan handelte.

Nach einer halben Stunde kam sie wieder, rückte den Ledersessel ans Fenster, nahm ein Buch, eines ihrer pflanzenwissenschaftlichen Werke und begann zu lesen. Bis zum Dunkelwerden fiel kein Wort zwischen ihnen; nur einmal sagte sie: »Ich habe angeordnet, daß wir heute in diesem Zimmer zu Abend essen; es ist mir heimlicher als drunten im Saal.«

Dann erschien das Mädchen, räumte die Bücher und Zeitschriften vom Mitteltisch, deckte auf, machte Licht; inzwischen hatte Dietrich die Kopie beendigt; man setzte sich zum Essen, Dietrich sah auf die Wanduhr; es war zehn Minuten nach acht. Er berührte die Speisen kaum; fortwährend hämmerte tobend das Herz. Als es auf der Uhr fünf Minuten nach halb neun war, erhob er sich und sagte, er gehe jetzt.

Dorine richtete zum erstenmal den Blick voll in sein Gesicht. Mit einem sonderbar heitern Ausdruck, indem sie sich vorbeugte und die Hände flach auf das Tischtuch legte, sagte sie: »Du bleibst.«

Er erbebte. Sehr leise antwortete er: »Es wäre besser, du würdest das nicht von mir verlangen. Ich sage dir gleich, daß ich in diesem Fall nicht gehorchen kann.«

Ohne daß der heitere Ausdruck ganz aus Dorines Gesicht verschwand, schob sich der Unterkiefer langsam hervor, wodurch die Züge etwas Unerbittliches, ja Wildes bekamen, das Dietrich neu war. »Du bleibst«, wiederholte sie. Auch sie flüsterte bloß. »Du bleibst in diesem Zimmer, bis ich es für gut finde, dich zu entlassen.«

»Es tut mir leid, Mutter,« antwortete er mit der Impertinenz, die ein Gegenkrampf des besinnungslosen Blutsturms war, »ich bin dein Sklave nicht, ich habe mich verpflichtet.« Damit ging er zur Tür.

Dorine sprang auf und kam ihm zuvor. Sie stellte sich mit dem Rücken zur Tür, streckte gebieterisch den Arm aus und rief, totenfahl: »Keinen Schritt mehr und kein Wort mehr oder es ist aus zwischen uns. Sklave oder nicht, verpflichtet oder nicht, durch die Tür gehst du mir nicht. Aus dem Haus gehst du mir nicht. Keinen Schritt und kein Wort!«

Dietrich starrte wie in beizenden Rauch hinein. »Gib den Weg frei,« röchelte er; »Mutter, gib den Weg frei, oder beim allmächtigen Gott, es geschieht etwas ...«

»Du bleibst«, rang sichs als Wehschrei von ihren weißen Lippen, denn das Gräßliche war ihr schon geschehen, eh es geschah.

Im Qualm seiner Raserei stürzte er zum Tisch, ergriff das silberne Vorschneidemesser und wandte sich wider sie. Seine Lippen sprudelten sinnlose Laute. Er schleuderte das Messer zu Boden, hob die Arme, umklammerte mit den Händen ihren Hals. Da geisterte sie ihn mit entleerten Augen an; der Körper glitt am Türrahmen herab und brach zusammen, wie wenn die Knochen geborsten wären. Er hörte noch, vom Flur draußen, ein langgedehntes Aufseufzen. Dann rannte er die Stiege hinunter, aus dem Haus, aus dem Garten, die Straße entlang, den Hang hinauf, wie von Fäusten gejagt, die ihn in den Nacken hieben.

Als er die Kapelle erreicht hatte, schlug es neun Uhr von der Ermatinger Kirche.

Er stand da in der Nacht, steif und still, und ließ sein Keuchen verebben.

Schwarze Wolken, wie Klötze, hingen tief. Vom Pfauenhof herauf klang widrig die Tanzmusik. Aus einer Unterwelt. Er spähte nach den schimmernden Schatten. Keine Begierde war je so übergewaltig in seiner Seele gewesen, so flehend und alle Hüllen zersprengend wie die, daß sie jetzt kommen möge, ohne Verzug, jetzt in dieser Minute des reifen Geschicks: damit er sie vernichten konnte, an sich reißen und das Herz in ihr zermalmen. Nur das nicht, Gott, bettelte es in ihm, nur das nicht, daß sie jetzt nicht kommt!

Aber die Minute verfloß, und dann die andern Minuten; und die Viertelstunde und dann die andern Viertelstunden: kein Geräusch, kein Schritt, kein Mensch. Sie kam nicht. Er irrte am Waldesrand; sein Auge durchbohrte die Finsternis links und rechts, oben und unten; sie kam nicht. Da dünkte ihn, er werde aus einem kochend heißen Raum plötzlich in einen eisigen gestoßen. Da verdarben Blut und Hirn; da starben Stimmen in ihm und Geister; da überflutete ihn ein unsägliches Gefühl von Wesenlosigkeit. Noch irrte er herum, noch wartete er; aber das war schon Schwäche, traurige, geschlagene Geduld.

Es schlug zehn und halb elf. Es begann zu regnen; er nahm es nicht wahr. Taumelnd verfolgte er den Weg hangabwärts. Unweit irisierten die Lichter vom Pavillon des Pfauenhofs. Er steckte die nassen Hände in die Taschen und lachte wie ein Idiot. Was ihn zur Lachlust reizte, war die Musik, der er sich näherte. Schon unterschied er die tanzenden Paare einzeln. Er wußte, daß auch sie drinnen tanzte. Dann sah er es.

Er gewahrte sie am Arm eines stämmigen Menschen, der eine Brille trug und in angestrengter Weise den Kopf zurückgeworfen hatte, wobei seine Miene befehlend und hochmütig war. Das Gesicht des Mädchens hatte einen schwärmerischen Ausdruck, bisweilen schloß sie sogar selbstvergessen die Augen. Er sah es genau, während sie an der offenen Brüstung vorübertanzte, um hierauf wieder im Gewühl dahinter unterzutauchen.

Es hatte aber keinen Bezug mehr. Er empfand weder Zorn noch Scham noch Verwunderung noch sonst eine Erregung. Es war ein fertiggelebtes Stück Leben, das seinen eigenen Tod gehabt hatte; die Frage war nur, was man mit dem machen sollte, das weiterging, und ob es überhaupt möglich war, sich mit ihm abzufinden.

Er überquerte die Landstraße und kam an den See. Sich auf das Geländer lehnend, hörte er zu, wie der Regen aufs Wasser plätscherte, wie kleine Wellen lallend ans Ufer stießen, und schauerte in der Nässe seiner Kleider, von denen Bäche herabtroffen. Im Gehen zusammengekauert schlich er am Ufer hin, gelangte zur Gartenpforte der Villa, stand unschlüssig, ging hinein, ging ins Haus, schüttelte sich im Flur, daß es spritzte, ging im Finstern die Treppe hinauf, tastete sich nach demselben Zimmer, das er vor Stunden, am Ende jenes andern Lebens, verlassen hatte, schloß leise die Tür, als er drinnen war, drückte die Stirn an die Wand und begann unaufhaltsam still zu weinen.

Es war eine bescheidene Art von Weinen, wenn auch eine schmerzliche, und dauerte lange. Es hatte eine gewisse Verwandtschaft mit dem nächtlichen Sommerregen draußen, der der Landschaft nach der wetterbeladenen Schwüle die Ruhe ihrer Wurzeln und ihrer fruchtbaren Tiefen geschenkt hatte. Als er sich umkehrte, sah er mit den an die Dunkelheit gewöhnten Augen eine Gestalt, die regungslos am Fenster saß, den Kopf auf den Arm gestützt. Sonst war nichts zu unterscheiden.

Er machte zwei, drei Schritte, gehemmt durch Ahnung und Erinnerung. Die Gestalt erhob sich. Er stürzte auf die Knie und umschlang ihre Knie mit seinen Armen. Er preßte sein Gesicht in den Schoß, aus dem er stammte; er preßte es so fest hinein, als wolle er wieder dorthin zurückkehren. Er sprach nicht, rührte sich nicht, auch das Weinen war ihm vergangen. Er preßte nur, angstvoll über die Maßen, Kind, Sohn, Mann in einem, den Kopf in ihren Schoß.

Da legten sich zwei Hände auf seine Haare, deren Nässe von stundenlangem Ausgesetztsein zeugte. Die Hände blieben liegen. Sie hatten eine beglückende Schwere für Dietrich. Er löste das Gesicht aus der dunkelwarmen Kleidhülle und schaute schüchtern empor. Es zeichnete sich, über dem Haupt der Mutter, in der Luft ein Wesen ab, deutlich wahrnehmbar, so zart, so schimmernd, ein Antlitz so verheißend, so rein, so liebreich, daß wie von aufgebrochener Quelle her freudige Zuversicht über ihn strömte.

Aber wie es hervorzaubern aus dem Unwirklichen, dieses Wesen? wie es herausmeißeln aus dem Traum?

Die dritte Stufe

Begegnung am Ufer

Die Freunde, ihrem Versprechen treu, kamen um den zwanzigsten September, Georg Mathys von Basel herüber, Justus Richter aus Tirol, wo er mit seinen Eltern gewesen war, beide an demselben Tag.

Eine Woche zuvor war Dorine nach Leuckerbad gereist. Dietrich allein zu lassen, war ihr von einer Stunde zur nächsten wichtig geworden; plötzlich erkannte sie, daß Sammlung und Reifung für ihn auf dem Spiel stand und leidenschaftlich Aufgenommenes eine Zeitspanne zu ruhiger Läuterung brauchte. Das Beisammensein nach den gewaltsamen Geschehnissen hatte diese Wirkung nicht gehabt; fast zu spät begriff sie die Gefahr, die darin liegt, von der Umwandlung eines Herzens Augenschein zu fordern im nüchtern-alltäglichen Ablauf.

Als sie einmal so weit war, ging sie nach ihrer Art folgerichtig ans Ende. Der Plan war, überhaupt nicht zurückzukehren, Herbst und Winter bei den Geschwistern in Süddeutschland zu verbringen und für Dietrich alles so zu ordnen und im schriftlichen Verkehr fernerhin zu bestimmen, daß ihre persönliche Anwesenheit entbehrlich wurde. Brauchte er sie, rief er sie ausdrücklich, dann wollte sie kommen, sonst mochte er, uneingestandener Neigung gehorchend, das Leben zunächst auf eigene Verantwortung führen.

Einen solchen Entschluß zu fassen und demgemäß zu handeln, verlangte ihre ganze Willenskraft und Selbststrenge, Bereitschaft zu einem Verzicht überdies, den zu leisten einen Monat vorher sie nicht fähig gewesen wäre. Dietrich wußte es nicht, sollte es auch erst erfahren, wenn er in freier Verfügung die Anstalten getroffen, die er für förderlich hielt. Beim Abschied hatte sie ihm die heitere

Gelassenheit gezeigt, die ihn so oft entzückte, ohne daß er ahnte, wie sehr sie erzogen und errungen war.

Die Tage dann, in denen er sich völlig gehörte, kein Zwang zu vorgesetztem Wort und gefesselter Miene verpflichtete, hatten eine Fülle und Überfülle, die er freudig verausgabte bis zum Abend und die am Morgen wunderbar erneuert war, als seien Schlaf und Traum unerschöpfliche Behältnisse dafür. Man durfte verschwenden und wurde nicht vermahnt; eben das maßlose Sichentäußern war ja der Besitz. Regel war ausgelöscht, Gebieten verstummt; er liebte sich mit jedem Atemzug ins Innerste der Dinge hinein und ins Kleinste, in den Grashalm und ins Sandkorn, in die verspritzende Welle, in den Schlag der Uhr. Das Bild von ihm selber war auch nur ein Ding, beinahe wie gemalt oder gewebt, erstaunlich, weil es war, in einem Augenblick ein Inwendig-Inniges, ein Ich; wie seltsam, zu sagen: ich; im nächsten ein Zeichen von gestern oder für morgen. Bisweilen, wenn er in anscheinender Zerstreutheit Gleichgültiges tat oder sprach, hatte er die versponnene Empfindung: Gruß von dir; als stehe einer drüben in der Ecke, draußen am Zaun und nicke ihm zu. Oberlin läßt dich grüßen! Doch Oberlin war ja hier, tuend, sagend, fragend, in einer bebenden unzerstückten Erwartung.

Als die Freunde eingetroffen waren und er für ihre behagliche Unterbringung gesorgt hatte, entstanden häufig Momente der Verlegenheit. War er durch Erschütterungen mehr als durch mitteilbares Erlebnis von ihnen abgerückt, so waren sie es nicht minder von ihm durch sein scheues Entschlüpfen, das schweigende Bedeuten, daß früheres nicht mehr galt, seine veränderte sicherere Haltung, und nicht zuletzt dadurch, daß sie Gäste waren, die sich trotz gewährter Freiheit in die neue Ordnung und Umgebung erst einzuleben hatten. Der Gastgeber hat anfangs immer etwas vom Tyrannen, und die Beziehung zwischen Jünglingen ist die empfindsamste und wachsamste, die es gibt.

So war es ein vorsichtiges Einandersuchen und -behorchen, das die ersten Tage ungemütlich machte. Justus Richter, der sich nicht verstellen konnte, fand es langweilig; Georg Mathys bedauerte Dietrichs Zugeknöpftheit und Kühle; es lag ihm daran, diese von allen Beteiligten herbeigewünschte Zeit angenehm zu gestalten, und von seinem Instinkt richtig geleitet, vermied er ein ausschließlich auf Rede und Meinungstausch gerichtetes Zusammensein; er bevorzugte Spiele im Freien, Wasserpartien und gemeinsame Wanderungen. Wie sein Meister Lucian verstand er sich auf Ablenkung und die geistigen Umwege, und wenn er ein Ziel vor Augen hatte, erreichte er es auch mit List und Geduld. Daß Kurt Fink in der Gegend gewesen war, wußte er, von den Ereignissen im einzelnen war ihm nichts bekannt, obwohl er entscheidende Vorgänge witterte. Und bald gelang es ihm, Dietrich in zögerndes Erzählen und Bekennen zu verlocken; er mußte nur achthaben, daß Richters zufahrende Derbheit nicht verdarb, was an neuem Vertrauen keimte.

Die Aufrichtigkeit in allem gefiel ihm. Verstrickung und Lösung, wennschon nur angedeutet, gewann etwas Ursprüngliches. Das Unrein-Umschleierte war abgetan; Georg Mathys glaubte es. Er war hierin nicht gefährdet; mit klarem Blick sein eigener Wächter, wurde er der Trübnisse handelnd Herr, und keinem Verdämmern der Sinne und süßem Bildertrug sich hinzugeben war entschlossener Vorsatz bei ihm. Er wollte dienen, erforschter Not wirkend begegnen, nicht unterliegen, auch im Menschlichsten, Natürlichsten nicht; er hatte seine leuchtenden Muster, denen er nachzufolgen gesonnen war; »nicht lyrisch, sondern episch soll unsere Existenz sein«, war sein etwas weitgreifendes Wort. Justus Richter bekämpfte dies, wo er konnte, aber nicht immer mit schlagenden Argumenten. Während der in Heidelberg verbrachten Wochen hatte er in einem Kreis von Okkultisten und Theosophen verkehrt, und die dadurch in ihm aufgewühlten Fragen und Gedanken beschäftigten ihn dauernd. »Er hat den guten Geist verraten,« sagte Georg Mathys manchmal nachsichtig, »beim ersten Hahnenschrei schon.«

Aber beide, der Gehaltene und der Ungestüme, verfielen im Umgang mit Oberlin einem Zauber; was ihnen das schwächere Element zu sein dünkte, erwies sich als das stärkere. Es war eine Gespanntheit in ihm, die mitspannte; er glich dem Bogen einer Armbrust vor dem Abschnellen des Bolzens; Nerv und Blick vibrierten spürbar, das ganze Wesen war eigentümlich lückenlos. Dazu die Weichheit; ein fast mädchenhaftes Schmachten zuweilen, das nicht zum Spott reizte, nichts Verschwommenes hatte, weil es so quellend war, Überschuß von reicherem. Da empfanden auch die Freunde ihre Jugend: das noch Unerfüllte; die Verheißung; die Flamme; die Sehnsucht; die glückliche Last.

An einem Nachmittag, der mit blauem Himmel begann und sich dann umzog, gingen sie zu dritt auf den Höhen, lagerten am Waldrand, stiegen schließlich zum See herab. Ein lebhaftes Gespräch über Lucian von der Leyen hatte sich entsponnen, nach welchem Dietrich sich heute zum erstenmal offen erkundigt, als hätte ihn bis jetzt eifersüchtiges Widerstreben verhindert, auch nur den Namen auszusprechen. Georg Mathys erzählte, daß er noch immer nicht nach Hochlinden zurückgekehrt, daß der Prozeß gegen ihn anhängig gemacht sei, daß er in menschenmeidender Einsamkeit von Ort zu Ort reise und Briefe voll bitterer Anklagen schreibe. Er, Mathys, besitze eine Anzahl solcher Episteln und habe jede ausführlich beantwortet. Oft sei er sich vorgekommen wie ein Präzeptor, der seinem außer Rand und Band geratenen Zögling Vernunft und Mäßigung predigen müsse; der Rollentausch habe ihm keineswegs behagt; er fürchte, daß Lucian, einer Tätigkeit entrissen, die ihn gezwungen habe, das Praktische und das Ideenhafte beständig und täglich gegeneinander abzuwägen und mit seiner trotzigsten Forderung sich vor dem souveränen Leben zu beugen, dem kleinen einfachen Leben nämlich, nun innerlich zerfalle und erstarre.

Justus Richter bemerkte, was ihn betreffe, habe er seine Zweifel und Bedenken längst. Man könne eben mit dem Gedanken allein die Welt nicht regieren; es gehe nicht an, hundert oder tausend Menschenkinder von hundert- oder tausendfältiger Beschaffenheit auf ein und dieselbe Weide zu treiben wie eine Herde Ziegen. Das Neue entstehe nicht, weil man es ins Programm gesetzt, da stecke ein verhängnisvoller Kommandogeist drin, der Blüten und Wunder zerschlage zur alleinigen Ehre des Prinzips. In all dem höre er immer die unsichtbare Peitsche sausen, und wenn es einerseits hieße: du brauchst nicht zu sollen, so bedeute es andererseits ein desto herrischeres: sei, was ich dir befehle.

Georg Mathys schüttelte mißbilligend den Kopf und sagte: »Wer die Welt vorwärtsbringen will, muß sich gegen sie stemmen. Und das hat er getan.«

»Ja, das hat er getan,« pflichtete Dietrich bei; »du, Justus, vergißt, was er war und was er ist. Erinnere dich, wie er vor einem stand, wie er mit einem ging, wie er einen bei der Hand packte, wie er einem die Natur und die Menschheit aufschloß. War das nicht Blüte und Wunder genug? für mich wars genug. Ich habe sehen und fühlen gelernt.«

»Mir hats nicht so gedient wie dir,« antwortete Justus, »ich hab immer ein wenig an der Bergkrankheit gelitten in seiner Nähe, das gesteh ich frei, und daß ers jetzt selber mit der Atemnot zu tun kriegt, könnt ihr nicht leugnen. Wir lieben ihn alle, das ist wahr; sind ihm Dank schuldig, ist wahr. Und doch, prüft euch ehrlich, in uns allen ist was wie unaufgezehrter heimlicher Haß gegen ihn, und einmal wirds noch an den Tag kommen. Denkt an mich.«

»Und wie soll er an dich denken?« rief Dietrich empört, »er, der vor nichts solche Angst hat wie vor Untreue? Nimmst du das auf dich?«

»Ich nehms auf mich,« versetzte Justus Richter, »und ich weiß, was ich damit sage.«

Am Ufer entlanggehend hatten sie lebhaft und laut gesprochen. Nun schwiegen sie plötzlich und richteten die Blicke auf eine ihnen entgegenkommende Gruppe. Zwei junge Mädchen und ein junger Mann waren es. Dieser, von geschmeidiger Figur und sympathischer Gesichtsbildung, ging mit dem einen Mädchen voraus, das andere folgte im Abstand von zehn oder zwölf Schritten. Beide Mädchen waren in Haltung, Gebärde und Typus einander ähnlich, auch waren sie gleich gekleidet, in Weiß, mit weißem Ledergürtel, weißen Strümpfen und Schuhen, breitrandigem Strohhut, von dem ein violettes Band auf die Schulter hing.

Die eine aber, die still an der Seite des jungen Mannes ging, war von so strahlender, so außergewöhnlicher Schönheit, daß Mathys, Richter und Oberlin, während sie auf dem schmalen Weg auswichen, wie angewurzelt stehen blieben und ihr lächerlich bestürzt, mit unverwandten Augen ins Gesicht starrten.

Es war ihr lästig, und das Lästige war ein Gewohntes; in den fruchthaft ebenmäßigen Zügen zuckte es schmerzlich, dann ein wenig spöttisch, denn das Bild des regungslos gaffenden Trios war von hinlänglicher Komik. Ein einziger, unmeßbar flüchtiger Blick streifte Oberlin, der in der Mitte stand; vergegenwärtigte er sich späterhin diesen Blick, so wollte es ihn dünken, eine Frage sei darin enthalten gewesen, blitzschnelle Frage im nicht zu hemmenden Vorübergehen, Mitteilung zugleich wie von einem die Atmosphäre durcheilenden, aufflammenden, fallenden, schwindenden Stern.

In den fünf Sekunden war er entblutet. Bäume, Wasser, Himmel drehten sich in wütenden Kreisen. Oben war unten; der sandige Pfad gelber Streifen am Firmament, die Wolken zerfetzter Teppich zu seinen Füßen. In den fünf Sekunden lebte er ein brausend ungeheures Leben durch. Empor und Hinab, Flug und Verkrampfung, Möglichkeit und letzte Schranke, Wunsch und Finsternis des Herzens.

Dann aber sah er die großen ruhenden Augen; das zart-gerötete Weiß einer Haut, der eine organische Fluoreszenz eigen schien; die Stirn, gebogen wie eine antike Schale, gleichsam aus edlerem Stoff noch als das übrige Gesicht; in Linie und Wölbung verborgen sinnvoll; damit übereinstim-mend der Mund: gefäßhaft, Zusammenfassendes der Seele, in die die seine hinüberströmte, als wären ihre Wände ge-borsten; das kastanienbraune Haar, kurz geschnitten, doch in üppiger Dichte zum Halsansatz fließend und wie auf Gemälden Luinis oder Parmeggianinos dunkler Hintergrund für das farbig Wechselnde von Wangen, Brauen, Lippen, Augen. Wie sich ihm alles eingrub, einpflügte, einglühte; wie er es umfing und in sich trank, als hätte es ihm zei-tlebens gefehlt und nun wisse er es: die Gestalt, den Rhyth-mus, das Weiß und Dunkle, die Luft drum herum, das ein für allemal Geprägte des Menschenwesens.

Rauhe Berührung weckte ihn: Georg Mathys hatte ihn an der Schulter gepackt und raunte ihm zu: »Was tust du, Oberlin! führst dich auf wie ein Narr. Vorwärts.« Mit irrem Ausdruck war er bemüht, den Boden unter sich wieder zu finden. Er stotterte unartikuliert; ihm war, als müsse er ihr nacheilen; er wagte es nicht; jeder Schritt, mit dem er sich entfernte, schien Verbrechen; er preßte die Fingerspitzen an die Schläfen; was er am Leibe trug, war ihm steinern schwer. Schwarz und Rosenrot floß in seinem Innern durcheinander.

Inzwischen war auch das andere junge Mädchen vorbei-gegangen, stolz, grüblerisch, den Blick erst abgekehrt, dann ihn verwundert, ja bis zum Erblassen verwundert auf Diet-rich heftend, als errate sie seinen Zustand und die Ursache davon. Justus Richter, knapp hinter ihr, riß den Hut vom Kopf; sie wandte lässig das Gesicht und dankte im Schreiten ein wenig überrascht. »Kennst du sie denn?« fragte Mathys neugierig, als sie außer Hörweite waren. »Freilich kenn ich sie,« war die aufgeregte Antwort; »allerdings nur vom Sehen, aber da wird ein Gruß in der Fremde schon erlaubt sein. Die Landgrafschen Schwestern sinds, Zwillingsschwestern, Töchter von Professor Landgraf in Heidelberg, dem Psychiater. Die alleine ging, heißt Hanna; die andere, Cäcilie, war schon als Kind so schön, daß die Leute auf der Gasse stehen blieben, *bouche béante*, genau so einfältig wie wir vorhin, und daß die Großherzogin in Karlsruhe sie ins Schloß bitten ließ, nur um sie anschauen und bewundern zu können. Und jetzt ists so mit ihr, ich hör es oft, daß sie Männer und Frauen um den Verstand bringt, wenn sie sich nur zeigt. Es soll ihr aber keine Freude machen, im Gegenteil; es heißt, daß sie ganz einsiedlerisch geworden ist.«

Sie verstummten dann. Das Oberlinsche Haus leuchtete hell durch die Büsche, und sie gingen schweigend durch den Garten.

Tragischer Abend

Eine Stunde später saßen sie auf der geräumigen Terrasse im Obergeschoß, von welcher See und Landschaft weit zu überschauen waren. Der Himmel hatte sich mit eintönig grauer Nebelschicht bedeckt, die die unbewegte Wasserfläche farblos machte und Wiesen, Wald und die zerstreuten Baumstande herbstlich gealtert zeigte. Schwermütige Stille war in der Natur; sie dämpfte die Geräusche des vergehenden Tags. Zu Dietrichs Füßen kauerte Rust, der Neufundländer, hob bisweilen den riesigen Kopf mit der gelblich gefleckten Schnauze und den triefenden Lefzen, rückte sich mit den Pfoten anderswie zurecht und versank wieder in seine wuchtige und wachsame Schläfrigkeit, seufzend.

Auf dem Tische stand, zwischen zwei Vasen mit Astern und Purpur-Laub, eine längliche Schale, in der große reife Birnen in einem Kranz schwerer Trauben lagen. Justus Richter zupfte von Zeit zu Zeit eine Beere ab, schob sie in den Mund und gab durch Emporziehen der Brauen zu verstehen, daß sie ihm schmeckten.

»Wenn ich euch jetzt sagen würde, woran ihr denkt,« begann er listig zwinkernd, »wärt ihr sicherlich nicht erstaunt darüber, daß ichs weiß. Aber es ist überflüssig, davon zu reden.«

Georg Mathys erwiderte: »Als ich im vorigen Jahr in Frankfurt die Athene des Myron sah, war mir, wie wenn ich gegen alles Schlechte und Häßliche für lange gefeit sei, und Unglück und Niedrigkeit nicht mehr an mich heran könnten. Die Wirkung war mir neu. Schönheit einer Statue war mir ästhetischer Wert, geistiger. Daß sie so ins Zentrale dringen, so erschütternd sein konnte, so, daß man hatte weinen mögen wie von einem Fluch erlöst, das hatte ich nicht gewußt. Und bis heute wieder hab ich nicht gewußt, daß es einem vor einem lebendigen Geschöpf ähnlich ergehen könne.«

Dietrich, dessen Blick in der Ferne weilte, wurde blaß. Die Worte betasteten Unbetastbares. Sie erzürnten und schmerzten ihn, nur weil sie ausdrückten, was er empfand.

»Man darf es nicht egoistisch umgrenzen«, murmelte Justus Richter.

»Nein, das darf man nicht«, stimmte Mathys zu.

»Und doch,« fuhr Justus in seiner eindringlichen Art fort, »wenn man sich mit allen Sinnen eine abwesende Person vorstellt, von der man ahnt oder wünscht oder fürchtet, daß sie in unser Schicksal greifen wird, dann ist sie auch da, dann ist die egoistische Grenze schon gezogen. Ist euch nicht zumut, als säße das fremde Wesen unter uns, fremd, weil es die Welt so will, als schlüge sie die Augen auf, um etwas zu erzählen, etwas zu klagen? Ich weiß auf einmal so viel von ihr, das heißt, ein anderes Ich in mir weiß es; ich habe Unruhe um sie. Warum?«

Da keiner antwortete und er die erregte Miene Dietrichs nicht sah oder sie mißdeutete, sprach er weiter: »Es gibt Menschen, die gewinnen einen Einfluß auf Seelen wie magnetische Ströme in der Luft; plötzlich. In uns selber haben wir wohl den Appell dafür, aber es fehlen die Mitteilungsformen. Die Zusammenhänge zwischen den Kreaturen untereinander und zwischen ihnen und dem, was wir als toten Stoff betrachten, sind viel geheimnisvoller als wir annehmen und gehen tiefer als alle Wissenschaft und Spekulation. Wir sind sehr unvollkommen und durch rohe Widerstände gehemmt. Was Erkenntnis sein könnte, ist bloß Träumerei. In seltenen Augenblicken trifft's einen wie ein Strahl aus einer Ritze in den schwarzen Felswänden, die uns auf allen Seiten umragen. Das ist dann ein Gefühl, wie soll ich's nennen, ein Gefühl wie nach dem Tod oder vor der Geburt. Wenn ich mich ungemessen, unwollend, undenkend hingebe, kann ich mich auslöschen und neue Gestalt erlangen. Da rauscht mir der ganze Schicksalsozean in den Adern, und ich bin doch nur ein Tropfen davon, hineingemischt, hindurchgewirbelt. Dann bin ich Medium, nämlich Geist unter Geistern.«

»Das sind gefährliche Wege,« sagte Georg Mathys stirnrunzelnd; »wir müssen uns hüten, daß das Unbegreifliche zu billig wird für die Zunge und zu straflos für die Gedanken. Alles das steht unter einem strengen Gesetz; es hängt vom ehrlichen Wissen und Schauen ab. Verzichtest du zu früh auf Wissen und Schauen, so wirst du der Hanswurst eines Wahns oder das Opfer scheinpriesterlicher Gaukelei. Es ist da ein Punkt, wo sich der wirkende Mensch vom vegetierenden scheidet. Man wird leicht zum Parasiten, wenn man sich in die Dämmerregionen begibt, und dünkelhaft und zelotisch wie alle Parasiten. Erst Adept, dann Pfaffe, wir sehens jeden Tag. Du sollst jetzt nicht heftig antworten,« beschwichtigte er den zu ungeduldiger Erwiderung Gerüsteten, »ich möchte ungern streiten, das läuft ja schließlich bloß auf metaphysisches Kannegießern hinaus. Heute hast du recht mit deinem aufgestörten Gefühl, es ist uns allen gleich wunderlich ums Herz, und eben deshalb wünscht ich nicht daran erinnert zu werden, daß es für dergleichen bereits gestempelte Formeln und flüssige Meinungen gibt. Wir wollens für uns haben.«

»Immer der nämliche Despot«, murrte Justus Richter gutmütig-unzufrieden. Aber er machte keine Einwendung mehr und überließ sich der lastenden Stille wie die andern. Weit vorgebeugt, hatte er sein dickes rundes Kinn auf den Tischrand gestützt, so daß es in der beginnenden Dunkelheit aussah, als läge der Kopf abgeschnitten neben der Obstschale, mit glänzenden Augen freilich in dem jugendlich belebten Gesicht. Da erschraken alle drei; ganz nahe, von der Richtung des Waldes her, war ein Schuß gefallen. Rust schlug an, erhob sich, trabte unruhig herum.

Sie lauschten. Nun ertönte ein durchdringender Schrei. Zu zaudern war nicht mehr. Von der Terrasse führte die Steintreppe unmittelbar in den Park, die eilten sie hinunter, dann zu der kleinen Gartenpforte oben. Der Wiesenstreifen war ungefähr zweihundert Meter breit, und trotzdem es ziemlich steil bergan ging und der lehmige Boden vom Regen aufgeweicht war, hatten sie das Gelände in wenigen Minuten überquert. Am Waldrand, unter den vordersten Stämmen, erblickten sie eine weiße Gestalt. Rust stand schon vor ihr und verbellte sie.

Mit dem Rücken an einen Baum gelehnt, das Gesicht mit den Händen bedeckt, verharrte sie unbeweglich. Der Anruf Richters, die hastige Frage Georg Mathys' riß sie nicht aus der Starrheit. Da deutete Dietrich mit gurgelndem Laut auf eine zweite weiße Gestalt, die ausgestreckt im Moos lag, fünf Schritte entfernt und leblos, soviel man im unsicheren Zwielicht zu erkennen vermochte. Daß es die Schwestern waren, die sie vor anderthalb Stunden am Seeufer gesehen, war den jungen Leuten sofort klar. Georg Mathys stürzte zu der auf der Erde Liegenden hin; als er sich niederließ, berührte sein Knie einen harten Gegenstand; mechanisch schob er ihn weg, griff dann darnach; es war ein Revolver, der Lauf noch warm. Jetzt sah er deutlich das Gesicht; ein Blutfaden, in der Halbdunkelheit schwärzlich, rann von der Schläfe zum Ohr und ins Moos.

Die Schöne war es, die da verblutete; die Schöne, die entseelt vor ihm lag. Es als unabänderlich erfahren zu müssen war ein herabstürzender Block; Schultern und Schenkel zitterten ihm; er stützte sich mit den Armen auf den Boden, seine Hand streifte die schauerlich kalte Hand, die rechte; die linke ruhte auf der Brust. Rasch einen Arzt, holt Laternen, hörte er sich heiser rufen. Justus Richter gestikulierte, schaute sich hilfesuchend um, dann war er verschwunden, und man hörte seine den Abhang hinunterstürmenden Schritte.

Rust, mit auffallend erbittertem Laut, verbellte immer noch die regungslos Stehende. Lange erinnerte sich Dietrich des bösen, eigensinnigen Tons im Gebell des Hundes, das ihn endlich aufschreckte aus der Vergeisterung. Von der Straße schallten Stimmen empor; der Schuß, der Schrei hatten Passanten und Leute in der Nachbarschaft alarmiert. Einige näherten sich, riefen durch die hohle Hand, kehrten unschlüssig wieder um. Dietrichs jagende Gedanken hielten nichts fest außer einem: wie er an jenem andern Abend, in jenem vergangenen befleckten Leben unweit von hier um die Kapelle geirrt war. Er suchte die Beziehung zwischen hier und dort, den Sinn der Doppelheit und der Folge. Was dort geendet hatte; was hier begann. Und es war ein Beginn, wie immer es wurde, er spürte es schicksalsgetroffen. Als sägte ein Riesengespenst die Nacht in klappernde Scherben, so ein Gefühl hatte er. Sich hinbetten neben die Weiße war seine inbrünstige Begierde diese ewige brennende Spanne hindurch, die nur nach Minuten zählte. Der Leib war gegenwärtig, also war sie selber gegenwärtig, und Leblosigkeit war Grimasse. Er fand sich nicht damit ab; er würde sich niemals damit abfinden, dessen war er gewiß; der Weg, der ihm heute aufgetan worden, konnte nicht von einem Grab versperrt werden, dessen war er gewiß.

Inzwischen hatte sich Georg Mathys erhoben und schritt zu der Regungslosen am Baum. Hastiges Fragen, die Antworten mit dunkler rauher Stimme, besinnend und abwesend erst wie von einer, die schwer aufwacht, dann erregt, anklägerisch, verworren. Dietrich vernahm ungefähr dies: sie seien in Streit geraten; sie habe der Schwester im Zorn harte Worte gesagt, habe die Herrschaft über sich verloren; sei von ihr weggegangen, sei vorausgeeilt; auf einmal der Schuß. Daß sie den Revolver bei sich gehabt, wer hätte daran denken sollen; daß sie es so aufgenommen, den ersten Zank in ihrer beider Leben, unfaßbar; sie sei zurückgerannt; Cäcilie, um Gottes willen, Cäcilie! Da sei es schon zu spät gewesen.

Sie hatte die Hände verflochten und hob sie zur Stirn. Was nun werden solle; die Eltern, man möge ihr helfen; sie könne so den Eltern nicht gegenübertreten; um acht Uhr kämen Vater und Mutter mit dem Dampfschiff von Meersburg, sie hatten sie und die Schwester am Vormittag hergebracht und mit der Vorsteherin gesprochen, Frau Doktor Gnad von der Gartenbauschule, dann seien sie nach Meersburg gefahren, um Freunde zu besuchen; Cäcilie sollte bei Frau Doktor Gnad eintreten, sie habe sich darauf gefreut, alles sei vereinbart worden, ihr Gepäck sei schon dort, die heutige Nacht habe sie noch mit ihr und den Eltern im Hotel verbringen wollen. Wer es den Eltern sagen würde; der Mutter; die überlebe es nicht.

Georg Mathys beteuerte, er und seine Freunde stünden ihr zur Verfügung, sie möge bestimmen, was zu geschehen habe. Es sei halb acht jetzt, bis zur Ankunft des Schiffes bleibe noch eine halbe Stunde. Er mache sich erbötig, die Eltern vorzubereiten, er sei selbst der Meinung, daß sie sich zunächst fernhalte. Eine Frage noch möge sie verzeihen: sie und die Schwester seien in Begleitung eines Herrn gewesen; ob es ein Verwandter oder sonst nahestehender Mensch gewesen sei? ob man ihn benachrichtigen solle?

Das junge Mädchen stutzte. Widerwillig und fremd wies sie es ab. Die verflochtenen Hände ans Kinn gedrückt, die Blicke am Boden, sagte sie, es sei kein Nahestehender gewesen; sie und Cäcilie hätten sich um halb sieben Uhr von ihm verabschiedet; um sieben sei er nach Zürich gefahren.

Das Hin und Her der Rede war schnell gegangen. Lichterschein kroch den Hang aufwärts. Justus kam mit dem Gärtner und dessen Gehilfen aus der Oberlinschen Villa. Andere Leute folgten. Ein Gendarm tauchte auf, gleich nach ihm Doktor Seifert aus Ermatingen, den Justus Richter telephonisch gerufen hatte. Über die Hingestreckte gebeugt, indes der Gendarm die Laterne hielt, sagte er laut, er sei hier leider überflüssig. Hanna Landgraf warf sich schluchzend über die Leiche. Zwei Polizeibeamte, ebenfalls mit Laternen versehen, drängten sich durch die Zuschauer. Die jäh ausgestreute Helligkeit schuf den Wald zur Höhle um. Georg Mathys rührte Hanna an der Schulter an. Sie möge sich fassen, sagte er, die Herren wünschten einige Fragen an sie zu richten. Ihr düsterer Blick ging im Kreis, sie erhob sich; mit wenigen Sätzen und in ruhigem Ton erzählte sie noch einmal den Hergang. Auf die Frage, wie groß schätzungsweise die Entfernung zwischen ihr und der Schwester gewesen sei, als der Schuß gefallen, besann sie sich und erwiderte, es seien fünfzig, vielleicht auch hundert Schritte gewesen. Plötzlich wandte sie sich zu Georg Mathys und sagte, wenn sie seine Freundlichkeit wirklich in Anspruch nehmen dürfe, möchte sie ihn bitten, daß er jetzt zum Landungsplatz gehe. Vielleicht könne er es veranstalten, daß er ihrem Vater die Mitteilung allein mache. Die Mutter müsse geschont, müsse vorbereitet werden; er möge dies ihrem Vater noch besonders ans Herz legen. Professor Landgraf sei ein mittelgroßer Mann mit goldener Brille, glattrasiert, trüge grauen Mantel und grauen Hut.

Alles das klang, als seien ihre Gedanken weit weg und in irgendwelcher Weise feindselig beschäftigt. Sie dankte ihm, er schob seinen Arm in den des erschrocken auffahrenden Dietrich und sagte: »Komm, Oberlin.« Dietrich ließ sich fortziehen; den Hund, der ihm folgte, wies er heim.

Auf dem Weg zum See murmelte er: »Ich würde auch lieber nach Hause gehen, Georg. Was sich jetzt abspielen wird, ist so gräßlich und . . . so gewöhnlich.«

»Nicht auskneifen, Oberlin,« erwiderte Georg Mathys; »wie meinst du das: gewöhnlich? Ja, ich verstehe, aber das Gewöhnliche ist ja ein Trost. Schon ist Zeit verflossen, Menschen haben geredet, Tatsachen sind festgestellt, und das Ungeheure wird ans Alltägliche angehängt. Das ist gut; wie sollte man sonst damit fertig werden?« »Mir scheint, damit kann man nicht fertig werden«, gab Dietrich zurück.

Während sie an der Landungsbrücke warteten und die roten Lichter des Dampfers sich lautlos näherten, sagte Mathys: »Diese Hanna Landgraf gibt mir zu denken. Hast du bemerkt, mit welcher Gezwungenheit und Kälte sie dem Beamten antwortete? Der Mann hat sie ein paar Mal ganz verwundert fixiert. Als sei sie bei einem unangenehmen Ereignis nur die zufällige Zeugin gewesen. Schon vorher, als ich mit ihr redete, wars oft wie bloßer Schall in der Stimme. Und dann doch wieder das Sichhinwerfen, die Verzweiflung...«

»Ich weiß nichts, ich habe nichts gehört,« sagte Dietrich; »was soll man auch da noch nachdenken oder schauen; es hat ja keinen Zweck mehr. Die oder andere; mein Gott, Menschen...« Er schwieg. Plötzlich entrang sich ihm ein Schluchzen, ein einziges nur, hart, trotzig, gewaltsam. Dann warf er den Kopf zurück und sah aufs Wasser. Georg Mathys ergriff seine Hand, drückte sie fest und sagte zärtlich: »Mut, Brüderchen, Mut.« Nichts weiter, aber es war viel.

Das Schiff legte an, sie traten zum Laufsteg. Da nur wenige Passagiere ausstiegen, hatten sie die bald entdeckt, die sie suchten. Georg Mathys sprach den Professor höflich-bescheiden an, fragte um den Namen, stellte sich selbst vor und bat ihm eine Eröffnung unter vier Augen machen zu dürfen. Jener erblaßte, ging ein paar Schritte mit ihm, und als er die ersten Worte vernommen, noch ein paar Schritte; die hagere, kränklich aussehende Frau schaute ihnen betroffen nach. Es dauerte lange, das Schiff rauschte schon wieder in den See hinaus, Dietrich, an die Holzbrüstung gelehnt, wartete bedrückt; nun schallten die rückkehrenden Schritte des Professors, er sagte etwas mit verpreßter Stimme zu der Frau; sie schien aus seinen Mienen zu erraten, was er ihr noch verhehlte, schrill kreischend tönte der Name Cäcilie in die Nacht.

Das Unbedingte

Die Stunden, die nun folgten, hinterließen in Dietrich den Eindruck zusammenhangloser Bilder. Begegnungen, Gespräche, Gesichter, Gebärden, es war wie Spiegelung im Wasser. Er blieb stehen, und die Geschehnisse rollten vorbei; er ging, und Dinge und Menschen verschwanden im Nebel. Er war nicht traurig und nicht heiter, nicht tätig und nicht schlaff; es war etwas mit ihm vorgegangen, das ihn unter neue Gesetze stellte. Er bereitete sich auf einen Kampf vor; Duell mit einem mächtigen, unsichtbaren Gegner. Er sammelte sich. Er schöpfte Atem.

Die Leiche der Toten war in die Oberlinsche Villa gebracht worden, in das Musikzimmer neben dem Vestibül. Leute gingen fortwährend ein und aus. Als der Professor mit festem Schritt durch den Flur ging, wichen sie ehrerbietig zur Seite und einige grüßten stumm.

Frau Landgraf hatte man ohnmächtig in einen Wagen gesetzt. Sie ins Hotel zu schaffen, verbot sich. Dietrich öffnete den fremden Gästen sein Haus, und Justus Richter erhielt den Auftrag, es dem Professor mitzuteilen. Der nahm es dankbar an, hauptsächlich im Hinblick auf den Zustand seiner Gattin, an deren Lager der Arzt gebeten wurde. Mathys und der Gärtner hatten sie in eines der Fremdenzimmer im zweiten Stock getragen; sie war aus der Bewußtlosigkeit noch nicht erwacht. Später weinte sie ununterbrochen vor sich hin. Hanna war um sie bemüht. Der Professor zeigte sich im weiteren Verlauf beherrscht. Es schien ihm angenehm, in Justus Richter den Sohn eines Amtskollegen zu finden; es befreite von dem Gefühl, sich völlig Unbekannten zu verpflichten. Daß die Leiche nicht überführt, sondern in Ermatingen beerdigt werden sollte, beschloß er noch am Abend. Notwendige Formalitäten zu erledigen, durfte man nicht säumen. Die sommerliche Temperatur ließ das Verbleiben der Leiche im Haus länger als über die Nacht untunlich erscheinen. Es mußte der Sarglieferant noch aufgesucht werden, Verhandlungen mit dem Pfarrer, mit der Ortsbehörde und mit dem Distriktsarzt wegen des Totenscheins waren anzuknüpfen. Mathys und Justus Richter erklärten sich mit Eifer zu Hilfe bereit; sie wurden von einem Nachbar der Oberlins, Regierungsrat Westerland, tätig unterstützt; er war an der Unglücksstätte gewesen und bewies nun dem Professor beflissenen Anteil. Dietrich, auf den man ebenfalls rechnete, war so geistesabwesend und gab so verkehrte Antworten, daß man schließlich auf seine Mitwirkung verzichtete. Der Regierungsrat bestellte telephonisch ein Auto und fuhr mit den jungen Leuten weg.

Das alles war für Dietrich fern; Geräusche, Huschen von Schatten. Zweimal begegnete er Hanna auf der Treppe. Das eine Mal fragte sie ihn um den Weg nach der Küche; er geleitete sie; das andere Mal suchte sie eine fehlende Ledertasche; das Gepäck war vom Adlergasthof geholt worden. Er erkundigte sich, wie es ihrer Mutter gehe; sie dankte mit flüchtigem Blick und antwortete unbestimmt.

Er verließ das Haus. Da fast alle Fenster des Gebäudes erleuchtet waren, dehnten sich die Gartenwege hell. Er vernahm die knöchern-harte Stimme des Professors durch ein offenes Fenster oben. Es klang, wie wenn jemand Rechenschaft verlangt oder Umstände aufzählt, mit denen er einen Widersprechenden zum Schweigen bringen will. Aber es war kein Widerspruch. Niemand antwortete. Die Stimme ereiferte sich, erbitterte sich, und niemand antwortete. Dietrich mochte nicht lauschen. Er verstand nur diese Worte: »Ich bin dazu verdammt, unter Unzulänglichen zu leben und zuzusehen, wie meine Kraft im Wesenlosen zerschellt. Wer Unheil ahnt, dem geschieht Unheil. Der Fluch ist, alles zu wissen und nichts verhüten zu können.«

Unerwarteter erster Blitz in das entlegen gewesene Dasein von Menschen, die er gestern noch nicht gewußt, die heute unter seinem Dache wohnten, ihm verbunden durch eine Tote.

Er verbarg sich, als er die Freunde zurückkommen hörte. Eine Weile unterhielten sie sich auf dem oberen Balkon; offenbar hatten sie ihn gesucht, denn er vernahm mehrmals seinen Namen. Vom Herumirren müde, warf er sich auf den Rasen. Die Finsternis sang wie eine Orgel, aber es verlangte ihn nach dem Anblick der Sterne. Mit seinen Händen umgriff er das schaurig hinrinnende Schicksal, die Augen hingen an der verborgenen Welt; Leiden durchdrang ihn.

Um Mitternacht erhob sich Wind und trieb ihn empor. Das Haustor war versperrt, er hatte die Schlüssel nicht, aber an der Seitenfront war ein Fenster offen, er kletterte am Birnenspalier hinauf und stieg ein. Er befand sich in dem Boudoir der Mutter neben dem Musiksalon. Mit pochendem Puls zauderte er, die Hand auf der Klinke, dann betrat er den Raum, in dem die Leiche lag.

In der Ecke hinter dem Klavier brannte eine elektrische Flamme. Die Frau des Gärtners war zur Wache bestellt worden, aber sie schlief fest in einem Sessel neben der Toten; auf dem Teppich vor ihr kauerte seltsamerweise der Neufundländer.

Dietrich trat zur Bahre und blickte auf die marmornruhende Gestalt herab, über die bis an den Hals ein graues Tuch gebreitet war. Unheimlich blumenhaft, wie das Gesicht aus dem Dunkel sproßte. Die Schußwunde war vom Haar verdeckt. Die Schönheit der Züge war ins Unirdische gesteigert, vielleicht gerade in dieser einen Stunde, wo das Leben mit einem letzten, schon kristallnen Abglanz in den Tod mündete. Hier endete der Schmerz; dies zu schauen hieß an der Grenze sein und Auferstehung ahnen oder das Nichts. Was Dietrich auf die Knie niederzog, war jenseits von Gefühl und Willen, auch was ihn zwang, die Hände zu falten und zu beten.

Er betete das Vaterunser. Es war einfach, es lag nahe, es drückte neben Altgeläufigem und Verständlichem ein Mysterium aus, an das noch kein Gedanke von ihm gerührt hatte.

Der Hund war aufgestanden und an seine Seite getreten. Jetzt knurrte er, und als Dietrich sich erhob, fiel ein Schatten vor ihn. Sich ohne Neugier umwendend, gewahrte er Hanna Landgraf. Sie musterte ihn schweigend, in ihrem

Blick war Angst. Ihre Lippen öffneten sich zu einem Hauch und schlossen sich wieder, sie senkte den Kopf und legte die gekreuzten Hände an die Brust.

Dietrich grüßte stumm und wollte den Raum verlassen. Er lenkte den Schritt mechanisch, weil er von dort gekommen war, gegen das Boudoir. Rust folgte ihm. Noch hatte er die Schwelle nicht erreicht, als er aus dem abermaligen Knurren des Hundes schloß, daß das junge Mädchen hinter ihm ging. Er hielt die Tür offen, sie trat ein, er machte die Tür wieder zu. Sich mit ausgestreckter Hand gegen den Neufundländer wehrend, der mit Groll sich wider sie stellte, sagte sie bebend: »Was hat das Tier? Ich begreife nicht, was es von mir will.«

»Ich versteh es auch nicht,« antwortete Dietrich befangen; »still, Rust, Platz!« gebot er. Der Hund gehorchte unwillig. Dietrich machte Licht.

Hanna ging auf und ab, lange Zeit; dann blieb sie am Fenster stehen und schaute in die Dunkelheit hinaus. Sie trug das weiße Kleid vom Tag, darüber jedoch einen venezianischen schwarzen Schal, der die schlanke, mehr als mittelgroße Gestalt bis über die Hüften einhüllte und ihr etwas zugleich Bescheidenes und Würdevolles verlieh. In ihrem ganzen Auftreten machte sich diese Mischung geltend, in der Sparsamkeit der Bewegungen namentlich.

Plötzlich drehte sie sich um und sagte gereizt: »Warum sehen Sie mich so an? Warum verfolgen Sie mich immerfort mit demselben Blick? Glauben Sie, das spürt man nicht? Schon am Wald droben; und so oft ich Ihnen im Haus begegnet bin: derselbe Blick. Hat es etwas zu bedeuten?«

In der Tat hatte Dietrich, während sie am Fenster stand, mit dem Rücken gegen ihn, die Augen nicht von ihr gelassen. »Nichts,« erwiderte er scheu und fast erschrocken, »es bedeutet nichts Besonderes.«

»Nichts Besonderes, aber doch etwas. Sprechen Sie!«

»Nichts, als daß Sie die Letzte waren, der letzte Mensch, der mit ihr geredet hat. Der letzte Mensch, der sie aufrecht stehend und lebendig gesehen hat. Wenn man es so sagt, ist es nichts Besonderes; für mich ist es viel. Um halb sechs Uhr war es, daß sie an mir vorübergegangen ist. Sie hat mich wohl kaum bemerkt, ich glaube wenigstens nicht. Aber seitdem weiß ich, seit sieben Stunden weiß ich, was Leben ist. Und seit fünf Stunden weiß ich, was Tod ist.«

Er hatte ruhig und in sich gekehrt gesprochen. Seine Mienen hatten einen Zug von Erschöpfung. In den Mundwinkeln war ein zuckendes Kinderlächeln.

Hanna Landgraf ging ein paar Schritte auf ihn zu, blieb stehen, dachte lange nach, dann hob sie den Kopf und schaute ihn mit tiefster Aufmerksamkeit an. Hierauf flüsterte sie mit einem Ausdruck düsterer Betroffenheit: »So also. Das also.«

Sie setzte sich auf ein Taburett, verschränkte die Hände über den Knien und sah mit dem gleichen Ausdruck zu Boden. Wieder betrachtete er dieses Gesicht; wieder konnte er den Blick nicht von ihm lösen.

Er suchte darin das Gesicht der Andern, das Gesicht der Toten. Er glaubte es zu finden. Es leuchtete wie Feuer durch Rauch, das andere, und er war dem lebendigen Gesicht dankbar. Er hätte nicht zu sagen vermocht, ob es ein anziehendes oder sympathisches Gesicht war. Es schien ihm ein Gleichnis zu sein, dessen Sinn erst enträtselt werden mußte, die gebliebene Nachahmung eines unwiederbringlich verlorenen, unendlich kostbaren Originals. Etwas Zerflatterndes war ihm eigen; es wechselte in der innern Form; verging und tauchte wieder auf, war beseelt und wieder leer; voll Maß und Stille, dann wieder quälend bewegt.

Das Haar, weit dunkler als Cäcilies Haar, fast schwarz, war nicht kurz gehalten, sondern über dem Nacken in einen reichen Knoten gefaßt, über Schläfen und Ohren in natürlichen Wellen fließend. Das Seltenste, graublaue Augen im Gegensatz zu dunklem Haar, sah man an ihr; der Blick war bald fest und stark, bald schwankend und abgleitend; die Brauen lang geschwungen und ungewöhnlich dicht. Der Mund war zur Mitte hin in einer harten Linie emporgehoben; die schmale Nase gab den Zügen einen stolzen Charakter, so wie die bronzene Bräune der Haut, unter der die Blässe schimmerte, einen fremdartigen. Stolzes und Wildes, Energisches und Weiches, Verschlossenes und Unstetes hatte keinen Punkt, wo es sich sammelte; auch enthüllte es sich nur nach und nach, den verschiedenen Empfindungen und Trieben gemäß, denen das innere Wesen hingeworfen war oder sich versucherisch, empörerisch zur Beute lieh. Dietrich spürte es; es wurde ihm wie Botschaft kund: Region der Leidenschaft und der Gefahr.

Auf einmal kam es, unerwartet ihm selbst, von seinen Lippen und durchschnitt ein Schweigen, wie es zwischen einander fernen Menschen nicht zu herrschen pflegt: »Warum hat sie es getan?«

Als Hanna nicht antwortete, nur eine Geste feindseliger Abwehr machte, wiederholte er im nämlichen fallenden Rhythmus: »Warum hat sie es getan?«

»Ich weiß es nicht,« sagte Hanna finster, »fragen Sie mich nicht.«

»Nie werde ich aufhören, es zu fragen«, entgegnete Dietrich leise. »Sagen Sie es mir. Sie wissen es. Sie müssen es wissen. Sie müssen es sagen.«

Sie sprang auf. »Ich wünsche, daß man mich in Frieden läßt,« stieß sie verächtlich-böse hervor, doch gleichfalls flüsternd, als dürften die Worte nicht zu der Toten im Nebenzimmer dringen, »niemand hat das Recht, mich zu foltern, niemand hat das Recht, mich zu fragen. Wollen Sie es dem Tier dort gleichtun und mich stellen, weil Sie ein Geheimnis wittern? Bilden Sie sich ein, ich sei Ihnen eine Beichte schuldig, bloß weil mich der Zufall in Ihr Haus verschlagen hat?«

»Davon ist keine Rede«, sagte Dietrich kopfschüttelnd. »Wozu Hohn und Schimpf? Bin ich vorläufig in Ihren Augen des Vertrauens nicht würdig, so muß ichs zu begreifen suchen und mich fügen. Aber ich hoffe, daß Sie mich deshalb nicht gänzlich zurückstoßen, daß Sie mir wenigstens die Erlaubnis geben, um das Vertrauen zu werben. Es ist kein bloßer Zufall, daß ich vor Ihnen stehe und daß Sie da sind, heut in der Nacht. Wollen Sie mir verbieten, zu fragen, so machen Sie etwas Häßliches aus mir, einen Spion, der Ihnen folgen wird wie Ihr Schatten. Räumen Sie mir also das kleine Recht ein, aus Gnade, aus Mitleid, damit ich weiterleben kann.«

Bei diesen Worten malten sich Verwunderung und Bestürzung in ihrem Gesicht. »Wie merkwürdig,« murmelte sie, »wie furchtbar ...« Und wie zuvor schaute sie ihn mit tiefer, unruhiger Aufmerksamkeit an.

»Was? was ist merkwürdig, was ist furchtbar?« fragte er kaum vernehmlich.

Sie stammelte in einer Art von Ratlosigkeit: »Dieses ... dieses Unbedingte ... dieses ... ich weiß kein Wort dafür ... auch sie hatte es ... auch sie konnte so reden. Wer sind Sie eigentlich? Den Namen kenn ich natürlich; wir haben Ihnen ja für viele Freundlichkeit zu danken ... Sie müssen mir von sich erzählen ... Ja, gewiß, wir wollen miteinander sprechen ... aber nicht jetzt, nicht hier ... lassen Sie mich gehen jetzt ...«

Alles das flüsterte sie hastig, verwirrt, widerwillig beinahe, in Eile loszukommen. Sie ging auf die Tür zu, dort hielt sie inne und horchte. Auch Dietrich hörte ein Geräusch: wie wenn nackte Füße langsam über Steinfliesen gingen; dann war ein Seufzen, dann war es wieder still.

Sie sahen einander an. Der Blick des Grauens und Horchens war eine Brücke, die ihnen den Weg zueinander wies und sie stärker verband als die gewechselten Worte.

Warnende Stimme

Das Begräbnis fand am andern Mittag in Heimlichkeit und Stille statt. Georg Mathys und Justus Richter gingen mit zum Kirchhof. Sie wunderten sich über die unerschütterte Haltung, die der Professor am Grab zeigte. Er sprach vorher und nachher in geschäftlich trockener Weise mit dem Pfarrer und nahm die Beileidskundgebungen höflich entgegen. Hanna war bei ihrer Mutter geblieben. Dietrich war während der ganzen Zeit verschwunden.

Nach kurzem Schlaf hatte er sich erhoben und war in den Wald hinaufgegangen, zu der Stelle, wo Cäcilie gelegen war. Dort hatte er sich auf einen Baumstumpf gesetzt und sich der Einsamkeit und Ruhe hingegeben. Indem er unverwandt in das zerdrückte und von vielen Füßen zertretene Moos schaute, zog es ihn sehnsüchtig näher, er stand auf, blickte sich scheu um wie einer, der Verbotenes zu tun sich anschickt, und warf sich auf das Stück Erde nieder, das die Schöne zuletzt getragen. Anfangs war es wirklich wie ein Frevel, den er verübte, dann aber löste sich in ihm die Unrast, die er in dem kurzen Schlaf der Nacht empfunden. Hier war noch Zeugnis ihres Seins, gestern noch war ihr Blut über die Gräser und Farne geflossen und in die Feuchte des Bodens gesickert: heilig-unwiederbringliches Leben. Noch stand die nämliche Luft; noch ragten die nämlichen Baume; ihr letzter Blick und Seufzer hatte vielleicht den

Rottannenzweig umfaßt, der so niedrig hing, daß ihn die Hand erreichen konnte, vielleicht die Wurzel, die braun und knochig aus der Tiefe kam. Nicht länger der Weg vom Moos zu ihrem Herzen gestern als heute zu seinem; ihm war, als könne er noch einen verbliebenen Rest ihres Lebens erraffen und mit fortnehmen, Gedanken oder Wunsch oder Bild; verhauchtes namenloses Etwas, von einer Geistermacht für ihn bewahrt, durch Geisterbeschluß ihm zugesprochen.

Als er zurückkehrte, war der Professor schon zum Aufbruch bereit. Er dankte Dietrich für die gewährte Gastfreundschaft, drückte ihm mehrmals die Hand und sagte, wenn ihn der Weg nach Heidelberg führe, möge er das Landgrafsche Haus als seines betrachten; solcher Dienst bei so traurigem Anlaß vergesse sich nicht. Ihn rufe die Pflicht; schmerzlich-untätigem Gefühl dürfe er sich nicht überlassen; er sei nur ein geringer Soldat in der großen Armee der Geisteskämpfer und gehöre auf seinen Posten. Es habe ihm wohlgetan, fügte er, nicht mit der Miene eines geringen Soldaten, sondern eines Generals, zum Schluß hinzu, in den drei jungen Leuten so vortreffliche Menschen kennengelernt zu haben.

Mathys und Richter standen dabei, und die kleine Rede wirkte auf sie so wenig wie auf Dietrich angenehm. Es war alles Form, gedrechselt bis auf den Buchstaben, imponierend und überlegen, doch ohne Wärme. Man brachte ihm die Reisetasche; Hanna kam die Treppe herunter und begleitete ihn ans Gartentor; ein kurzes und, soviel zu hören war, scharfes Zwiegespräch entspann sich zwischen Vater und Tochter; jener sah hochmütig und beherrscht aus, das junge Mädchen redete leise und bestimmt. Sie trennten sich, ohne einander die Hand zu reichen.

Frau Landgraf hatte sich entschieden geweigert, nach Hause zu reisen. Sie wollte im Lauf des Tages ins Hotel Adler ziehen und für die nächsten Wochen dann in einer

Pension Unterkunft suchen. Sie wünschte in der Nähe von Cäcilies Grab zu bleiben. Der Professor nicht minder als Hanna schienen durch ihre energische Willensäußerung ziemlich erstaunt. Dietrich bekam sie übrigens erst zu Gesicht, als sie an Hannas Seite das Haus verließ, um in den Wagen zu steigen. Sie mochte fünfzig Jahre zählen, sah aber jetzt wie eine Greisin aus. Mit erloschenen Augen wankte sie durch den Flur, die Haut war entsaftet, die Arme hingen kraftlos. Dietrich näherte sich schüchtern, beugte sich herab und küßte ihr die Hand. Sie schaute ihn groß und fremd an, schien von einer Ahnung erfaßt zu werden und halb entsetzt, halb ergriffen stützte sie sich eine Sekunde lang auf seine Schulter.

Als sie im Wagen saßen, fing Hanna an, von Oberlin zu sprechen, von seinem freien Entgegenkommen, seiner bescheidenen Freundlichkeit. Sie habe ihm Nachricht verheißen; sie habe sich entschlossen, ihn hie und da zu sehen, da sie nichts Besseres wisse, um sich ihm erkenntlich zu zeigen. Nach einer Pause dann: er sei ja fast noch ein Knabe, aber wenn man mit ihm rede, denke man daran nicht. Das Sonderbare sei passiert, daß er Cäcilie noch von Angesicht zu Angesicht gesehen, vorher, und daß er nun um sie trauere, als sei sie seine Braut gewesen.

»Was sagst du da, Kind, was sagst du da!« rief Frau Landgraf beschwörend.

Hanna senkte die Augen. »Am liebsten hätte er uns bei sich im Haus behalten,« fügte sie trocken hinzu; »als ich ihm sagte, daß wir gingen, wollte er nichts davon wissen und dich zum Bleiben bewegen.«

»Bring ihn zu mir; er soll zu mir kommen«, murmelte Frau Landgraf.

Wie er dagestanden ist, so bleich, dachte Hanna; wie er uns nachgeschaut hat mit den zärtlichen Augen. Ja, er hat zärtliche Augen, fuhr sie fort zu grübeln; er ist einer, der sich zu opfern fähig ist. So sprechen sie, so blicken sie, die Unbedingten. Sie weinen nicht, sie verzweifeln nicht, sie handeln. Er ist anders als alle, und alle spüren es, auch der Hübsche, Schlanke, Kluge mit den Sammetaugen, der sein Freund ist.

Ich möchte, daß er tanzt, war plötzlich ihr bizarrer Gedanke; ich möchte, daß er überschäumt und wie ein Leichtsinniger schwatzt; ich möchte ihn umkehren, daß er an sich irre wird; ich möchte, daß er lügt und stiehlt und es keinem bekennt außer mir; er müßte vor mir schuldig sein und sich demütigen.

So konnte sie vorübergehend empfinden. Sie war so vielfach in den Stunden wie die Stunden selbst waren. Keine Regung, mit der Blut und Gedanke nicht stürmisch schwangen und die sich nicht verflüchtigt hätte, angerührt von ihrem Widerspiel. Sie ging den Weg zur Flamme, bog kühn die Hände hin; und kehrte zurück in ihr Versteck, wo sie sich weltscheu verschanzte. Niemand konnte sie erraten; äußerlich nüchtern, gehorchte sie den Überlieferungen ihrer Kaste.

Am dritten Tag schrieb sie an Oberlin ein Billett, und sie trafen sich vor dem Friedhof. Damit begann die Verkettung.

Zwischen den Freunden kam es, kaum daß sie wieder unter sich waren, zu Verstimmungen. Die Ursachen waren zuerst nichtig; eine vergessene Verabredung genügte, ein übereiltes Wort, eingebildete Vernachlässigung. Aus Meinungsverschiedenheit wurde Streit, aus Streit fortwuchernde Mißlaune. Sie glichen drei Eingesperrten, die einander überdrüssig geworden sind; jeder wurde durch Blick und Miene des anderen gereizt, und sogar Georg Mathys ließ es dann an Wohlwollen fehlen.

Erbitterte Wechselrede und in deren Folge beinahe offenen Bruch führte ein Brief herbei, den Justus Richter von seiner Schwester aus Heidelberg erhielt und den er den Fre-

unden vorlas. Er hatte über den Selbstmord Cäcilie Landgrafs nach Hause geschrieben, und in ihrer Antwort
berichtete die Schwester, was man sich über die Landgrafsche Familie dort erzählte und was längst stadtläufig war,
Skandal über Skandal, so daß die Katastrophe eigentlich
wenig Überraschung erregte. Bürgerliche Form als dünner
Firnis; darunter Zerstörung und Zerfall.

Die Frau von ihrem Gatten unwürdig behandelt; das für
den Haushalt nötige Geld müsse sie sich von Bekannten
ausleihen. Seit Jahr und Tag habe der Professor eine Beziehung zu einer Schauspielerin in Darmstadt, deren ver-
schwenderische Führung, Prunksucht und Spielleidenschaft,
den Großteil seiner sehr bedeutenden Einnahmen ver-
schlinge. Von berechnendem Geiz gegen die Seinen, lebe er
außerhalb des Hauses als Grandseigneur. Die Töchter wider
ihn im Bund und aufgebracht gegen die Mutter, die ihre
Erniedrigung duldend hinnahm. Die Schuldenlast über-
steige jeden Begriff; Lieferanten in der Stadt wie auswärts
drohten mit Prozeß. In letzter Zeit habe die Dame in Darmstadt eine Nebenbuhlerin erhalten, noch dazu ein junges
Mädchen aus adligem Haus, eine Gräfin Bettine Gottlieben
zu Gottlieben, die wegen eines Gemütsleidens von ihrem
Vater zu Professor Landgraf gebracht worden war. Zwischen ihr und Cäcilie habe sich Freundschaft entwickelt, die
einerseits Hannas Eifersucht erweckte, andererseits dem
Professor im Wege war. Eines Tages sei es zu einer häßlichen Auseinandersetzung zwischen Cäcilie und ihrem
Vater gekommen, und der Professor habe geäußert, er
werde sie in eine Anstalt sperren lassen. Allgemein heiße
es, er könne sich an der Universität wie auch in seiner Praxis nur durch den außerordentlichen Ruf halten, den er als
Gelehrter und Arzt genieße; aus allen Weltteilen strömten
die Kranken zu ihm, und die Erfolge seiner analytischen
Methode seien derart, daß sie die Gegner zum Schweigen
zwängen, obgleich selbst die Anhänger zugeben müßten,

daß er einer von denen sei, die kaltblütig über Leichen schritten und deren Geldgier übrigens keine Grenzen hätte.

Dietrich hatte sich erhoben und ging auf und ab. Das sei alles nicht wahr, stieß er hervor, sei alles böswilliger Klatsch und unbesonnenes Gerede, zusammengebraut von alten Weibern und aufsässigen Fachgenossen; jedem Wort hafte die Lüge und Übertreibung des giftigen Hörensagens an; wie Justus sich nicht schämen könne, dergleichen zum Besten zu geben.

Justus Richter erwiderte zornig, da urteile er doch zu vorschnell; er wundere sich über die Kühnheit, mit der Oberlin seine Schwester verdächtige und weise den schnöden Inzicht zurück. Auch ihm seien, während er zu Hause gewesen, üble Gerüchte über den Professor zugetragen worden, er habe sich nur nicht gleich erinnert; dies und jenes hätten die Spatzen von allen Dächern gepfiffen, und es sei ebenso bequem wie einfältig, wenn einer hinter dem Schild seiner Unkenntnis in Abrede stelle, was, leider Gottes müsse man sagen, sonnenklar am Tage liege.

Er glaube es nicht, beharrte Dietrich mit schmerzlicher Wut, er glaube es nicht, und wenn man ihm drei Dutzend Zeugen dafür bringe. Nichts sei glaubwürdig, was unter den Menschen von Mund zu Mund gehe, und da das Reinste nicht rein bleibe, weshalb solle er das Schmutzige und Niederträchtige unüberprüft für bare Münze nehmen? Er glaube es nicht, keine einzige Silbe glaube er, und es ihm einreden zu wollen, sei eine Schlechtigkeit.

»Hör mal, Oberlin, das ist närrisch,« mischte sich Georg Mathys in den Zank; »du eiferst dich sinnlos. Es handelt sich doch hier mehr oder weniger um Tatsachen, und die Wahrheit kann ergründet werden, falls uns darum zu tun ist. Dünkt es dich denn etwas so Unerhörtes, daß in der bürgerlichen Gesellschaft die Schranken der Zucht brechen? Da weißt du eben nicht, wie durchhöhlt der Boden ist, auf dem sich unsere Existenz abspielt und wie nah wir beständig am Abgrund schreiten. Wie in einem Raum, aus dem nach und nach die Luft ausgepumpt wird, sind die Menschen unserer Welt zusammengepfercht, und in ihrer Erstickungsraserei zerfleischen sie einander die Brust. Geh nur hinaus zu ihnen, du wirst es schon erfahren.«

»Keine Gemeinplätze, ich bitte dich darum,« rief Dietrich, »es macht mich wild. Wozu verhilft dir das Wissen? Sie leben, und keinen hast du in dir drin. Du mußt nicht allen Verstand alleine haben wollen. Ich glaub dir nicht, ich glaub euch nicht, ihr redet so und handelt anders. Sei ehrlich, antworte ohne Hinterhalt: kannst du sie dir in solchem Pfuhl denken? Ruf dir doch das Bild zurück! Und du, Richter, denk doch, denk doch! Hat euch nicht das Herz geschlagen und seid ihr nicht vor ihr dagestanden, als hätt euch der Erzengel mit silberner Fittich gestreift? Nun laßt ihrs zu, daß man Unrat über sie schüttet. Das ertrag ich nicht.«

Richter und Mathys tauschten einen vielsagenden Blick. Der von Mathys bat um Einhalt, er begriff das Außersichsein Dietrichs, die flehentliche Berufung plötzlich besser und tiefer als der eigensinnige Justus Richter, der sich verbissen hatte und sich für die Schwester beleidigt fand. Es kam auch eine Art Männerärger hinzu, den er darüber verspürte, daß Oberlin sich so maßlos einsetzte für ein weibliches Wesen, auf das er so wenig Anrecht besaß wie Justus selbst. Er wollte es nicht gelten lassen, sprudelte etwas hervor von Borniertheit und Überheblichkeit und sagte spöttisch, wenn Dietrich seine Informationen von Hanna Landgraf beziehe, mit der er ihn gestern in der Strandallee gesehen habe, brauche er nicht weiter stolz auf seine Wissenschaft zu sein; die werde ihm sicherlich keinen reinen Wein einschenken. Georg Mathys, der das Erblassen Dietrichs bemerkte, wies die Rüpelei Richters scharf zurück, und nun gerieten die zwei einander in die Haare, während

Dietrich mit verschränkten Armen am Fenster stand und in ihre Gesichter schaute, die ihm häßlich vorkamen wie Fratzen.

Auch als am Abend wieder versöhnlichere Stimmung eintrat, blieb in allen der bittere Bodensatz. Es war keine freie Verständigung mehr, die Harmlosigkeit war gewichen, der schöne Dreiklang hatte sich in Mißtöne zersplittert, und jeder einzelne hatte das Gefühl, daß die Zeit abgelaufen und es ratsam sei, sich zu trennen. Richter war der erste, der den Mut hatte, es zu sagen; am andern Nachmittag schon reiste er nach Hause. Zu seiner Überraschung teilte ihm Oberlin auf dem Bahnhof seinen Entschluß mit, den Winter in Heidelberg zu verbringen und dort die Prüfungen abzulegen. »Dann werden wir uns ja hoffentlich viel sehen«, antwortete Justus Richter herzlich, und bevor er ins Coupé stieg, umarmte er den Kameraden, nicht ohne Scheu, als wage er es nicht ganz, ihn seiner Zuneigung zu versichern. »Trotz allem, Oberlin«, sagte er lachend.

Am folgenden Tag nahm auch Georg Mathys Abschied. Er fuhr zu Verwandten nach Luzern und wollte Ende Oktober in Basel sein. Sie hatten darüber ein kurzes Gespräch, und an dessen Schluß sagte Mathys: »Zu verabreden haben wir nichts. Ich denke, es kann dir jetzt wenig passen, dich zu binden. Mir ist, als gingst du weit von mir weg, wenn ich dich jetzt verlasse, auf eine weite Reise. Ich weiß nicht, was in dir vorgeht, ich spür nur deine Ungeduld und dein erregtes Herz. Ich hab Angst um dich; ich sag es geradeheraus, dumme, gemeine Angst, und ich genier mich, daß ich vor dir stehen und dich ermahnen soll wie eine fromme Tante. Halt deine Sinne beisammen, kleiner Bruder; heut nacht träumte mir, eine tolle Bestie hätte dich im Wald überfallen und in Stücke zerrissen. Menschen wie du sind auf der Welt, um ihre Erlebnisse mit Blut zu bezahlen. Gib wenigstens nicht alles Blut aus deinem Leibe her. Was ich da rede, hat gar keinen Kern, ich tappe nur so in der trüben

Ahnung; es ist mir ein Gesicht erschienen, vor dem ich erschrocken bin, und außerdem haben deine Augen jetzt was merkwürdig Geisterhaftes. Sei auf deiner Hut, Oberlin, und wenn du mich brauchst, du weißt, dann bin ich da.«

Dietrich nickte, bewegt und verwundert.

Was vermag denn ein Mensch?

Es klang nach vertraulicher Eröffnung, als Hanna Landgraf Oberlin von einem Tagebuch Cäcilies erzählte, das sie bis zuletzt geführt. Er vernahm es hochaufhorchend.

Zögernd fragte er, ob sie es kenne. Ja, Cäcilie habe ihr die eine oder andere Stelle vorgelesen; es seit dem Tod der Schwester anzurühren, habe sie sich gescheut. Er sagte, das begreife er. Vielleicht werde sie es beim nächsten Mal mitbringen, fuhr sie fort; vielleicht entschließe sie sich, ihm etwas daraus zu zeigen.

Er erwiderte hastig, ob das erlaubt sei, ob sie preisgeben dürfe, was Cäcilie vor fremden Augen hatte verbergen wollen.

Hanna sagte zurechtweisend, Geheimnisse werde sie zu wahren wissen; es handle sich doch vor allem darum, zu erfahren, was den Vorsatz zu sterben in ihr bewirkt und befestigt habe, möglicherweise finde sich in den Aufzeichnungen ein Hinweis. Pflicht der Diskretion falle nicht mehr ins Gewicht gegen die andere, größere. Ungewißheit sei Qual; Wahrheit, selbst die grausamste, beruhige.

Sie sprach mit ihrer fülligen rauhen Stimme und mit einem unergründlichen Unterton von Kälte und Ironie. Wollte sie seiner spotten? Nahm sie die Worte nicht ernst, mit denen sie ihn so überraschend einbezog in das Gewebe von Leben und Tod der Schwester? Er fürchtete es. War sie wirklich, wie sie sich gab, ohne Kenntnis, ohne Fährte? Er glaubte es nicht. Doch lag alles daran, sich mit ihr zu verbünden. Zaghaft entgegnete er, wenn sie die Wahrheit wolle, müsse sie auch die Geheimnisse aufdecken, und an denen teilzunehmen, meine er kein Recht zu haben.

»Wir werden ja sehen«, sagte sie kurz, und achselzuckend setzte sie hinzu, der Mensch klarer Entscheidungen scheine er nicht zu sein. Ihr sei jetzt einer nötig, der im kritischen Moment den Mut zum Ja oder Nein aufbringe. Nach einer mutigen Hand sehne sie sich, nach einem Herzen, dem Mut gewissermaßen Passion und Eingebung sei.

Verfängliche Äußerung; da er schwieg und nur einen schnellen Seitenblick auf sie warf, lächelte sie geringschätzig und sagte, sie bezweifle, daß das Tagebuch die gewünschten Aufschlüsse geben werde. Die ihr bekannten Partien enthielten zumeist nicht besonders originelle Betrachtungen und Merkdaten flüchtiger Erlebnisse. Ihr fehle für derlei sowohl Geduld wie Neigung, die Tagebuchleute legten ihrem Tun und Denken eine ungebührliche Wichtigkeit bei und meinten sich das Leben zu erleichtern, wenn sie solch kleinen Extrakalender in der Kommodeschublade aufbewahrten. Sie habe auch mit Cäcilie darüber gestritten, aber die Folge sei gewesen, daß sie ihr dann mißtraut habe.

So hätten sie sich also nicht schwesterlich vertragen? erkundigte sich Dietrich naiv.

»Wie einfältig sich das anhört,« rief sie aus, »wie aus dem alemannischen Schatzkästlein.« Ob er glaube, zwei Menschen wie sie und Cäcilie hätten aufwachsen sollen wie Turteltäubchen? »Wir waren oft eine von der andern wund,« sagte sie mit lodernden Augen, »es ging ans Blut, die Welt wurde eng. Freilich sie ... sie wußt es nicht wie ich; oder wollt es nicht wissen; zog sich in ihr Schön-Sein zurück, in ihr Vergöttert-Sein; dann ist man dagestanden, blamiert, armselig, hilflos ...«

Sie verstummte. In Dietrich war alles zitternd angespannter Nerv des Lauschens. Aber an der Ecke zu der Pension, wo Mutter und Tochter nun wohnten, warf sie ein gleichgültiges »auf morgen« hin, ohne ihm die Hand zu bieten.

Als er bei der nächsten Begegnung, zur selben Stunde und wieder am Kirchhofstor, die Rede schüchtern auf das Tagebuch brachte, erwiderte sie, sie habe es nicht gefunden; vielleicht habe es Cäcilie zu Hause gelassen. Auf seine ungläubige Miene dann: sie wolle offen sein und gestehen, daß sie vergessen habe, es zu suchen. Und als er immer noch nichts sagte: sie habe bereut, daß sie davon gesprochen; sie habe sichs überlegt und fürchte, es nicht verantworten zu können, wenn sie ihm Einblick gewähre, dem völlig Fremden, von dem nicht einmal der Name zu Cäcilie gedrungen sei.

Der Ausdruck von Traurigkeit in seinem Gesicht flößte ihr Mitleid ein. »Wir werden sehen«, sagte sie wieder wie gestern, als er es gewesen, der Bedenken geäußert; es sei übrigens möglich, daß es die Mutter in Verwahrung genommen hätte. Sogleich entstand in ihm der Plan, sich an Frau Landgraf zu wenden, da er Hannas Absicht, ihn hinzuhalten, vermutete. Aber unter welchem Vorwand sollte er dies tun, mit welcher Befugnis?

»Ist es ein Buch? ein Heft?« fragte er.

»Ein schmales Heft in Saffian mit silbernen Initialen.«

»Und wann hat sie zuletzt in das Heft geschrieben, wissen Sie das?«

»Wie sollt ich es wissen. Sie sonderbarer Mensch, und was würde es besagen?«

»Ist nicht anzunehmen, daß ein Wort, eine Anspielung, ein Geständnis ... haben Sie nicht daran gedacht? Antworten Sie doch!«

Bedrängt von dem beklommenen Ungestüm sagte sie, es sei nicht anzunehmen, es widerspreche Cäcilies Charakter durchaus. »Und wenn es auch geschehen wäre,« rief sie, »was soll es, was nützt es? können Sie sie ins Leben zurückrufen damit? Was hat es für einen Sinn? Was ändert es für Sie?«

Er sagte leise: »Es hat den Sinn, zu wissen. Es hat den Sinn, zu sehen. Jetzt seh ich sie wie durch Schleier. Dann werd ich sie wirklich sehen. Ich muß sie wirklich sehen. Vorher hab ich keine Ruhe.«

Sie heftete einen erwartungsvollen Blick in sein grüblerisch gesammeltes Gesicht. Da fragte er unvermittelt, ihrem Auge begegnend, wer der junge Mann gewesen sei, mit dem sie am Nachmittag vor dem Unglück gegangen. Hanna, als hätte sie eben diese Frage erwartet, antwortete auffallend bereitwillig, das wolle sie ihm gern sagen, es sei Hubert Gottlieben gewesen, von den Grafen Gottlieben am Untersee.

Dietrich erschrak wie bei einem Steinwurf im Finstern. »Der Bruder von Bettine Gottlieben?« flüsterte er bestürzt. Und nun war es an Hanna, zu erschrecken. Woher er von Bettine Gottlieben wisse? Warum er so entsetzt sei? Heftiger, gereizter dann: warum er schweige? was sie sich von seinem Betragen denken solle?

Mysteriös erscheinen mochte er nicht. Er erzählte ihr von dem Brief, den Justus Richter bekommen, berichtete den Inhalt, wohl mit schonenderen Worten, doch Punkt für Punkt, ohne erhebliche Auslassungen. Er erzählte auch von dem Zank, der sich darüber zwischen ihm und den Freunden entsponnen und wie er die Meinung vertreten und sich nicht davon habe abbringen lassen, daß das alles abscheuliche

Verleumdungen seien. Dem hätte namentlich Justus Richter widersprochen, und es wäre Zerwürfnis entstanden.

Hanna Landgraf hörte gesenkten Hauptes zu. Bisweilen sah er die eigentümlich gewölbte Oberlippe beben, und unter der bronzenen Bräune der Wangen schimmerte wieder die Blässe, die er kannte und die ihn ergriff.

Sie hob den Blick und nahm Dietrichs Bild auf wie ein neues. Viel von dem, was er gesagt, hatte sie an einer Stelle ihres Innern angerührt, die bisher verhärtet gewesen war gegen die Stimme der Welt. Die Lauterkeit des schlanken Knaben machte tiefen Eindruck auf sie, und es zu fassen, des letzten Argwohns ledig zu werden, dazu brauchte sie Zeit.

Es war gegen Abend, der Westen war zart bewölkt und gefärbt, vom See zogen Oktobernebel herauf. Sie saßen auf der Rundbank unter einer mächtigen Linde, die unfern von der Mauer des Friedhofes ihren noch wenig entlaubten Wipfel in die feuchte Dämmerung breitete.

»So weit ists also schon,« sagte Hanna, »man schreibt sichs einander, als wären es öffentliche Angelegenheiten. Ich wundere mich nicht, es läuft den Weg schon lang. Sie haben unrecht gehabt, es für Lüge und Verleumdung zu erklären; die Illusion muß ich Ihnen leider rauben. Die schauderhaften Jahre haben ja fleißig daran gearbeitet, daß die Mauern bei uns durchsichtig geworden sind. Was wir in unseren vier Wänden getan und geredet haben, war Gift und Schmach, und jeder hats eingeatmet und jeder hats erhorcht, der nur über die Schwelle schritt. Manches ist falsch in dem Brief; natürlich, es muß doch auch für die Kombination der Leute was übrigbleiben; aber das meiste ist wahr, leider. Daß Cäcilie gewußt haben soll von dem, was sich zwischen Bettine Gottlieben und meinem Vater abgespielt hat, davon ist nicht die Rede. Das war ich, die gewußt hat, ich, die es durchgekämpft hat; nur meine Augen haben gesehen, nur ich hab davor gezittert. An Cäcilie kam das Schreckliche nicht heran, sie war die einzige, an die nichts herangekommen ist. Die Menschen redeten vor ihr mit andern Zungen, die Dinge hatten vor ihr ein anderes Gesicht. An sie ist nichts herangekommen, außer die Liebe, außer die blinde Vergötterung. Alles hat sich vor ihr gebeugt, die Welt war umgelogen; im Nu war das Schwarze weiß, das Häßliche schön, das Schlechte gut. Und sie, sie nahm auch nichts an, nicht einmal die Liebe und Vergötterung; nicht als wäre sie kalt gewesen und ohne Seele, o nein. Es war eben alles zu wenig für sie. Wenn einer sein ganzes Inneres vor ihr ausgeschüttet hätte, Hab und Gut geopfert hätte, wie es ja geschehen ist, die ganze Erde für sie erobert hätte, in den Himmel hinaufgeflogen wäre, um die Sterne für sie herunterzureißen: zu wenig. Sie spürte vielleicht gar nicht unsern Jammer, sie wußte ihn nicht. Niemand hatte sich getraut, ihr Unangenehmes zu sagen, ihr nur eine Andeutung von dem zu machen, was um sie herum vorging, ich nicht, die Mutter nicht, kein Mensch. Man hatte Angst davor wie vor etwas Unausdenklichem. Unausdenklich war es für jeden, ihr Kummer zu bereiten oder nur Unruhe. Dabei war sie selber voller Unruhe; wie eine, die im Traum was Verlorenes sucht. Ein junger Schriftsteller bei uns hat von ihr behauptet, sie lebe in einem Traumring, verzaubert, und wer den zerbrechen wolle, der gehe daran zugrund.«

Dietrich, der mit gierigen Augen Wort um Wort aufgenommen hatte, fragte hauchend: »Und Ihr Vater?«

»Der Vater? Auch er hatte Angst vor ihr«, gab Hanna rauh zurück. »Er fühlte sich nie wohl, wenn sie im Hause war. Seit ihrer frühen Jugend war er immer darauf bedacht, sie zu entfernen. Sie war monatelang bei Verwandten oder lebte irgendwo auf dem Land, und ich mußte einfach mit. Wenn sie kam, versteckte er sich vor ihr, oder er verreiste; in ihrer Gegenwart redete er mit veränderter Stimme und spielte geradezu Komödie. Es mag jetzt vier Monate her sein, zu Anfang des Sommers wars, Cäcilie und ich waren den Tag vorher aus Erlenbad zurückgekommen, da saßen wir mit den Eltern bei Tisch und Cäcilie sprach zum erstenmal von ihrem Plan, hier in die Gnadsche Gartenbauschule einzutreten. Die Mutter wollte nichts davon hören, auch der Vater schien nicht entzückt von dem Vorhaben und erklärte ihr, daß sie sich nach seiner Meinung dadurch gesellschaftlich entwerte. Dann kam das Gespräch auf andere Dinge, Cäcilie verließ das Zimmer, und kaum war sie draußen, sprang der Vater auf, streckte den Arm über den Tisch und rief meiner Mutter mit einem Ausdruck von Frohlocken zu, den ich nie vergessen werde: Laß sie nur fort; sie soll nur gehen; ausgezeichnet diese Idee; Gartenbauschule, ausgezeichnet; versuch es nur nicht, sie andern Sinnes zu machen; vortreffliche Idee! Nie werde ich das vergessen, mir graute beinahe, ich fragte mich: was ist das zwischen ihm und Cäcilie, was geht da vor? wozu diese Verstellung erst und dann die Freude?«

»Seltsam«, flüsterte Dietrich.

»Von ihm wäre viel zu sagen,« fuhr Hanna fort; »er ist stark und hat keine Grenzen wie andere, bei denen man dann weiß: so, jetzt überschau ich ihn, jetzt kann mich nichts mehr überraschen. Ich habe Bücher über schwarze Magie gelesen, in denen von Exorzisten die Rede ist, die Gewalt hatten über den Teufel und die Dämonen. Ich glaube, solch ein Mensch ist er. Ach, mir ist plötzlich, als müßt ich mir alles von der Seele reden. Sie haben etwas an sich, Dietrich Oberlin, das einen dazu verführt. Dieser Mann, unser Vater, Sie können nicht ermessen, was er in unserm Leben bedeutet hat, in meinem und Cäcilies. Aber lassen Sie mir Zeit. Es geht nicht so auf einmal. Und wenn Sie mich anschauen, mit dem Blick, in dem nichts steht als: Cäcilie, mit dem Sie mich beschwören und in die Enge treiben, da wird mir die Lippe lahm, und ich kann nicht weiter. Begreifen Sie nicht, daß Sie mich förmlich austilgen und zu einem traurigen Schatten machen, wenn Sie durch mich hindurch zu ihr wollen und nichts anderes sonst?« –

»Durch Sie hindurch ... zu ihr,« wiederholte Dietrich mit bestürztem Erstaunen, »ja, es mag sein. Sie haben recht, doch verzeihen Sie ... verzeihen Sie ...«

»Verzeihen,« sie lachte gekünstelt, »da ist nichts zu verzeihen. Angenommen nun, ich mache mich freiwillig zu dem Schatten; angenommen, ich lasse mich auslöschen, austilgen und werde ganz zum Transparent für Cäcilie, wie Sie mit jedem Wort und Blick verlangen, was bleibt mir dann? was bin ich dann?« Da er betroffen schwieg, setzte sie mit schmerzlicher Koketterie hinzu: »Was wollen Sie mir dafür geben, dafür, daß ich nicht mehr bin – ?«

»Alles,« stammelte Dietrich, »alles will ich Ihnen geben, alles will ich Ihnen sein, was ein Mensch vermag.«

»Und was vermag denn ein Mensch?« fragte sie lauernd; »was ist das: alles – ?«

Er ergriff ihre Hand und preßte sie zwischen seinen beiden. »Alles, das bin ich mit Haut und Haar, mit Leib und Seele. Sie sind ja die Schwester, Sie sind ja ein Stück von ihr.«

»Die Schwester,« sagte sie klagend, »Zwillingsschwester sogar. Sie wissen nicht, was das heißt. Du weißt nicht, was das war. Laß ab von mir, armer Dietrich, es nimmt kein gutes Ende.«

Er beugte sich nieder und legte seine Stirn auf ihre kühle Hand. Sie duldete es. Mit der andern Hand strich sie ihm langsam über das Haar. Sie lächelte rätselhaft dabei.

Bildnisse Cäcilies

Hanna forderte ihn auf, ihre Mutter zu besuchen; sie habe sich des öftern nach ihm erkundigt, setzte sie hinzu. An dem Nachmittag, an dem er sich dazu entschloß, war eben eine Depesche des Professors eingetroffen, kategorischer Befehl an Frau und Tochter, nach Hause zu reisen. Sie hatten das Logis bereits gekündigt. Frau Landgraf begrüßte Dietrich wie einen alten Freund, und als er Platz genommen hatte, fragte sie ihn nach seinem Leben und nach seiner Mutter. Im Laufe der Unterhaltung sagte sie: »Wenn ich einen Sohn hätte haben dürfen, wäre alles anders geworden. Frauen, die keine Söhne haben, stehen im zweiten Rang; so scheints mir manchmal; sie wurzeln nicht kräftig und sie wachsen nicht hoch. Ich kannte eine Mutter von sechs Söhnen, sie war eine Furie, aber wenn die sechs um sie herumstanden, das hatte was Grandioses.«

Hanna warf achselzuckend ein, wenn man die Welt von dem Standpunkt aus beurteilen wolle, dürfe man sie nicht auf ihr Gut und Böse hin ansehen. Darum ginge es auch nicht, erwiderte Frau Landgraf, nicht um gut und böse, sondern um ärmer oder reicher, um stärker oder schwächer. Sich nach göttlichem Gefallen auf der Erde einzurichten, sei ohnehin nicht Menschensache; jeder lebe sein unvollendetes Stück, sein Hinauf oder Hinab, und wisse um kein Ziel.

Dietrich erzählte von seiner Mutter; er gebrauchte vorsichtig verhaltene Worte, desungeachtet formte sich eine Gestalt aus reinstem Stoff, und gerade die jünglinghafte Kargheit der Schilderung verlieh dem Bilde Schmuck. Im Klang seiner Stimme lag bereitwillige Ehrerbietung; wie eigen, da sah er sie hoch über sich, in einer dünneren Luft, mit ernster Frage und Sorge ihn betrachtend, und er senkte furchtsam den Blick. Hanna ließ ihn nicht aus dem Auge, in ihren Mienen war neidvoller Unglaube, forschende Verwunderung. Es kam Dietrich übrigens vor, als sei sie in den letzten Tagen schöner geworden; schien es deshalb, weil ein gemeinsamer Traum ihn mit ihr verflocht? Gehorchte sie so seinem Wesen, seinem in der Stummheit wirkenden Gefühl? Es war leicht um ihn und in ihm; eine leichte süße musikalische Spannung.

Als er von der beschlossenen Abreise vernahm, sagte er ruhig, er gehe gleichfalls nach Heidelberg, es sei sein Vorsatz längst, das Arbeitspensum des Winters dort zu erledigen; der Einwilligung der Mutter sei er sicher. Hanna zeigte sich keineswegs überrascht; sie verlor in Gegenwart der Mutter nicht die stolze Gemessenheit, und in beschützerischem Ton fragte sie, ob er denn ohne langwierige Vorbereitungen übersiedeln könne. Er bejahte. Dann könne er ja mit ihr und der Mutter fahren, meinte Hanna; auch dies bejahte er, und Frau Landgraf fügte hinzu, sich an ihre Tochter wendend, da könne man ihm ja vielleicht die beiden Zimmer verschaffen, die Bettine Gottlieben bewohnt habe, oben im Kestnerschen Haus.

Hanna schwieg. »Wunderlich,« sagte sie, als sie Dietrich in den Flur begleitete, »wie immer alle Fäden in denselben Knoten laufen, auch wenn man es nicht will und denkt. Ich werde an Kestners sofort schreiben; daß die Zimmer noch frei sind, weiß ich. Bettine ist die letzten drei Tage dort in einem krampfähnlichen Schlaf gelegen; Tag und Nacht war Cäcilie bei ihr. Darnach wollten die Leute eigentlich keine Mieter mehr haben. Daß du dort hausen sollst!«

Am andern Nachmittag reisten sie, am Abend kamen sie in Heidelberg an. Die erste Nacht wohnte Dietrich im Hotel, am Morgen führte ihn Hanna zu Kestners, einem alten Ehepaar. Nach etwas umständlichen Verhandlungen wurden ihm die beiden Zimmer überlassen und eine Stunde später zog er ein. Es waren Räume von angenehmen Verhältnissen, die Decke niedrig, die Wände mit blaugemustertem Stoff bekleidet; ein farbiger alter Stich da und dort; die hellen alten Möbel, bauchig geschwungen, bildeten ein behaglich Organisches; in der Wohn- und Arbeitsstube stand ein mit Figuren geschmückter weißer Kachelofen; das breite französische Bett im Schlafzimmer war in einen Alkoven gerückt und mit blauem Kattun verhängt. Durch die niedrigen breiten Fenster sah man auf den Neckar, drüben auf rotes uraltes Dächerwerk, dann kamen Gärten, schließlich der Schloßberg und herbstbrauner Wald, beladen mit Sonne.

Er ging gleich aus und kaufte Blumen, und zwar in solcher Menge, daß seine Wirtin nicht wußte, wo sie Vasen und Gläser dafür herschaffen sollte. Als Hanna kam, um ihn zum Abendessen abzuholen, er war bei Landgrafs zu Tisch gebeten, blieb sie erstaunt an der Tür stehen; all das Gelb und Violett und Rot kämpfte jubelnd gegen die Dämmerung. Er war beschäftigt, seine Bücher aufzustellen; Hanna war ihm behilflich. Sie plauderten dabei, jeder vor sich hin; als sie auf die Uhr sah, erschrak sie; es war acht vorüber, der Professor hielt auf Pünktlichkeit. Doch hatte man nur wenige Minuten zu gehen.

Professor Landgraf begrüßte Dietrich und sagte, er sei erfreut, ihn so unerwartet bald bei sich zu sehen. Es hatte etwas Beunruhigendes, daß man hinter den starken Brillengläsern seine Augen nur als schwarze Scheiben gewahrte. Dadurch wurde das Gefühl erweckt, als habe man es noch mit einem andern Menschen zu tun als dem, mit dem man redete, einem im Hinterhalt verborgenen. »Sie haben sich mit Hanna angefreundet,« sagte er mit hoher Kehlstimme; »das ist schön; haltet nur gute Kameradschaft; auch Margarete,« er deutete auf seine Frau, »äußert sich wohlgefällig über Sie. Schön, sehr schön; ist ohnehin selten geworden, daß junge Leute sich die Herzen älterer Damen erobern. Sie haltens alle mit der Zweckdienlichkeit. Der Teufel hole ihre Zweckdienlichkeit.« Er lachte, nahm die Brille ab und putzte sie mit dem Taschentuch. Nun glichen die lichtlosen Augenscheiben vollends zwei ausgelöschten Lampen.

Es war noch ein schweigsamer junger Mann zugegen, Doktor Kelling, einer der Assistenzärzte des Professors. Er verbeugte sich, als Dietrich ihm vorgestellt wurde und verzog keine Miene. Frau Landgraf rief zu Tisch. Der Professor wies die Plätze an. »Mein Tisch ist rund,« sagte er, »an ihm gibt es kein oben und kein unten und folglich auch keinen Rang.« Er wandte sich seltsamerweise zumeist an Dietrich, lächelte ihn freundlich an, reichte ihm die Platten, schenkte ihm Wein ins Glas, aber in seinen Bewegungen und Worten war nervöse Hast, auch war er es fast allein, der redete.

Dietrich aß wenig und hörte unaufmerksam zu. Als er einmal den Blick auf Hanna richtete, machte ihn der gequälte Ausdruck in ihrem Gesicht betroffen. Er war froh, als man aufstehen durfte; der Professor, seine Frau und Doktor Kelling gingen ins Rauchzimmer nebenan, Hanna winkte Dietrich zurück. Sie zog ihn ans Fenster; sie hielt seine Hand fest, sie flüsterte: »Ich muß es dir sagen, es ist unerträglich; vielleicht ists Einbildung, vielleicht Hirngespinst, aber er spricht mit dir genau so, in genau demselben Ton, mit derselben falschen Freundlichkeit wie mit ihr.«

»Mit ihr? mit ...?«

»Genau so wie er mit Cäcilie gesprochen hat. Mit keinem andern Menschen auf der Welt hat er so gesprochen. Das täuscht nicht. Mutter hat es auch gemerkt; sie war ganz verstört.«

»Und was will er damit?«

»Ich weiß es nicht. Er ist scharfsinnig bis zum Hellsehen. Er errät die Menschen aus dem Zucken ihrer Wimpern. Er ist wie ein Jagdhund, der einer Spur so lange folgt, bis er das Wild aufgescheucht hat. Es ist unmöglich, ihn zu durchschauen. Man kann noch so sehr auf der Hut sein, plötzlich packt er einen, und man ist verloren.«

»Verloren? wie denn verloren, Hanna? Warum denn verloren?«

»Nichts, nichts«, wehrte sie schaudernd ab und schlug die Hände vors Gesicht. »Wir sind allesamt in seiner Gewalt. Wir sind alle nur seine Opfer.«

Das rasch geraunte Zwiegespräch hinterließ in Dietrich Furcht. Er empfahl sich bald. Hanna hatte versprochen, ihm am andern Tag Briefe zu bringen, die Cäcilie an sie und an die Mutter geschrieben. Diejenigen an sie seien jahralt; damals seien sie drei Wochen getrennt gewesen, sie in Genf, Cäcilie in Dresden, wo sie Kunstgeschichte studieren gewollt. Sie habe es aber aufgegeben, da sie sich vor den Menschen keine Ruhe habe verschaffen können. Davon handelten die Briefe hauptsächlich.

In Erwartung, sie zu lesen, konnte Dietrich die ganze Nacht keinen Schlaf finden. Außerdem redeten aus allen Ecken des Raums Stimmen zu ihm. Sein Ohr vernahm das Längstgesprochene, sein Auge sah das Längstvergangene. Zwei junge Mädchen, die ihre Seele aufblätterten. Geheimes vertrauend äußerten: die eine war tot, die andere in Geistesdunkelheit, verstummt also beide. Doch die Tote kam langsam auf ihn zu, langsam näher; noch unbestimmt die Figur, ohne Umriß noch der Leib, wieviel Glut und Wille auch immer aufzubieten war, um ihr Gestalt zu geben, er mußte sichs abringen und ihr zurufen: sei! sei wieder! erscheine wieder! Denn geschah es nicht, hatte er sie, hatte sie ihn versäumt, endgültig und unabänderlich, dann war die Welt ein schwarzer Wust von Sinnlosigkeit.

Er biß in das Kopfkissen, um das Weinen zu ersticken. Nicht bloß diese eine Nacht, sondern in vielen Nächten.

Es ging mit den Briefen, wie es mit dem Tagebuch gegangen war. Hanna vertröstete ihn. Jedesmal wußte sie andere Ausrede, andere Verhinderung. »Was willst du,« sagte sie gelangweilt, »ich sage dir ja ohnehin, was drin steht. Wozu das Bild verderben.« Bisweilen peinigte ihn der jähe Wechsel von Wildheit zu Apathie an ihr, von Gesprächigkeit zu verächtlichem Schweigen, von junger herber Frische zu freudloser Versunkenheit. »Was ist denn für ein schlimmer Geist in dir, Hanna?« fragte er einmal. Und sie antwortete, mit einem Aufschrei fast: »Wirst du mich noch lange zwingen, Botin und Zwischenträgerin zu sein? Es macht mich mürb, es macht mich krank.«

Da nahm er ihre beiden Hände und küßte sie eine nach der andern, sanft und bittend.

Sie kam zu allen Stunden des Tages und Abends, und sobald sie eintrat, legte er Bücher und Schreibhefte beiseite. Ließ sie ihn wissen, daß sie zu der und der Zeit kommen würde, so sagte er bei den Lehrern ab, die er inzwischen aufgenommen und suchte durch Arbeit in der Nacht das mahnende Gewissen zu beschwichtigen. Was ihn vorwärts trieb auf einer Bahn, die ihm nur durch Gedankengewöhnung und eingeborene Lebensform gewiesen war, weit weg von dem zerrüttenden und alle Höhen und Abgründe durchwühlenden Blut- und Herzenssturm, hätte er nicht zu sagen vermocht; – es war nicht Beharren, nicht Betäubung, nicht das dumpfe Pflichtgefühl der subalternen Naturen. Es gibt Menschen, die erst, wenn sie sich vom Schicksal umklammert fühlen, ihrem Schicksal und dessen Drohung und Gefahr, erst in der steigenden Flut der Bedrängnis eine einfache bescheidene Kraft in sich finden und sie in ruhiger Tätigkeit auf ein erreichbares Ziel zu lenken bemüht sind. Darin ist etwas von Gnade und von Demut; dies allein kann sie vielleicht retten; in der Nebelwirrnis glüht ihnen ein Gnadenlicht auf.

Schritt für Schritt gewann er Boden in Hannas Bezirk, in Cäcilies Bezirk. Oft mußte er Hanna schlau und zart überreden, damit sie von Cäcilie sprach. Wenn er so warb, kam ein weicher Glanz in ihre Augen, es war, als suche sie mit Anstrengung zu vergessen, wem das Werben galt. Wie Cäcilie den Tag verbracht? Sie schilderte es. Wofür sie Vorliebe, für wen sie Sympathie gehabt; ihre Gewohnheiten, was für Bücher sie gelesen, welche Farben sie geliebt; ob sie gern Musik gehört habe; ob sie sich zumeist heiter gegeben oder nachdenklich oder traurig, ob sie oft gelächelt habe und in welcher Art; wie der Klang ihrer Stimme gewesen sei, welche charakteristischen Gebärden sie gehabt; wie sie sich gegen Menschen im allgemeinen verhalten habe; ob sie im Reden besondere Worte und Wendungen gebraucht habe und welche.

Hanna bemühte sich, die Fragen zu beantworten. Sie bemühte sich auch, ihnen das Gewicht zu rauben, die leidenschaftliche Bedeutung, indem sie einen Ton von Munterkeit annahm oder aus der Erinnerung Gespräche, kleine Begebenheiten, alltägliche Szenen berichtete, die auf das gemeinsame Leben der Schwestern Bezug hatten. Von dem Wortwechsel über ein Kleidungsstück etwa, und wie Cäcilie darauf gehalten habe, daß sie immer in den nämlichen Kostümen und in gleichen Farben ausgingen; stundenlange nächtliche Erörterung darüber, ob ein Mensch, Doktor Kelling zum Beispiel, der Achtung, der Freundschaft, des Vertrauens würdig sei. Was sie hierbei von Cäcilie sagte, war geeignet, die Schwester als die Gewissenhaftere und Urteilsfähigere hinzustellen. Sie selber trat zurück, gab nach, ordnete sich unter. Cäcilie war höflichen Gemütes, machte aber niemals Konzessionen. Sie hielt unweigerlich am einmal gegebenen Wort, auch an dem, das sie sich selbst gegeben. Ihre innerste Angst war die vor der Lüge. Physische Furcht kannte sie nicht. Schrecknis war ihr, das arbeitslose Dasein einer verwöhnten Honoratiorentochter führen zu sollen, verhaßt falscher Anspruch,

Pochen auf gesellschaftlichen Vorrang, Loskauf mit falscher Münze, alle Halbheit, aller Dünkel, alles Sich-bequem-machen. Sie hatte unbeirrbaren Blick für das Echte, und mit dem Surrogat sich dafür zu begnügen, weigerte sie sich standhaft. Es war schwer, sie zu erkennen; sie täuschte durch freudige Lernbegier, durch Unvoreingenommenheit und Teilnahme, vor allem aber durch ihre Schönheit, die in den sich ihr Nähernden jeden andern Gedanken als eben den an ihre Schönheit erstickte, und die sie wie eine märchenhafte Flamme umstrahlte.

Einst hatten sie zusammen den Turm des Straßburger Münsters bestiegen, erzählte Hanna; oben habe Cäcilie Schwindel gefühlt und gebeten, daß man sie beim Hinabgehen an der Hand führe; dann aber, am selben Tage noch, sei sie allein auf den Turm gestiegen, am andern Tag abermals, denn sie wollte die Schwäche bekämpfen und ihrer Herr werden, und das sei ihr auch gelungen.

Ferner erzählte Hanna, sie hätten beide im letzten Jahr Reitstunden genommen; Cäcilie sei der allzu zahmen Tiere überdrüssig geworden, und man habe ihr endlich ein junges, ziemlich wildes Pferd gegeben, noch dazu im ersten Stallfeuer. Zum Entsetzen der Zuschauer sei das Tier scheu geworden und in wenigen Augenblicken mit ihr verschwunden. Aber sie habe es mit erstaunlicher Kraft und Ausdauer gebändigt und es sei ihr, ihr allein, folgsam gewesen wie ein Hund.

Auch einen andern Vorfall, der wie die Geschichte aus einer alten Chronik anmutete, erzählte Hanna. Ein millionenreicher junger Amerikaner, der an der Universität studierte, hatte sich Hals über Kopf in Cäcilie verliebt. Eines Tages ging er zu Professor Landgraf und hielt um ihre Hand an. Der Professor erwiderte, der Antrag ehre ihn und fragte, ob er sich der Einwilligung Cäcilies versichert habe. Da er dies verneinen mußte, sagte ihm der Professor kalt, er möge sich zuvor an sie wenden. Der junge Mensch schrieb einen überschwenglichen Brief an Cäcilie; die warf ihn aber lachend in den Ofen. Nun veranstaltete er ein großes Gartenfest auf seinem Landsitz, wozu die erste Gesellschaft der Stadt und natürlich auch die beiden Schwestern eingeladen waren. Nur weil Hanna sichs herzlich wünschte, ging Cäcilie mit. Besonderer Prunk und Luxus wurde bei dem Fest entfaltet. Als es Abend geworden war, ließ der Amerikaner sämtliche Gäste durch eine Fanfare auf einer illuminierten Parkwiese zusammenrufen, in deren Mitte ein rosengeschmückter Sessel stand. Er selbst erschien in ärmlichen, ja bettlerhaften Kleidern, sah sich im Kreis um, bis er Cäcilie entdeckt hatte, ging auf sie zu und führte sie, die der Meinung war, es handle sich um einen Scherz und daher nicht widerstrebte, zu dem bekränzten Sitz. Dann kniete er vor ihr nieder und sagte allen vernehmlich, sie müsse entweder sein Weib werden, oder er entäußere sich von der Stunde ab seiner Güter und Reichtümer, verzichte auf das Leben unter seinesgleichen und gehe als Matrose auf ein Schiff, um nie mehr in die Region zurückzukehren, in die ihn Geburt und Bestimmung versetzt. Cäcilie erhob sich errötend und erblassend und entgegnete, sie sehe keinen Grund, für seine Verirrung öffentlich bloßgestellt zu werden, und zu spät bedaure sie, von einem Manne Gastfreundschaft angenommen zu haben, der sich damit nur den Vorwand zu einer häßlichen Erpressung verschaffen gewollt. Mit einem Blick rief sie Hanna zu sich, nahm, vor Unwillen zitternd, ihren Arm und sie gingen durch ein Spalier von Verwunderten weg. Ein paar Tage darauf verließ der junge Mensch die Stadt; es hieß, er habe in der Tat all seinen Besitz an Freunde verschenkt; dann hatte man nie wieder von ihm gehört.

Dietrich lauschte, lauschte.

Es war aber in Hannas Erzählungen ein geheimes Frohlocken; undeutbar. Sie bewies Anmut und Geist dabei, eine französische Art von Esprit oft, Schelmerei und anschauliche Beobachtung; doch zu gleicher Zeit und in allem das Frohlocken, als wolle sie sagen: du greifst vergeblich hin; es ist zerronnen; es ist nichts Wirkliches mehr, es sind Worte, und ich halte dir das Bild nur vor, um dich zu fangen, um dich zu blenden, um dich desto grausamer empfinden zu lassen, daß du vor dem Wesenlosen stehst, daß deine Sehnsucht und Begier eitel Torheit ist. Was streckst du die Arme ins Leere? schien sie ihm zuzurufen; sind nicht lebendige Gestalten auf der Erde? Kannst du nicht sehen und fühlen? Willst du nicht sehen und fühlen? Bin ich zur Kupplerin verdammt zwischen dir und einem Schemen, dann sollst dus büßen.

Ja, es war in dem Blick und Lächeln Drohung: du weißt noch nicht, wer ich bin; du kennst die Wege nicht, die ich gegangen bin; schau in meine Augen hinein, tiefer, bis auf den Grund schau und sag mir, was du dort siehst, du Träumer, denn ich spiele ja einstweilen nur mit dir.

Doch dankte ihr Dietrich für jeden Zug aus Cäcilies Leben, für jede Erinnerung und überlieferte Besonderheit. Er saß wie ein aufmerksamer Schüler vor ihr, hing an ihren Lippen, wie er einst nur an den Lippen Lucians gehangen, und ihre geleitende Nähe wurde ihm unentbehrlich. Er geriet in Erregung, wenn er nur ihren Schritt im Flur vernahm; er liebte den Schritt. Er errötete freudig, wenn sie den Kopf zur Tür hereinsteckte, wie sie zu tun pflegte, um zuerst einen prüfenden Blick ins Zimmer zu werfen. Er liebte die damenhafte Gebärde, die herrinnenhafte Haltung, das unerwartete Nachgeben dann, und wie sie gelassener wurde, fragiler. Er liebte es, wie sie Hut und Schleier abnahm, wie sie aus dem Mantel schlüpfte, wie sie sich an den Tisch setzte, den Kopf in die Hand stützte und in die Lampe schaute. Er hätte ohne das alles nicht mehr sein können, es war etwas ihm Verbundenes, das Eigentliche und Wahrhaftige des Tages, mit Ungeduld herbeigewünscht, kostbar und wichtig.

Eines Abends, der erste Schnee war gefallen, brachte sie Bilder Cäcilies mit, mehrere Photographien und eine von Doktor Kelling angefertigte Bleistiftzeichnung. Unter den Photographien war eine aus ihrem fünfzehnten Jahr, eine vom vergangenen Winter und eine, ebenfalls aus den letzten Monaten, die beide Schwestern wiedergab, mit einander um die Hüften geschlungenen Armen. Das frühe Mädchenbild hatte einen hinreißenden Ausdruck von Unschuld und Adel. Die Augen, im Dreiviertelprofil, blickten nach oben; um den Mund schwebte ein kindlich-süßes Lächeln; die Züge hatten etwas Schwärmerisches und Kräftiges. Dietrich betrachtete es, ohne sich zu rühren. Hanna hielt derweil die Zeichnung in der Hand, und indem sie sie mit musternd-verkniffenen Lidern anschaute, sprach sie von Doktor Kelling; der gehöre auch zu denen, die Cäcilies Tod nicht verwinden könnten; er sehe aus wie ein Gebrochener und von Wahnvorstellungen Geplagter, nehme nach seinem eigenen Geständnis in großen Dosen Veronal, um Schlaf zu finden; früher einer der hoffnungsvollsten Schüler des Professors, zeige er jetzt weder Lust noch Anteil an seinem Beruf; der Vater äußere sich bisweilen zornig darüber und habe ihn schon halb und halb fallen lassen.

Durch ihren beziehungsvollen Ton wurde Dietrich aufmerksam. Er blickte empor, schaute sie ebenso selbstvergessen an, wie er das Bild angeschaut, und begriff. »Soll das mich treffen?« fragte er; »vergleichst du mich, willst mich beschämen vielleicht? Hat es denn zwischen ihr und einem von ihnen eine Verbindung gegeben, etwas Gemeinsames, oder nur die Möglichkeit dazu? Sie hat sie ja gekannt; sie hätte wählen, sie hätte entscheiden können. Sie hat es nicht getan. Sie hat gewartet. Als wir uns begegnet sind, durfte sie mich nur stumm grüßen, von Weg zu Weg. Glaube mir, Hanna, auch sie hat in dem Augenblick gewußt, daß jeder von uns beiden das Schicksal des andern ist.«

Hanna erblaßte, aber sie lächelte. »Phantastischer Bub, du,« antwortete sie und berührte mit der Hand seine Schulter; »und wenn ich es glaube, was soll dann ich, was bin dann ich vor dir?«

»Du? du bist ...«

»Still, sprich nicht«, unterbrach sie ihn und legte die rechte Hand auf seinen Mund. »Schau einmal dieses Bild an, auf dem wir so innig nebeneinander stehen, sie und ich. Genau entsinne ich mich noch des Tages, wo wir lachend und scherzend die Pose vor dem Spiegel probiert haben. Sie lehnte den Kopf an meine Wange; steh auf, ich will dirs zeigen: so, siehst du.« Sie schmiegte sich an ihn, wie auf dem Bild an Cäcilie, drückte mit sonderbarer Zärtlichkeit die kühle Schläfe an sein Gesicht, und er atmete den honigartigen Duft des Haares ein. »Aber das fanden wir ein wenig albern,« fuhr sie fort, »für Schaufenster und Geburtstagstisch, und sie sagte, wir sollten beide geradeaus sehen, als ob uns einer entgegenkäme, den wir beide liebten. Ich weiß noch, wie ich verwundert war, denn ich hatte das Wort in dem Sinne nie von ihr gehört, und als wir am andern Tag vorm Apparat standen, Arm in Arm, Körper an Körper, da dachte ich: war es so, wie sie gesagt, dann müßte eine von uns zweien sterben. Ja, das war mein Gedanke, und wie wir nach Hause gekommen sind, hab ich mich in meinem Zimmer eingeschlossen und mir fast das Herz aus dem Leib geweint. Seit dem Tag hab ich nicht mehr geweint, auch nicht als sie tot vor mir im Wald gelegen ist. Es waren Tränen, aber von wo andersher. Nun, du schweigst? Du siehst mich an?«

Er sah sie an. Ihre Augen waren nicht handbreit von den seinen entfernt. Sie lächelte noch immer mit der sonderbaren schauspielerinnenhaften Zärtlichkeit, der sonderbaren bitteren Koketterie; aber er spürte, daß sie zitterte. Er schwieg, es überlief ihn kühl, und plötzlich dachte er erschauernd an das anklägerische Knurren seines Hundes, an den sprachlosen und unerklärlichen Vorwurf in den Augen des Tieres.

Verdacht

Ein paar Tage später öffnete er zufällig die Zeitung, die ihm das Mädchen auf der Frühstücksplatte zu bringen pflegte, und sein Blick fiel auf folgende kurze Anzeige: In Mailand hat sich der junge Graf Hubert Gottlieben, Sohn des bekannten Gutsbesitzers und Reichstagsabgeordneten Graf Konrad zu Gottlieben, mit Blausäure vergiftet. Es ist dies innerhalb weniger Monate das zweite schmerzliche Unglück, das die angesehene Familie betroffen hat, da im vergangenen Sommer eine Schwester des Selbstmörders in der Anstalt des Professors Landgraf unheilbarem Wahnsinn verfallen ist.

Je öfter er die Notiz las, je rätselhafter starrten ihn die Worte an. Er ging den ganzen Tag herum wie unter dem Druck einer entstehenden Krankheit. Verborgenes peinigte, und er erschöpfte sich in der Einbildung von Gesprächen und Situationen. Mit Hanna war er erst für den Abend verabredet; er telephonierte und bat, sie möge, wenn es irgend angehe, schon früher kommen. Es war Unwetter, Sturm, Schnee und Regen, als sie kam. Er reichte ihr die Zeitung und deutete auf die Stelle, die den Tod Hubert Gottliebens meldete.

»Ich wollte es dir eben sagen,« murmelte Hanna, »ich habs auch heut morgen erst gelesen.«

»Und hast vorher nicht darum gewußt?«

»Wie sollte ich?« entgegnete sie kalt verwundert. »Weshalb fragst du?«

»Hast auch nicht gewußt, wo er lebt?«

»Hör zu, Dietrich, du weißt, ich ertrage nicht, daß man mich verhört,« erwiderte sie stirnrunzelnd; »was ich sagen will, sag ich, was ich verschweigen will, verschweig ich.«

»Nun gut; willst du mir wenigstens sagen, ob du ihn noch einmal gesehen hast seit jenem letzten Nachmittag am See?«

Sie besann sich, blickte ihn fest an und antwortete: »Ja. Ich hab ihn seitdem gesehen. Auch hat er mir geschrieben. Er hat mir mitgeteilt, daß er seinem Leben ein Ende machen will.«

»Bei welchem Anlaß hast du ihn gesehen? Warum hast du ihn nicht an dem schrecklichen Vorhaben verhindert? Warum durfte ich von alledem nichts erfahren?«

Sie setzte sich in die Sofaecke, verschränkte die Arme, schloß die Augen und fing nach einer Weile zu sprechen an: »Er kam am zweiten Tag nach dem Begräbnis bei Nacht aus Zürich. Er alarmierte das Haus, er ließ mich aus dem Schlaf wecken, ich mußte mit ihm zum Grab gehen, um ein Uhr nachts, er gebärdete sich wie toll, ich habe nie einen Menschen so verzweifelt gesehen. Was ich getan oder gesagt habe, um ihn zu beruhigen, daran erinnere ich mich nicht; es war jedenfalls vergeblich. Er schlug die Stirn am Holzkreuz blutig und schrie: warum? warum? warum? Er lag vor mir auf den Knien, packte mich an den Armen und stöhnte: warum? warum? Dieses gräßliche Warum, müßt ichs nur nicht mehr hören. Auf einmal sprang er auf und stürzte fort, war spurlos in der Finsternis verschwunden. Es war ziemlich schaurig, wie ich da so allein auf dem Kirchhof stand. Dann also schrieb er mir, ungefähr drei Wochen später. Er schrieb, der Lebensmut und der Lebensglaube seien ihm abhanden gekommen; Cäcilie habe ihm das Wort gebrochen, erschrick nicht, ich werde dir gleich erzählen, was für ein Wort das war; er könne den Tag nicht mehr führen, sei seiner selbst überdrüssig, sehe kein Ziel mehr, er wolle mich, ich solle ihn zu vergessen suchen. Aber nun mußt du wissen, was vorher gewesen war.«

Sie atmete tief, drückte den Kopf an das Polster, öffnete groß die Augen und fuhr fort: »Er war zu Anfang August nach Heidelberg gereist, weil die Gerüchte über seine Schwester Bettine und meinen Vater zu ihm gedrungen waren. Man hatte ihm von drei Seiten darüber geschrieben. Bettines Wohnung wußte er nicht, zwischen ihr und der Familie bestand Feindseligkeit. Er wollte sich um jeden Preis Gewißheit über den Sachverhalt verschaffen, auch wenn ein öffentlicher Skandal die Folge wäre. Gleich nach seiner Ankunft hatte er eine Unterredung mit meinem Vater. Der war vorbereitet. Zuerst fragte er: Haben Sie Ihre Schwester schon gesehen? Nein, das hatte er natürlich nicht. Da donnerte ihn mein Vater an, wies auf seinen Ruf, seine Stellung, seine Leistungen, sein Werk hin und verstand es, Hubert derart in Respekt zu setzen, darin hat er ja eine Virtuosität, die ihresgleichen sucht, daß der geradsinnige und edeldenkende Mensch ihn schließlich zerknirscht um Verzeihung bat. Die Verleumder würden zur Rechenschaft gezogen werden, sagte mein Vater, er solle auch Bettine selbst zur Rede stellen, sie wohne da und da, doch bitte er ihn, sie nicht vor dem Abend aufzusuchen, da die schweren Depressionen, denen sie ausgesetzt sei, sich erst in den Abendstunden linderten. Eine Stunde, nachdem Hubert bei meinem Vater gewesen war, kamen zwei Wärter hierher ins Haus, forderten Bettine auf, in einen Wagen zu steigen, der unten hielt, und brachten sie fort. Mein Vater hatte plötzlich erklärt, ihre Internierung sei unerläßlich; er ließ sie aber nicht in die Klinik schaffen, sondern in eine Anstalt bei Neckargemünd. Dies erfuhren wir erst später. Als Hubert kam, war Bettine weg. Er ging in die Klinik, niemand konnte ihm Auskunft geben. Er fragt nach dem Professor: der Professor ist verreist. Er kommt zu uns in die Wohnung, verlangt die Mutter zu sprechen. Ich sehe seine

Karte, mir ahnt Übles, ich sage mir: die Mutter muß da außer Spiel bleiben, ich empfange ihn. Cäcilie war den Tag vorher nach Ermatingen gefahren, um sich die Gartenschule anzusehen, in die sie eintreten wollte; das war noch ein Glück. Damit du aber den ganzen verwickelten Vorgang klar übersiehst, muß ich über Bettine und ihr Verhältnis zu Cäcilie und mir sprechen. Ein trübes Kapitel.«

Sie zog ihr Taschentuch heraus und strich damit über das Gesicht. Dietrich war näher zu ihr herangerückt und klammerte sich mit den Augen förmlich an ihr fest. Sie begann wieder: »Im Anfang der Behandlung hatte sie der Vater bei uns eingeführt; es erleichterte ihm die Verbindungswege; er hat es später bereut; die Freundschaft, die sich zwischen Bettine und uns Schwestern bildete, konnte er nicht voraussehen. Bettine schloß sich an jede von uns in besonderer Weise an. Sie war ein zerstücktes Geschöpf, ein halbiertes; ich glaube, es gibt viele solche junge Wesen. Die eine Hälfte von ihr war durch und durch verderbt, durch und durch verfault, mit einer lasterhaft glosenden Phantasie, und frech bereit zu tun, was ihr die Phantasie vormalte; die andere Hälfte war ein gutes, sanftes, argloses, trauriges Kind. Sie war ohne Mutter aufgewachsen, allein auf dem Land, unter der Zuchtrute einer prüden, bigotten Erzieherin, gehaßt vom Vater, weil ihre Geburt das Leben der Mutter gefordert hatte. Ich nun war ihre Vertraute; mir eröffnete sie das unselige Gemisch ihrer Natur; vor mir gab sie sich preis, mir beichtete sie, mir gegenüber klagte sie sich an, und es waren oft böse Stunden, das kann ich wohl sagen, zumal als sie mir nicht länger verhehlen wollte oder konnte, was zwischen ihr und meinem Vater vorging. Sie war völlig unter seinem Bann, ohne Hemmung, ohne moralischen Widerstand; sein Blick schon machte sie willfährig zu allem. Cäcilie gegenüber war sie das makellose Kind; sie betete Cäcilie an; ihr Gesicht strahlte, wenn sie sie nur sah, ich war einmal dabei, wie sie sich hinwarf, um Cäcilies Schuh zu küssen. Der verriet sie sich nicht, der gab sie nur ihr edleres Teil, und mich zum Schweigen zu verhalten, bot sie immer alle Mittel der List und ihrer kleinen raffinierten Künste auf. Oh, sie war durchtrieben, aber man hatte beständig Angst um sie, beständig Mitleid mit ihr. Die Melancholie zehrte sie körperlich auf; die letzten Tage, als sie in dem krankhaften Wachschlummer da drinnen im Alkoven lag, magerte sie zum Skelett ab; nur wenn Cäcilie an ihrem Bett saß, war sie dazu zu bringen, ein wenig Nahrung zu sich zu nehmen, kam irgendwer anderer ins Zimmer, auch wenn ich es war, richtete sie sich mit versträhnten Haaren empor und fing an zu weinen und sich zu fürchten; am dritten Abend setzte ich es durch, daß Cäcilie fortging, ich überredete sie, nach Ermatingen zu fahren und nahm eine Pflegerin auf. Und seltsam, da fühlte sich Bettine auf einmal wohler; sie stand auf, holte Wäsche aus der Kommode und fing ganz friedlich zu nähen an. Es scheint, daß Cäcilies Gegenwart in ihr das Gelüst nach Selbstpeinigung erweckt und bestärkt hat.«

Hanna schwieg eine Weile, in Gedanken verloren. Trauer und Müdigkeit war in ihren Zügen.

»Und als nun Hubert Gottlieben zu dir kam?« fragte Dietrich flüsternd.

»Er kam und erzählte mir, was ihm geschehen war,« fuhr Hanna fort; »das Gespräch mit meinem Vater; die vergeblichen Wege. Er war ratlos. Er bat mich, ihm zu helfen. Wie sich denken läßt, war er an dem, was ihm mein Vater gesagt, irre geworden. Und ich, ich durchschaute die Sache natürlich. Ich hatte es ja schon über und über satt, das widerliche Treiben. Mich packte der Zorn. Ich sagte zu Hubert Gottlieben, er möge sich vierundzwanzig Stunden gedulden, ich versprach ihm, die Angelegenheit bis dahin in Ordnung zu bringen, nur machte ich zur Bedingung, daß er nicht noch einmal ins Haus käme, ich würde ihn in seinem Hotel oder wo er sonst logiere, aufsuchen, er möge mich erwarten. Am Vormittag war ich unfreiwillige Belauscherin eines Telephongesprächs gewesen, ich wußte, wo der Vater zu suchen sei. Ich fahre auf die Bahn, der Zug ist schon weg. Ich miete ein Auto nach Darmstadt. Um elf Uhr abends komm ich an, geh ins Haus zu seiner ... zu der Dame. Ich verlange ihn zu sprechen, man weist mich ab; ich höre Stimmen, Gelächter, ich stoße die Person zurück, die mich aufhalten will, ich trete in ein Zimmer, wo er mit fünf, sechs Leuten sitzt, darunter nur eine Frau, seine Geliebte, alle trinkend, redend, lachend. Es muß ein merkwürdiges Bild gewesen sein, als ich da auf der Schwelle stand, im bestaubten Schleier und bestaubten Mantel. Er, mich sehen, aufspringen, mich durchbohrend messen, ganz verwandelt schon, war eins. Ich habe mit dir zu reden, sagt ich. Stumm und blaß geht er voran, führt mich in einen Raum überm Flur. Was willst du? was ist geschehen? Ich fordere Bettine Gottlieben von dir, liefere sie aus; ihr Bruder geht morgen zu Gericht. Ich kann und mag dir nicht schildern, was sich nun abspielte. Das Beschämende liegt darin, daß ich mich unterkriegen ließ, daß ich zu Kreuze kroch, daß ich ihm glaubte, genau wie Hubert Gottlieben. Zuerst fuhr er mich an, geriet in Wut; davor fürchtete ich mich aber nicht, das merkte er bald. Im Nu war er ein anderer, voll Ironie und Ruhe. Ich begriff nicht viel von seinen Argumenten und Zergliederungen, ich wurde nur sacht umgarnt und eingelullt, bis die Willenskraft gebrochen, der stürmische Anlauf erlahmt war. Es geht einem so bei ihm, es war immer so, es geht allen so. Und als er mich so weit hatte, nahm er mich unterm Arm, führte mich ins Hotel, begleitete mich aufs Zimmer, wünschte mir gute Nacht, küßte mich auf die Stirn und ging. Am nächsten Morgen erschien er schon sehr früh, wir fuhren mit seinem Wagen zurück, unterwegs fragte er, ob Cäcilie schon wieder zu Hause sei, und ich sagte, sie werde wohl zu Mittag kommen. Ich erwähne das, weil sich darauf, wie sich bald ergab, der schlaueste, oder wenn man will, tückischeste Teil seines Planes aufbaute, der auch erkennen läßt, mit welchem Scharfblick und welcher Skrupellosigkeit er die Umstände und Menschen zu seinen Gunsten zu benutzen versteht. Am selben Abend kam er mit Hubert Gottlieben zu Tisch. Er hatte ihn abermals besänftigt, abermals getäuscht, er hatte ihm ein lügnerisches Ehrenwort gegeben. Cäcilie war da. Von der Stunde an dachte Hubert nicht mehr an seine Schwester Bettine. Hast du je von einem Vater gehört, einem Mann der Wissenschaft dazu, einem der Koryphäen der Nation, der seinem Ankläger und zu fürchtenden Verfolger die eigene Tochter als Köder hinwirft? Ich gebe ihn damit preis, ich, die Tochter, gebe ihn preis, gewiß, aber das hat seine tieferen Gründe noch, über die werd ich schon noch mit dir sprechen. Ich muß ja endlich auch mal mein Herz ausschütten, es zerspringt mir sonst. Was nun folgte, kannst du dir ungefähr denken. Hubert Gottlieben wurde der Page Cäcilies, ihr Schleppträger; ihr Vergötterer. Mein Vater begünstigte sein Werben, wo und wie er konnte, und in bezug auf Bettine hatte er freie Hand. Ich, ich war Huberts Vertraute, wiederum die Vertraute, Ratgeberin, Duenna. Die Leidenschaft beherrschte ihn dermaßen, daß einen in seiner Nähe das Erbarmen ankam, und obgleich er ihre Hoffnungslosigkeit bald einsehen lernte, geriet er immer tiefer in den verschlingenden Strudel. Cäcilie litt zum erstenmal, denn der Mensch war ihr wert; was er sich wünschte, konnte' sie ihm nicht sein, aber sie achtete ihn, und seine Gegenwart war ihr nicht lästig wie die der andern. Fast mütterlich redete sie ihm oft zu; wenn sie von Trennung redete, sprach er gleich von Tod. Dennoch gingen wir Mitte September nach Badenweiler, dann nach Neusatzeck. Er machte unsern Aufenthalt ausfindig und kam uns nach. Da faßte Cäcilie ihren Entschluß und schrieb an Frau Doktor Gnad, daß sie sogleich bei ihr Unterkunft suche. Ich selber hatte darauf bestanden, ich mochte nicht mehr die ohnmächtige Mittelsperson sein. Mir versagten die Nerven, ich flatterte hin und her wie ein Span zwischen zwei Magneten, und außerdem quälte mich der Gedanke an Bettines Schicksal. Der Gedanke quälte auch Hubert; bisweilen schien er sich zu besinnen; das böse Gewissen sah ihm aus den Augen. Er begleitete uns bis Ermatingen, in Freiburg trafen wir die Eltern, es war ein schlimmes Zusammensein, der Vater hatte Hubert für den Abend, nach der Rückkehr von Meersburg, zu einer Unterredung bestellt. Ich war aber mit Cäcilie übereingekommen, daß diese Unterredung verhindert werden müsse, und auf dem letzten Spaziergang brachte sie Hubert auch dahin, daß er abzureisen versprach, allerdings mußte sie ihm geloben, daß sie ihn nach sechs Monaten wiedersehen wolle, daß sie ihn rufen würde, und daß er dann die entscheidende Frage an sie richten dürfe. Als wir danach allein waren, erzählte sie es mir mit allen Zeichen der Sorge und Bedrängnis und fügte hinzu, sie könne sich nicht vorstellen, wie das enden solle, sie fühle sich dieser Liebe gegenüber wie eine Bettlerin, die man zur Zahlung einer Schuld verhalte, ohne daß sie jemals eine Schuld aufgenommen. Ich machte ihr Vorwürfe, daß sie ihm ein so verpflichtendes Wort gegeben, sie antwortete unwillig; ein Wort gab das andere; nun, und dann . . .« Ein Schweigen entstand. »Ich sehe, ich fange an zu sehen«, sagte Dietrich. »Alles das ist wie eine schwarze Kugel, die den Abhang hinunterrollt.«

»Ich will dir auch bei dieser Gelegenheit gestehen, daß die Geschichte mit dem Tagebuch Spiegelfechterei von mir war«, sprach Hanna leise. »Es hat nie existiert, das Saffianheft mit den silbernen Initialen. Ich wollte dich locken. Da ich doch arm bin, wollt ich was für dich haben. Es war so hübsch, wenn du mich gespannt angesehen hast. Ich hätte dafür noch ganz andere Dinge erfinden können. Nimmst du mirs übel?«

»Es war nicht rechtschaffen,« sagte Dietrich betrübt, »aber ich nehms dir nicht übel, jetzt wo ich weiß, wie tapfer du warst.«

Sie erhob sich, nahm seinen Kopf zwischen ihre Hände und küßte ihn auf die Augen, rasch auf die zwei Augen. Dann ging sie.

In Dietrich war dunkel-formloser Zweifel aufgestiegen und trieb ihn unruhig umher. Er sah immerfort das über sich gebeugte Antlitz mit seinem Ausdruck von Kummer und Angst. Es war ihm zu Sinn, als ob er dieses Antlitz liebte, oder als müsse er es lieben kraft eines geheimnisvollen Befehls, doch als ob er es zugleich fürchtete wie ein alle Schritte umlauerndes Unheil. Den Kopf in die Hände vergraben saß er die halbe Nacht. Als er zu Bett gegangen war und im Finstern schaute, sah er einen blauen Schatten an der Wand, der sich bewegte wie ein Schleier, den der Wind trägt. Als der Schatten in der Ecke angelangt war, kam ein Raunen von dort, und er vernahm Laute, die sich mit dem an die Fensterscheiben knisternden Schnee mischten: nimm mich, nimm eine; nur eine nimm und vergiß die andere nicht. . .

Wohin geh ich? fragte er sich; wohin gehst du, Dietrich? fragte eine Stimme. Aber seine Brust war voller unausgeschöpfter und unerschöpflicher Liebe, voller Zweifel und Verwirrung. Er spürte die Lippen auf seinen Augen, da ermattete die Farbe jedes Bilds und sehnsüchtig streckte er die Arme aus, ein hingegebenes Geschöpf. »Cäcilie,« flüsterte er, »Cäcilie.« Und dann: »Hanna«, und wieder: »Hanna.«

Am andern Morgen irrte er eine Zeitlang durch die Straßen, im aufgeweichten Schnee, plötzlich entschloß er sich, zu Frau Landgraf zu gehen. Hanna war, wie er wußte, um diese Stunde in der Universität, wo sie historische Vorlesungen hörte, Frau Landgraf war zu Hause und empfing ihn. Sie schien heftig erregt; nachdem sie ihn eingeladen hatte, Platz zu nehmen, sagte sie: »Es ist mir wirklich kaum mehr möglich, diesen Widerwärtigkeiten standzuhalten. Da kommen Leute ins Haus, schlagen einen Ton an, – man schämt sich krank.«

Dietrich war verlegen. Sie fragte, weshalb er so selten komme, sie denke oft an ihn. Er antwortete nicht. Warum bin ich eigentlich hier? grübelte er, indes ihn Frau Landgraf forschend betrachtete. »Wär ich Ihre Mutter, so würde ich Sie ermahnen, besser auf sich zu achten,« sagte sie mit anziehendem Lächeln; »Sie sehen überanstrengt aus.«

Da fiel ihm ein, sich nach Doktor Kelling zu erkundigen. Es schien ihm, als sei eben dies der heimliche Grund seines Kommens gewesen. Er hatte noch das Gesicht des Mannes in Erinnerung, das vergrabene Schweigen. Hannas Worte über ihn klangen ihm noch im Ohr: scheues Vorübereilen an dem Namen, den sie gezwungen hatte nennen müssen.

Frau Landgrafs Blick flimmerte erschreckt. »Doktor Kelling?« erwiderte sie zögernd; »ich höre, daß es ihm nicht gut geht; ich höre, daß er seit einiger Zeit sein Zimmer nicht mehr verläßt. Er hat sich den Besuch auch seiner nächsten Freunde verboten.« Sie erhob sich, zog an den Vorhangschnüren, trat zum Tisch, stand dort eine Weile, dann ging sie langsam auf Dietrich zu und fragte mit verhaltener Stimme: »Ist Ihnen bekannt, hat Ihnen Hanna gesagt, daß er es war, der den Revolver hergegeben hat?«

»Er? Doktor Kelling?« fragte Dietrich zurück und stand gleichfalls auf.

»Ja. Von ihm hatte Hanna den Revolver.«

»Hanna? Sie wollen sagen Cäcilie, gnädige Frau...«

»Nein, Hanna. Das ist es ja eben. Hanna.« Dietrich starrte sie an. Er war so weiß geworden wie der Schnee, der den Fensterrahmen umkränzte. »Aber wieso denn Hanna?« murmelte er, lallte er fast.

»Doktor Kelling selbst hat es mir eines Tages mitgeteilt,« sagte Frau Landgraf mit sinnend fixiertem Blick; »so nebenhin, ganz trocken, wie es seine Art ist, ohne weitere Erläuterung. Im September gab er ihr die Waffe, bevor sie

166

mit Cäcilie abreiste. Sie hatten am Morgen drunten im Garten nach der Scheibe geschossen, Hanna und Kelling; danach bat ihn Hanna, er möge ihr den Revolver für die Dauer der Reise leihen; sie fühle sich sicherer damit und habe momentan nicht Geld genug, sich einen neuen zu kaufen. Hätte Kelling geahnt . . . Wahrscheinlich ist dann der Revolver Cäcilie in die Hände gekommen, und sie hat ihn zu sich genommen, ohne daß es Hanna wußte. Ich habe mit Hanna darüber gesprochen; auch sie hat keine andere Erklärung. Kelling macht sich natürlich die schwersten Vorwürfe. Ich bitte Sie nur um eines, nämlich daß Sie über diese Sache schweigen. Ich dachte zuerst, Hanna habe Ihnen davon erzählt. Daß sie es nicht getan hat, beweist mir, daß das arme Kind unter dem Gedanken leidet.«

»Sie glauben?« sagte Dietrich leise; dann, in sich gekehrt: »Ja, es ist möglich, daß sie leidet. Bei ihr ist nichts auf der Oberfläche, und sie hat viele Tiefen.«

Frau Landgraf antwortete: »Meine Töchter waren wie zwei Äste, die vom Stamm aus nach zwei schroff entgegengesetzten Richtungen wuchsen. Zum Schluß konnte ich sie gar nicht mehr erreichen, ich hatte die Spannweite nicht. Da waren Eigenschaften von solcher Verschiedenheit, daß mir oft zumute war, ich müsse den Urgrund der Geschlechter aufwühlen, um das Verbindende zu finden. Es war schwer, in der Mitte zu stehen, mit Mutterkraft die beiden zu halten; als Mutter ist man ja der Erde näher, und aus der Erde quillt die Stärke. Aber die Mutter ist nicht allein, es ist noch der Vater da; wenn der kein guter Gärtner ist, wenn er mit dem Beil daneben steht und nicht mit pflegender Hand...« Sie ging im Zimmer auf und ab und wiederholte erschütternd: »Mit dem Beil, mit dem Beil...«

Dietrich vernahm und begriff die Worte nur halb. Um ihn fiel es nieder wie Schwaden, die giftig einzuatmen waren. Die Luft verfinsterte sich, die Wege verloren sich, der bläuliche Schatten aus der vergangenen Nacht gewann zerbrechliche Leiblichkeit und deutete zurück. Er war so beklommen und beladen, daß es ihn nicht überraschte, als die Tür aufging und Hanna eintrat; es war eine Vervollständigung der schwankenden Gesichte.

Sie nickte ihrer Mutter und Dietrich zu. Sie trug kurzen Rock und Bluse, wodurch die Gestalt noch straffer erschien. Ihre Bewegungen hatten etwas studentisch Freies, das aber der gemessenen Anmut, die ihr eigen war, wenig Eintrag tat. »Ich wußte, daß du da bist,« sagte sie zu Dietrich, »den ganzen Morgen hatte ich das Gefühl, du kämst zur Mutter.«

Sie machte sich am Bücherkasten zu schaffen und summte dabei wie achtlos vor sich hin. Auf einmal drehte sie sich um und lehnte sich, die Hände auf dem Rücken, an die Säule des hohen Regales. »Ich weiß natürlich auch, daß ihr von dem Revolver gesprochen habt«, sagte sie in berechnet leichtem Ton. »Na, und was denkst du darüber, Dietrich Oberlin? Sprich dich nur offen aus. Was denkst du?«

Aber Dietrich schwieg.

Als er sich verabschiedet hatte und aus dem Zimmer gegangen war, hatte er zunächst nicht die Kraft, auch das Haus zu verlassen; er setzte sich einige Minuten auf einen Stuhl im Korridor.

Am Nachmittag schickte ihm Hanna durch einen Boten ein paar eilig hingeschriebene Zeilen des Inhaltes, daß sie, sie könne noch nicht sagen für wie lange, nach Weimar zu Freunden reise. Die Adresse gab sie an.

Der Traum vom doppelten Ich und der Traum vom Weinen

Dietrich schrieb ihr, er sei wie gelähmt gewesen von der Nachricht ihrer Abreise. Er habe es nicht zu begreifen vermocht. Er sei zu dem Schluß gekommen, daß es Flucht sei. Warum sie vor ihm fliehe? Jetzt fliehe, wo alles zwischen ihnen vollgerüttelt Maß von Fragen sei? Er könne sich nicht darein finden; ihre Abwesenheit dünke ihn Verrat. Er horche auf die Treppe hinaus, ob nicht der Schall von ihren Tritten erklinge. Von seiner Mutter habe er einen Brief, doch sei er nicht imstande, ihr zu antworten. Da er sich vorgenommen habe zu arbeiten, arbeite er auch, aber es sei mit seinem Kopf, wie wenn man an die Dauben eines hohlen Fasses schlage. Er habe nicht geahnt, daß Trennung etwas so Herzbeklemmendes sei. In ihm sei das Unterste zu oberst gekehrt; ihr Wort fehle ihm, der Ton ihrer Stimme fehle ihm; er sitze da und rede in die Luft manchmal und warte auf ihr Wort. Wenn sie ein Fünkchen Gefühl für ihn in der Brust trage, möge sie zurückkehren. Er verspreche, sich des Fragens zu enthalten, falls sie es fordere; er wolle sich nach ihrem Befehl und Gefallen richten; alles sei auf einmal schauderhaft leer, zu viele Ungewißheit bedränge ihn.

Hanna antwortete, sie habe nicht aus Laune und Bosheit so gehandelt. Sie sei nicht fortgegangen aus Furcht vor seinen Fragen. Es sei nicht Flucht, wenn es auch so scheine, wenn sie auch der Entwicklung der Dinge zwischen ihr und ihm mit Bangen entgegensehe. Über die Raschheit ihres Entschlusses sei sie ihm Erklärung schuldig. Aber da sie das Vertrauen habe, daß alles, was er tue, aus tiefem Antrieb seiner Natur geschehe, müsse er gleiches Vertrauen fassen. Wie sie ihn keiner niederen Regung für fähig halte, dürfe auch er nichts Schlechtes von ihr glauben, und nur, was sie selbst ihm eröffne, dürfe er annehmen. Seine Achtung wolle sie besitzen. Ohne die sei ihr das Leben leid. Der Gründe zu ihrer plötzlichen Abreise seien so viele, daß sie Mühe habe, sie aufzuzählen; zunächst hätten äußere Geschehnisse von einer Stunde zur andern den Ausschlag gegeben. Im Hause habe wieder einmal das Geld zum Nötigsten gefehlt, die Mutter habe eine bedeutende Summe zahlen sollen, und der betreffende Gläubiger habe sie vor den Dienstleuten gröblich beschimpft. Nach Dietrichs Weggehen habe sie eine heftige Szene mit der Mutter gehabt, weil sie sich geweigert habe, dem Vater Mitteilung zu machen. Der Vater sei unerwartet dazugekommen; sie, Hanna, habe ihn zur Rede gestellt, ihm das gedemütigte Leben der Mutter, die frivole Mißwirtschaft, seine Verschwendung vor Augen geführt. »Ich mußt es herausschreien,« schrieb sie, »ich mußt es ihm sagen, ich mußte sein Gesicht sehen, während ich es sagte. Er aber, er hat mir seine eiskalte Verachtung entgegengesetzt; er zündete sich eine Zigarette an und fragte, woher ich die Stirn nähme, in sein beanspruchtes Dasein zu greifen, ob ich es nicht vorziehe, mit meinem Geliebten das Weite zu suchen; ihn gelüste nicht nach der Nähe einer Tochter, die nicht willens und nicht geschaffen sei, eine Existenz wie die seine zu begreifen. Mit meinem Geliebten? Ich erschrak bis in die Seele. Damit meinte er dich, Dietrich Oberlin. Er nannte dich auch. Er hatte von der geringsten Einzelheit unseres Umgangs Kenntnis, er hat mich behandelt, daß selbst die Mutter außer sich geriet. Und kalt, weißt du, immer eiskalt. Was ist mir da anderes übrig geblieben als fortzugehen? möglichst schnell, möglichst weit fort ...? Und die Verwirrung in meinem Gemüt all die Tage vorher schon, das grenzenlose Treiben in einem dunklen Strom. Jetzt bin ich also fort, die Wege sind zerbrochen. Aber ich denk an dich, Dietrich, Tag und Nacht denk ich an dich.«

Dietrich antwortete in beschwingter Eile; heiße Bestürzung atmete aus seinen Worten. Zehnmal in verschiedenen Wendungen wiederholte er dasselbe: daß es die äußerste Pein für ihn sei, sie fern zu wissen, daß sie zurückkehren möge. Nun klang die Sehnsucht schon lauter und kühner. Ihrer Mahnung zum Vertrauen hätte es nicht bedurft, doch sei in seinem Blut ein Tropfen Gift, in seinen Träumen eine finstere Bosheit; ohne das lebendig getauschte Wort könne er beides nicht bewältigen. Er müsse ihre Augen wieder vor sich sehen, ihre still und wahr versichernde Gegenwart wieder haben. Wenn sie nicht da sei, schwinde auch Cäcilie sogleich im Nichts hin, dann sei er so arm, daß ihn friere, dann ekle ihm vor dem Licht des Morgens, dann werde das Buch, das er aufschlage, klebrig wie Schlamm. Ob er nicht zu ihr kommen dürfe? Wovor sie denn bange sei? Ob etwas an ihm sie verdrossen oder enttäuscht habe? Ob sie ihn anders haben wolle, als er sei?

Darauf schrieb Hanna: »Lieber, herzenslieber Dietrich, kommen darfst du nicht, sonst ist alles aus. Überlaß es mir, zu bestimmen, wann wir uns wiedersehen dürfen. Wovor mir bangt, fragst du? Mir bangt vor meinem Abbild in dir. Mir bangt vor meiner Schwester Bild in dir. Die Schwester, denk es, faß es: sie liebst du, sie ist dein ein und alles. Soll sich das vermischen? Tod und Leben unheilvoll ineinanderfließen? Cäcilie und ich, dürfen wir uns in dir begegnen? Mir bangt, auch dieses sollst du wissen, mir bangt vor deiner Jugend, und daß du dastehst mit deinem reichen wilden Herzen. Ich kann dir nichts geben. Unsere Jahre, sind sie auch annähernd gleich, öffnen doch eine Kluft zwischen uns; die zwei oder drei, die ich voraus habe, machen mich verantwortlicher; ich habe mehr erlebt, Schwereres erlebt, ich bin für dich schon alt. Ich werde zaghaft, wenn mich dein redlich klarer Blick trifft, und oft wieder möcht ich dich einschließen, wie man seltene Vögel in ein Bauer sperrt, damit dir die Menschen nicht rauben können, was mir so teuer an dir ist. Ich bin besser geworden durch dich, das ist fast ein Schmerz, denn da geht man strenger mit sich ins Gericht und erschrickt vor der Tiefe, in die man hätte sinken können und vor der, in die man schon gesunken ist. Freunde stehen unsichtbar um dich und schützen dich, das sind meine Feinde; denn all mein Inneres strebt zu dir. Aber ich darf dir auch nichts anderes sein als die freundlichste Freundin, und so sollst du mich in deinem Sinn bewahren.«

War dies darauf berechnet, die Glut zu schüren, so wurde der Zweck erreicht. Es folgte gleich ein zweiter Brief Hannas mit der Mahnung zur Arbeit, einem klugen Programm künftiger Lebensgestaltung. So weise sind nur die, die heimlich wünschen, daß man ihnen die Entsagung aus dem Herzen schmeicheln soll. Sie wußte um die richtunggebenden Ereignisse aus Dietrichs Vergangenheit; sie wußte von Lucian und wies ihn auf den Bewunderten hin, als ob er dessen Spruch sich erst zu fügen hätte und als ob sie Dietrich erinnern müßte an die höhere Menschenpflicht. Dietrich aber erwiderte, von Lucian sei er jetzt geschieden, von den Freunden sei er geschieden, von der Mutter sei er geschieden. Es gäbe kein Leben mit Menschen mehr, wenn sie sich ihm entziehe. Vor ein paar Tagen sei er am Kornmarkt Justus Richter begegnet, der sei entsetzt gewesen über sein Aussehen; ob er krank sei, habe Justus gefragt, ob er zu ihm kommen könne. Dann sei er auch gekommen, habe erzählt, Lucian befinde sich in einem Dorf bei Heilbronn beim Pfarrer Langheinrich, dem Verfasser der Schwäbischen Laienpredigten, und arbeite an seiner Verteidigungsschrift für die Verhandlung; Richter habe ihn besucht und einen verbitterten Grämling gefunden; nach keinem Menschen habe er gefragt, nur nach ihm, Oberlin. Das zu hören habe ihn stark betroffen, aber er habe das Gefühl, der Weg zu Lucian sei jetzt so weit, daß er das ganze übrige Leben brauche, um zu ihm zu gelangen. Einmal vielleicht müsse er hin, das spüre er, aber dann sei kein Zurück mehr verstattet, gnadenlos verstoßen werde er dann sein. »So hab ichs immer gefürchtet und gehofft,« schloß der Brief, »daß ein Wesen da ist, nach dem ich begehren muß wie nach der unerfüllbaren Seligkeit. Bist dus oder ists Cäcilie? Ich weiß es nicht mehr. Schreib ich deinen Namen, so schallt mir der andere entgegen; es ist wie verzaubertes Echo; denk ich Cäcilie, so schaut mich Hanna an. Willst du mich zugrund richten, so bleib, wo du bist; wenns noch lange dauert, bis du kommst, leg ich mich hin und sterbe. Alle Farben werden mir schwarz, alle Sterne löschen aus, alles Geredete wird Lüge.«

So war es also die Sprache der Leidenschaft geworden, und das aufgeflammte Feuer ergriff die Beiden, die es genährt hatten. Hanna beschwichtigte und mahnte, aber hinter den Worten war Jubel und freudiger Schrecken. Dies erfaßte Dietrich nicht; er glaubte sich geopfert; er mißverstand das Zögern, begriff nicht die Angst. Er schmiedete abenteuerliche Pläne, versprach Gehorsam, forderte ungestüm, was ihm die Natur befahl, doch daß er liebte, das wußte er nicht, das Wort Liebe schrieb er nicht nieder, so wenig, wie er es bedachte oder Maß und Gleichnis dafür in einem schon gelebten Gefühl hatte. Es war neu, niemals empfunden und von keinem empfunden. Es war Wirrnis, Zwiespalt, Auflehnung, Gebet, Ruhelosigkeit und Qual. Wo seine ganze Seele beglückt und erschlossen weilte, war dem Leib der Eintritt verwehrt; und wo der Leib sein durfte, sträubte sich in unnennbarer Scheu die Seele; dort, auf der verbotenen Schwelle, stand mit rufend gebreiteten Armen ein Schatten; hier war die lebendige Kreatur, doch in rätselhafter Zweideutigkeit und Drohung.

Als ihm Hanna mitteilte, sie werde kommen, könne aber den Tag noch nicht angeben, setzte vor Glück sein Pulsschlag aus. Sie schrieb, daß sie sich auf einem einsamen Spaziergang dazu entschlossen. Sie habe sich hingedacht an den See, wo sie ihm zuerst begegnet. Es sei Abend gewesen, das Wasser schwarz und still, bloß am Gestade war verschlafenes Klatschen und Blinzeln winziger Wellenlichter. Da habe sie sich ihn in die Landschaft gedacht, in seine Landschaft, und ihn gesehen, wie er sich zum Rohr eines fließenden Brunnens gebückt und in gierigen Schlucken getrunken habe. Davon sei sie ergriffen worden, und nun müsse sie wieder zu ihm.

Darauf schrieb ihr Dietrich, er habe in der letzten Nacht zwei Träume gehabt, und er erzählte die Träume wie folgt.

Er ging durch ein vierbogiges Rundtor, das aussah wie eine Riesenhand, die mit den Fingerspitzen gegen die Erde gesetzt ist. Keine Stimme redete, aber er wußte, daß es entscheidend für ihn sein würde, durch welchen der vier Bogen er ging. Das Tor war ganz aus grünem Stein. Ohne sich lange zu besinnen, ging er geradeaus, und mit dem Augenblick, wo er den Bogen durchschritten hatte, kam eine herzzerreißende Furcht über ihn, denn ihn dünkte, er sei auf einmal außerhalb der Welt. Die Landschaft, die sich vor ihm dehnte, war so grün wie jenes Tor; es war nicht das Grün, wie es die Blätter haben, nicht das Grün des Mooses, nicht das Grün von alten Kupfergefäßen, es war ein Grün, das er noch nie gesehen, ein finsteres böses totenhaftes Grün. Darüber wölbte sich etwas wie ein Himmel; aber es war kein Himmel, es war eine weißliche Blase, aus deren unteren Rändern weißliches Licht strömte. Weit und breit keine Seele, die vollkommenste Verlassenheit. Von Furcht bis in die Knochen geschüttelt, dachte er: jetzt werd ich endlich wissen, woran ich bin. Zu rasten war ihm nicht erlaubt, er mußte gehen, beständig vorwärts gehen. Er wollte sich beschweren, daß er müde sei, aber das Wort müde fiel ihm nicht ein, er dachte statt dessen bloß: grün. Der Furcht gesellte sich ein eigentümlich wehes Hinziehen, das seinen Ausdruck fand in dem Verlangen nach einem Versteck. Alles schien ihm davon abzuhängen, daß er sich verstecken könne; aber, sagte er sich, es ist außerhalb der Welt, wo ich bin, und außerhalb der Welt gibts kein Versteck. Doch ich bin ja da, fuhr er zu überlegen fort, und wenn ich da bin, muß ich mich doch auch finden. Finden? also bin ich nicht da! Diese Worte sprach er laut; sie weckten ihn auf wie sechs Hammerschläge, er seufzte, hörte sich seufzen und schlief im Seufzen sogleich wieder ein. Da sah er in großer Ferne eine schwärzliche Figur; zuerst wars wie Ahnung, dann wuchs es aus dem Grünen heraus, stellte sich schwarz gegen das niederrieselnde Weiß, dieses Geisterlicht, das Himmel zu sein log, und bewegte sich, nicht auf ihn zu, sondern von ihm weg. Er dachte: wohin geht er? Ihn nicht mehr aus dem Auge zu lassen, war ihm plötzlich so wichtig wie das Leben selbst, und mit starr hingehefteten Blicken folgte er dem Unkenntlichen, Unbekannten, Weitentfernten. Da geschah das Grausige, daß er jeden Schritt, den er vorwärts zu gehen glaubte, in Wirklichkeit zurück tat, so als ob der Boden unter ihm enteile und ihn um sein Gehen bringe. Der Andere hingegen näherte sich ihm gerade dadurch, nicht zu ergründen auf welche Weise, und je näher er kam, je mehr wuchs die Furcht vor ihm, unerträgliche, fieberhafte Furcht. Und nun, wie er schon ganz nah war, der Unkenntliche, Unbekannte, bückte sich Dietrich und hob in verzweifelter Wut einen Stein auf und schleuderte den Stein wider ihn. Aber Grauen und Wunder; ihn selbst traf der Stein, und mit einem furchtbaren Schmerz an der Schulter fuhr er aus dem Schlaf empor.

Er wagte lange nicht wieder einzuschlafen, schließlich übermannte es ihn, und er entschlummerte doch. Da kam ein Traum, in welchem er flog. Sanft und beständig flog er in azurne Höhe. Das Firmament öffnete sich, ein Gewimmel von schönen Geistern war um ihn her; die geschmückten Gestalten ordneten sich, eine Scharlachwolke wurde sichtbar, und auf der Scharlachwolke saß Gott. In ergreifender Majestät ruhte er auf der Wolke, und Dietrich schaute hin, aber Gott sah ihn nicht. Er hatte Angst; schon während des Fluges war es sein angstvolles Bestreben gewesen, wieder zur Erde herabgleiten zu dürfen, und jetzt schien ihm die Erfüllung dieses Wunsches davon abzuhängen, daß Gottes Blick ihn traf. Gott aber schaute über ihn hinweg in eine andere Richtung. Er wechselte den Platz; er suchte eine Stelle, wo Gottes Blick ihn treffen mußte. Doch wenn er dann emporsah, erwies es sich, daß Gottes Blick ihn auch dort nicht traf; ja das Auge Gottes schien ihn zu meiden, und auch als er sich genau in der Richtung des

Blickes befand, ging der Blick durch ihn hindurch, streng und fremd, ohne ihn zu gewahren. Da wurde er von einem zermalmenden Kummer erfaßt, und er begann zu weinen. Als nun Gott merkte, daß er weinte, lenkte er endlich den Blick auf ihn, und von diesem Moment an sank er zur Erde nieder. Die Angst verwandelte sich in das Gefühl seliger Befreiung; um rascher zu sinken, weinte er absichtlich heftiger, und schluchzend wachte er auf. Das waren die beiden Träume, scheinbar ohne Zusammenhang, dennoch einer aus dem anderen geboren, einer in den anderen mündend, die er Hanna im letzten Brief mitteilte. Und nun erwartete er sie.

Die Schläferin

Die Erwartung war gepreßtes Leben, Faser bei Faser so dicht, daß kein Blutstropfen versickern konnte. Die Tageszeiten waren ununterschieden, die Nacht gab keinen Einschnitt; Schlaf war bewußtloses Eilen ans Ziel. Er zählte die Stunden nicht, sie rauschten vorüber; Essen und Trinken war, als befriedigte er die Bedürfnisse eines Fremden. Bald waren ihm die Räume, in denen er hauste, wie ein Gefängnis verhaßt, bald hielten sie ihn fest als Stätten der Entscheidung. In einer Schublade fand er ein blauseidenes Band; ob es Bettine gehört hatte, ob Cäcilie? Er ließ die Finger darüber gleiten und lauschte den Schlägen des Herzens ab, was die ihm verrieten. Sehnsucht nach Zärtlichkeit durchschauerte ihn. Das Häßliche und das Schöne der Welt stürzte von zwei Seiten her in einen Feuertrichter und versengte ihm beim Hinabschauen das Auge. Mädchen lächelten ihm zu, Knaben blickten verwundert, Kinder schlangen ihn in ihren Reigen, die Wohnungen der Menschen schienen bis zum Rand gefüllt mit Glück, von den Türmen jauchzten Glocken: er trug das seidene Band an der Brust, das Cäcilies Finger vielleicht einmal umschlossen hatten. Und wo war die Andere, die Lebendig-Tote, die sie geliebt? Es trieb ihn, nach Bettine zu forschen; ihr Geschick war Vorwurf; zweimal ging er bis zur Treppe von Doktor Kellings Wohnung und kehrte jedesmal um; er nahm sich vor, durch Frau Landgrafs Vermittlung einen Weg ausfindig zu machen, aber einen Schritt vor der Ausführung wurde ihm das Anmaßende des Vorhabens bewußt. Konnte er Bettine heilen? Konnte er sie erwecken? Was hatte er für Worte für sie? Wo war Gemeinsames mit ihr? Unvertrautes Bild, sagenhaft und schon umdunkelt von gewesener Zeit.

Er wanderte durch Wälder und in Dörfer, sprach mit fremden Menschen, wurde müd und wieder elastisch in der nämlichen Stunde. Eines Nachmittags saß er in einer öffentlichen Vorlesung, die Professor Landgraf in der Universität hielt. Der Saal war gedrängt voll. Als der Professor erschien, durchlief das Schweigen in kurzer Zeit alle Grade von der Neugierde zur Ehrerbietung und zur Andacht. An ihm selbst wurden die Verwandlungen deutlich, die seine Stellung zur Welt und zu seiner Sache bezeichneten. Redete anfangs der berühmte Gelehrte, dem Kühnheit der Forschung und vielfaches Gelingen seinen Rang gewiesen, so war es bald der Mann und der Mensch, der in dauerndem Bemühen Licht über die unbekannten Reiche der Seele verbreitete und alle Frucht der Erkenntnis und Entdeckung einer neuen Idee von Menschheitsheilung unterordnete. Das Thema, über das er sprach, war in den Titel gefaßt: Kontur und Übergänge im psychischen Leben.

Er führte aus, daß es Seelen gäbe, die ihren Umriß, ihre Begrenzungslinie von Geburt an besäßen, mehr oder weniger scharf, mehr oder weniger weit, aber ein für alle Mal gezogen; ferner andere Seelen, die gegen Umwelt und Nebenbezirke unmerklich verschwammen, die beständig in Gefahr seien, die Zusammenhänge zu verlieren, und zwar nach innen sowohl wie nach außen, nach der zerstörerischen Seite wie nach der schöpferischen, wennschon nach dieser selten und dann stets in verhängnisvoller Nähe des Untergangs und der Selbstvernichtung. Und wie im individuellen Dasein, so ließen sich die Kategorien auch in der Existenz ganzer Geschlechter und Familien, ganzer Nationen, ja im sozialen Leben überhaupt nachweisen. Die Konturlosen seien die Auflöser und Vermischer, die Anpasser und Entformer, die Dämmerwesen und Blutverdünner, am Rand aller Ordnung, am Rand des Gesetzes, der Gnade nicht mehr teilhaftig und von der organisch wirkenden Natur ausgestoßen. Denn in der Natur stehen bedeute, immerdar um die Grenze wissen, und in der Natur wirken, heiße nichts anderes, als um die Grenze ringen; hier scheide sich Finsternis vom Licht, Verwesung von Entfaltung, die Hölle vom Himmel. Der Arzt, der es erkannt habe, sei über seinen Weg nicht mehr im Zweifel. Das Gebot der Grenzgebung beherrsche seinen Geist ausschließlich, und von der festgesetzten Grenze erst erwüchsen die schwierigen und tiefen Probleme, die diese verhältnismäßig noch junge Wissenschaft heute zu lösen habe.

Dem Zauber der Beredsamkeit wie der Persönlichkeit des Mannes konnte sich Dietrich nicht entziehen. Manches Wort mahnte; manches erinnerte an mahnende Stimmen von früher. Er vernahm Sätze und Prägungen von achtungeinflößendem Ernst und hoher sittlicher Würde. Aber unaufhörlich sagte er sich: das ist ja dieser selbe Mann, von dessen Tun und Sein ich weiß, ganz anderes weiß, als was er da droben kündet, dessen Gesicht mir lemurisch entgegengegrinst hat, umschwelt von Unheil. Wie geht es zu, daß man ihn trotzdem ehrt? Wie geht es zu, daß ich ihm trotzdem glaube? Was ist das für ein Geist, der da sündigt, wo er sich nicht zu bekennen braucht? Was ist das für ein Mensch, der sein edleres Wollen Lügen straft, wenn er sich der Verantwortung enthoben wähnt? Was ist Gehäuse, was ist Kern? Wo ist das Gesicht, wo ist die Maske? Ist denn die Welt voller falscher Boten?

Zwei Tage später holte ihn Justus Richter ab, und sie gingen zum Abendessen in eine Studentenkneipe hinter der Peterskirche. Dietrich hatte sich ungern von der Arbeit losgerissen, die ihm Betäubung gewesen in der krankhaften Ungeduld des Wartens, doch war er dem Freund gefolgt aus Angst vor den vorgerückten Stunden dann, wenn die Gassen in Stille versanken, das Haus mit seinen verlorenen Geräuschen wie ein einsamer Turm war, und die Vernunft nicht mehr der doppelgesichtigen Visionen Herr werden konnte.

Justus Richter erzählte, Rektor und Senat der Universität hätten sich gezwungen gesehen, eine Disziplinaruntersuchung gegen Professor Landgraf zu veranlassen; davon spreche seit gestern die Stadt. Das Gerücht wollte wissen, daß Bettine Gottlieben schwere Beschuldigungen gegen den Professor erhoben habe, Anklagen, die man die längste Zeit als Erfindungen einer Geistesverwirrten ignoriert, bis man durch ein nicht abzuleugnendes körperliches Symptom genötigt worden sei, ihre Stichhaltigkeit zu überprüfen. Dabei habe sich eine Reihe von Verdachtsmomenten ergeben, die den Professor bedenklich belasteten, andere Umstände aus anderer Sphäre seien hinzugekommen, kurz, die Dinge stünden nicht günstig für den großen Mann, und es heiße, er werde Stellung und Ämter freiwillig niederlegen, um eine Berufung nach Südamerika anzunehmen, wobei freilich vorausgesetzt war, daß es mit dem disziplinaren Verfahren sein Bewenden habe.

Dietrich zeigte sich erregt über die Nachricht. Er ließ durchblicken, daß sie in seinen Lebenskreis schnitt. Es drängte ihn sich mitzuteilen, aber zu wißbegierig hing Richters Auge an ihm, und diese Wißbegier enthielt zu wenig Unbefangenheit und Einfachheit. Zu reden aber, bloß um es mit sich selber leichter zu haben, das war Dietrichs

Art nicht. Sie sprachen dann von Lucian, und Justus fragte, ob ihn Dietrich nicht bald aufsuchen wolle. Nein, erwiderte Dietrich kopfschüttelnd, zu ihm wolle er erst gehen, wenn er keinen Rat mehr wisse, den Schritt verspare er sich auf zuletzt. Die Antwort bestürzte Justus Richter, das Enigmatische darin und der Widerklang von Verzweiflung. Oberlin möge nicht zu hoch auf den einen Menschen setzen, warnte er vorsichtig, damit gebe er fast sich selber aus der Hand. »Lucian ist auch nur ein gejagtes Wild,« fügte er hinzu, »und dort, wo er sich in seinem eisernen Trotz verschanzt hat, ist für dich vielleicht nicht gut sein.« Darauf entgegnete Dietrich: »Laß die vergeblichen Worte. Ich hab nun einmal auf ihn gebaut. Als ich zu ihm kam, war ich ein Splitterding. Er hat mich in seinen Feuertopf geworfen, daß ich geschmolzen bin und eine neue Gestalt angenommen habe. Das Leben hätte mich sonst nicht brauchen können, und wies auch ist, ich lebe. Soll ich ihm das nicht lohnen?«

Richter sagte: »Du bist ein feiner Kerl, Oberlin, ein mordsfeiner Kerl; ich möchte, daß du mal mit mir zu meinen Freunden gehst; in unseren Zirkel, weißt du; laß dir nicht von den gängigen Fabeln und Vorurteilen Sand in die Augen streuen; wir greifen die Dinge eben bei einem Zipfel an, den die Allzuflinken und Allzuraschfertigen nicht erwischt haben; es ist nicht auf Umstürzlerei und nicht auf Sektiererei abgesehen, sondern auf Trost und bescheidenen Herzensgewinn. Der einzelne Mensch ist ein Staubkorn, das der Sturm in eine Mauerfuge wirbelt oder in den Straßenschmutz; der einzelne Mensch ist verloren. Wir sind viele unbekannte stille Leute, die einander bei den Händen halten und eine Kette bilden, und durch die Kette läuft ein ehrfürchtiger Strom, und einer verhilft dem andern zum Frieden.«

Dietrich antwortete: »Sehr schön, was du da sagst, aber ich kann nicht mit dir gehen; ich muß allein sein, Richter, mag der Sturm mich wirbeln, wohin er will. Ich biete mich ihm an; er soll mich nehmen, und wenn er mich packt, ruf ich ihm zu: reiß mich nur in deine Höhn und Tiefen, da spür ich mich doch unzerstückt und ganz.«

In Justus Richters Zügen malte sich Verwunderung, und er war um Widerspruch verlegen.

Sie hatten eine Flasche Wein bestellt und saßen bis weit über Mitternacht. Justus Richter begleitete Dietrich an sein Haus. Als er die alten knarrenden Treppen emporstieg, überkam ihn beklommenes Vorgefühl; in der Wohnstube blieb er eine Weile im Finstern stehen und lauschte, ehe er Licht machte. Sein erster Blick galt dem Schreibtisch, ob nicht Brief oder Depesche dort lag; nichts. Das Fenster war offen; Märznachtkühle wehte herein, er schloß es fröstelnd. Er ging im Zimmer auf und ab und wiederholte sich Justus Richters Worte, die ihm einfielen wie eine Melodie: wir sind viele unbekannte stille Leute, die einander bei den Händen halten. Er öffnete die Tür zum Schlafraum, da wehte es ihn sonderbar an. Die Dunkelheit pulste so eigen; er fühlte sie rinnen wie Flüssiges, er schmeckte sie wie Bitteres. Seine Hand tastete nach dem elektrischen Schalter, doch ließ er sie wieder sinken; vom andern Zimmer fiel genügend Helligkeit herein, es war, als dürfe er die Zwielichtgeister nicht beunruhigen. Langsam entkleidete er sich und schritt zum Alkoven. Als er den Vorhang zurückzog, sah er im Bette jemand liegen. Es war Hanna.

Sie schlief.

Die Spuren großer Ermüdung in ihrem Gesicht erklärten die Festigkeit des Schlafes, den Dietrichs Kommen und Hin- und Hergehen nicht hatte stören können. Sie war zugedeckt bis an die Brust; erst jetzt sah Dietrich ihre Gewänder auf einem Stuhl zu Häupten des Bettes liegen. Der Kopf war zur Seite geneigt, die braunen Haarflechten fielen über den schlanken Hals, in der ungewöhnlichen Blässe des Antlitzes, verstärkt durch die matte Beleuchtung, erschienen die Lippen wie blutgefärbt, und der schwarze Strich der Wimpern, die bisweilen zuckten, wie mit Kohle gezeichnet. Die eine Hand hing vom Bettrand herab, schlaff, ungreifend, es war was Ergebenes, was Verzichtendes in der Gebärde, die andere lag weiß, lang und flach wie beteuernd auf der ruhig atmenden Brust. Beschlossenheit war in dem Bild enthalten, unwidersprechliches Es-muß-so-sein, das alle häßlichen und argwöhnischen Gedanken mit dem ersten Blick vertilgte. Die schlafgebundene Bewegung verriet vieles: Füße, die geflüchtet waren; zur einzigen Zuflucht geeilt waren; langes Wachen und Warten und endlich, sei es in vorgesetzter List, sei es in hinschmelzendem Vertrauen, das Aufsuchen des fremden Bettes und Sichbergen darin.

Dietrich hielt noch den Vorhang, und wie er erzittert war, als er sie erblickt, so zitterte er jetzt noch, in Mark und Hirn hinein. Er holte gewaltsam Luft durch die Zähne, die aufeinanderschlugen; er krampfte den Kopf zwischen die Schultern, weil ihm war, als müsse der Wirbel brechen. Das erste Gefühl war süßes Mitleid gewesen, das nächste schmerzliche Neugier, kindlich-furchtsames Staunen. Kaum wagte er zu atmen, aus Furcht sie aufzuwecken, kaum zu denken, als ob Gedanken Lärm verursachten. Unhörbar schob er den Vorhang weiter weg; unhörbar glitt er auf die Knie nieder; mit gefalteten Händen, am Augenschein noch zweifelnd, sah er die Schlafende an.

Da erwachte Hanna und erwiderte seinen Blick: ohne Überraschung, ohne Erröten, mit seltsamem, erschreckendem Ernst. Und als dies eine Weile gedauert hatte, schlang sie den Arm um seinen Hals und zog ihn zu sich nieder. »Einmal,« flüsterte sie erstickt, »einmal und zum letzten Mal.« Und er lag neben ihr, und sie umarmte ihn, hingerissen, entseelt fast, von kalt und heißer Welle überschwemmt, innerlich bebend, innerlich weinend. »Einmal,« flüsterte sie, »zum letzten Mal.« Es war noch wie Schlummer fast, eine geisterhafte, traumgehobene Art davon. Dann war es wie Sturz und Erstarrung im Frost, als sie sich losrang, ihn zurückstieß, auf den äußersten Rand des Lagers rückte und halb entsetzt, halb beschwörend, mit der tiefgurrenden Stimme, die gepreßt klang wie bei einer Läuferin, sagte: »Sie ist da; sie ist zwischen uns; spürst dus nicht? laß Raum für sie zwischen uns. Lieg still; rühr dich nicht; hör mich an.«

Beichte

Und Dietrich ließ Raum, wie sie befahl. Es war ihm selbst, als läge der Schatten zwischen ihnen. Er lag still und rührte sich nicht. Er hörte zu. Die Worte kamen ihm vor wie Tausende von Sprossen einer Leiter, auf der er in einen unermeßlich tiefen Schacht hinuntergezogen wurde. Es war ihm keine Einrede verstattet, keine Frage; er hätte auch beides nicht gewagt, etwas Mächtiges hielt ihn gefaßt und verschloß ihm die Lippen.

Hanna erzählte, daß sie um halb acht Uhr schon gekommen sei, direkt vom Bahnhof, wo sie ihr Reisegepäck gelassen. Sie hatte lange an seinem Schreibtisch gesessen, um ihm zu schreiben. Es ging nicht. Man kann nicht schreiben, wenn alles nur auf Aussprache Aug in Auge gestellt ist. Sie wollte fort; aber wohin? Nach Hause wollte sie nicht, konnte sie nicht, die Nacht bei Bekannten zu verbringen, davor graute ihr; übrigens war es ja seinetwegen, daß sie gekommen war. Undenkbar, daß sie ihn heute nicht mehr sehen sollte; fürs Heute war alles bestimmt und bereit, da ließ sich nichts verschieben, morgen war wie übers Jahr. Sie beschloß also zu bleiben und zu warten. Sie schaute zum Fenster hinaus und sagte sich: wenn ich bis hundert zähle, wird er da sein. Sie zählte siebenmal bis hundert, dann überwältigte sie die Müdigkeit. Eine Weile saß sie auf dem Sofa, doch plötzlich fiel es ihr wie etwas Freudiges ein, daß sie sich in sein Bett legen könne. Als sie es tat, wußte sie, was sie damit tat. Es war ein Sichüberliefern, unwiderrufliche Handlung. Zuerst nahm sie sich vor, nicht einzuschlafen, dann aber dachte sie: es ist besser, er findet mich schlafend, es erspart Worte, und er weiß dann gleich, wie es mit mir steht.

Sie hatte das Gesicht emporgewandt, die Hände lagen auf der Brust. Wie es mit ihr stehe, das sei das Entscheidende. Sie habe ihm ja geschrieben, sie sei nicht mehr dieselbe. Es hatte sich in mannigfaltiger Weise geäußert, anfangs beunruhigend, untermengt mit einem Wirrsal von Zweifeln, Ungewißheiten und Selbstanklagen; eines Tages hatte nichts anderes Bestand in ihr gehabt als der Gedanke an ihn. Es half nichts, daß sich Spott dawider auflehnte, daß sie seine Jugend als Vorwurf empfand und ihr gegenüber die eigene Person als schlaue Umstrickerin; sein redlicher Blick war nicht von ihr gewichen, seinen vertrauenden Händedruck hatte sie gespürt, so oft sich eine fremde Hand dargeboten, seine Stimme hatte sie verfolgt, der Nachhall seines Wortes schon zufrieden gemacht. Indem sie dies berichtete, vermied sie jede starke Bezeichnung; manchmal war es, als lese sie in eintönigem Tonfall aus einem Buch vor, das geöffnet oben an der Decke hing. Sie habe sich für unbrennbares Holz gehalten, sagte sie. Nicht als hätte sie das Ding, das alle Welt so mundfertig Liebe nennt, für Einbildung und Schwäche genommen; aber es sei zu fern gewesen, zu weit von ihr. Zeit ihres Lebens war sie davon abgedrängt gewesen; in der Schwester allein war es Ereignis geworden, aber nur von außen her, nicht von innen; nur das Gefäß hatte sie gewußt, nicht den Inhalt. Sie konnte nicht von Liebe reden hören; sie hatte es bei keinem für das Eigentliche, schon gar nicht für das Wesentliche erkannt. Raserei; Gelegenheit; Versponnenheit; kopflose Wut; Verfinsterung der Sinne. Dabei wurde sie kalt; vor Abscheu kalt; alles war so töricht gewesen, die zarteste Menschen- und Frauen-würde war beleidigt. »Darf man denn das Wort aussprechen?« fragte sie; »wirds nicht unheilig und frech und gering und abgegriffen, wenn man es sagt? Die meisten einigen sich darauf wie auf ein schlechtes Geldstück; sie schieben es einander zu, ohne es zu prüfen, und mit dem Minimum von Gefühl und Opfer glauben sie immer schon das volle Maß beanspruchen zu dürfen. Und wenn auch Natur zum Vorschein kommt, wer hat denn Natur, mehr davon als in eine zufällig gesteigerte Stunde geht, und aus wem spricht sie groß und wahr? Wir müssen alle erst das Selbstverständliche lernen; in den geheimsten Falten nistet noch aufgepfropfter Kram und Flitter und darunter vegetiert das Herz wie ein Krüppel.«

Sie hob die nackten Arme und verschränkte die Hände hinter dem Kopf. Daß sie jetzt so denke und sich klar darüber geworden sei, das sei sein Werk. Und daß sie hieraus die Konsequenzen gezogen habe, ebenfalls. »Schau, ich liege doch in deinem Bett!« rief sie aus. Aber sei das schon ein Verdienst? Sicherlich nicht, oder nur insoweit, als man die Widerstände in Rechnung bringe; die wären freilich zuerst unüberwindlich gewesen. Er könne es auch als einen Akt der Verzweiflung betrachten, wenn er wolle, aber ein solcher sei es nur im Hinblick auf ihr ganzes Leben und auf die Fügung, zu der es sich nun gestaltet. Sie schwieg einen Augenblick, dann sagte sie langsam: »In jeder Menschenbrust ist eine gewaltig-göttliche Wahrheit; die muß herausgeschält werden aus der schleimigen Lebens- und Lügenhülle. Ich will es tun. Aber vorher gib mir noch einmal deine Hand.« Sie nahm seine Hand und küßte sie inbrünstig. Dann fuhr sie fort: »Mein ganzes Dasein ist innerlich und äußerlich bestimmt worden durch zwei Menschen: durch meinen Vater und durch meine Schwester. Zwischen ihnen, wie zwischen zwei Mühlsteinen, hab ich mich bewegt, hab ich gedacht, empfunden und gehandelt. Von früh an stand der Vater gebieterisch über allem. Er war der

Meister, von ihm hatte der Tag seine Regel. Nach ihm war der Dienst gerichtet, das Spiel, die Beziehung zur Welt. Er verbreitete Respekt um sich und Schweigen. Wenn ich ihn als Kind kommen hörte, schien mir immer, als würde der Raum, in dem ich war, finsterer und enger. Man schrumpfte unter seinem Blick zusammen; das Auge wagte sich nicht hinauf; er zwang einen zu sprechen, was er wünschte, daß man sprechen sollte. Er wußte um die Gedanken, alles Verhehlte war ihm bekannt. Nahm er mich um den Leib, um mich zu sich herzuziehen und anzuschauen, so hatte ich keinen Willen mehr und nicht nur das, mir fiel auch alles Schlechte ein, das ich gedacht und getan, und hätte er gefragt, ich hätte es gestanden. Aber er fragte selten, denn er schien sich selbst zu fürchten vor der Macht seiner Frage; es rührte einen an wie kühler Stahl. Davor zitterte ich, davor zitterte die Mutter, davor zitterten seine Untergebenen und seine Gehilfen. Doch begriff ich sehr bald das Gewicht, mit dem er unter den Menschen stand, und wie er höher und höher stieg in ihrer Meinung; es drückte sich in seiner Geste aus, in seinem scharfen, schnellen Brillengläserblick, in seiner blockhaften Unerschütterlichkeit. Er war beladen mit Menschengeschicken; ich kann es nicht anders sagen, wenn ich zurückdenke; über und über beladen; unheimlich klebte es an ihm, was sie ihm anvertrauten und verrieten, und was er infolgedessen wußte. Das wurde in meiner Vorstellung ein Berg, schwarzes Gebirg; ich weiß noch, ich war sechs Jahre alt, als ich mirs zum erstenmal deutlich machen konnte, was das war: Arzt für die Geisteskranken, für die Seelenkranken; so hatte man mir seinen Beruf erklärt, und je näher ich dem Gedanken zu kommen suchte, je düsterer wurde mein Eindruck. Ich will nicht bei allen Stationen dieses Wegs bis zur vollen Erkenntnis verweilen. Es war wie ein Sichdurchwühlen durch unterirdische Gänge. Ich wuchs heran; ich sah, was im Hause vorging; ich sah, wie ers trieb; er hatte eine Rede für die Menschen, eine andere Rede für uns. Draußen saugte er sich voll mit Schicksal, bei uns warf ers ab und hatte selber keines mehr; ich entsinne mich an mein betäubtes Staunen als Zehnjährige, als ich beobachten konnte, wie die Leute ihn bewunderten, wie seine Patienten ehrfürchtig-gehorsam vor ihm standen, gewärtig eines Winks von seinen Augen; das Gefühl von seiner Herrschgewalt durchdrang mich wie was Religiöses. Als ich zwölf Jahre alt war, entwendete ich ein Goldstück aus seiner Schreibtischlade, nur weil ich zu erfahren begierig, war, ob ers erraten, ob ers wissen würde. Es wurde nicht entdeckt, und ich wartete enttäuscht; ich sagte es ihm; er lachte; er sagte: Wenn ich einmal so arm bin, daß ich einer kleinen Diebin auf die Finger schauen soll, werde ich auch wissen, wann sie mich bestiehlt, auch wenn sies aus Ambition für mich tut. Damals war er noch nicht so zerfetzt und von sich selber geblendet, wie ers später geworden ist. Er hätte eine Frau haben müssen, die ihm gewachsen war. Mutter war ihm nicht gewachsen. Sie fügte sich falschen Ort, sie leistete Widerpart am falschen Ort, sie konnte ihm die Stichworte nicht geben, und darauf kommt es in Ehen sehr an. Aber was wollte das bedeuten gegenüber diesem Beruf. Aufgraben von Seelen; fortwährendes Aufgraben von fremden Seelen; eindringen in sie bis in die Fugen; schon als ich die erste Kunde davon gewann und ihm heimlich auf seiner Bahn folgte, sagte ich mir: das ist ein Erdrosselungsapparat für das ganze Glück der Erde. Was da zutage tritt! wovon da die Hüllen fallen! die verwinkelten Gänge, die schmutzigen Schlupflöcher; die Labyrinthe von Schuld und Irrtum und Jammer und Betrug und Selbstbetrug und Wahn und Verfolgung und ersticktem Neid und feiger Leidenschaft und gehemmtem Instinkt; wie sich das häuft; was für ein Gespenstertanz da entsteht. Und es erfragen; Stück für Stück aus der stummen Brust reißen, das Bewußtsein unterminieren; Ader um Ader die Wunde betasten; Zurückkriechen in die Höhlen der abgestorbenen Geschlechter und Spion sein der lebendigen; wem fiele da die Welt nicht in Trümmer; wem sollte da das

Herz nicht versteinen; was für ein Mensch müßte einer sein, der dabei noch einen Gott im Innern behielte, einen Abglanz von Gott nur! Und hätt ich das nicht ahnen sollen? schon vor dem Wissen? Überträgt sich das nicht? Ists zum Verwundern, daß man schließlich selber ohne Gott dastand, nein, nicht ohne Gott, darüber hätte man hinwegkommen können, aber mit einem zerfleischten Gott, mit einem gemordeten Gott, mit dem in Staub und Kot geschleiften Leichnam eines Gottes? Es war wie in deinem Traum: wenn ich emporflog bis zu der Scharlachwolke, erblickte ich ja am Ende Gott; war er noch da für mich, so sah er mich doch nicht an, er würdigte mich keines Blicks. Ich wußte zu viel; ich atmete in einer Luft, die durch zu viel Wissen verpestet war; der, der mich gezeugt, hatte das himmlische Geheimnis verraten.«

Sie drückte das Gesicht in den Ellbogen und schluchzte. Dann sprach sie weiter: »Und nun Cäcilie. Du weißt es ja; ich habe dir begreiflich zu machen versucht, wie sie war. Der Vater und sie, das war wie Ahriman und Ormuzd. Deshalb seine fast abergläubische Angst vor ihr, als ob ihm ein ohrenbläserischer Satan beständig zuraunte, so viel Unschuld, so viel Reinheit, so viel Gelassenheit und reizende Würde dürfe er nicht dulden. Er, den nur Besessene umgeisterten, denen er souveräner Richter war, mußte toll werden wie die Magnetnadel über ihrem Pol beim Anblick eines Menschen, der in solchem Grad sich selbst besaß. Sie war sein Widerspiel, die geborene Feindin, um so mehr, weil aus seinem Fleisch und Blut; an ihr wurde seine Macht und Selbstgewißheit zuschanden. Ich konnte ihm noch spiegeln, was er galt und was er wirkte, sie nicht mehr. Mußte da nicht der Wunsch in ihm entstehen, daß sie aus seinem Kreis verschwand? mußte der Wunsch nicht bis ins Verbrecherische wachsen, bei ihm, dessen Existenz auf Bändigung verbrecherischer Triebe gestellt war? So ist vielleicht auch mein Wünschen krank geworden. Ich konnte kein Lebensgut und Lebensglück erlangen, das Cäcilie nicht schon hatte. Wo ich mich weh und blutig schürfte im Ringen und Wollen, da empfing sie. Wo ich hätte rauben müssen, wurde ihr gegeben, und in Hülle und Fülle. Unbegreiflich war mir diese Ungerechtigkeit des Schicksals, seit ich zu denken anfing. Alle Blicke waren auf sie gelenkt; alles Lächeln schenkte sich ihr; alle Herzen flogen zu ihr; wenn meines sich zaghaft öffnen wollte, in der nächsten Sekunde krampfte es sich schon wieder zu; wie durfte es sich nur rühren neben Cäcilies. Zwillingsschwester! Das ist ein besonderes Ding. Gemeinsam sind wir im Mutterleib gelegen, geboren in der nämlichen Stunde. Glied hat sich von Glied gelöst, Muskel von Muskel, aus einem Geschöpf wurden zwei. Am Schoß der Mutter stand ein Engel mit herrlichen Geschenken: Schönheit, harmonische Bildung, Sanftmut, Gabe die Herzen zu erobern, Adel des Leibes und der Seele. Der Engel wußte nicht, daß zwei den Schoß verlassen würden, und der ersten, die ans Licht kam, verlieh er alles, für die andere blieb nichts. Er wartete ihr Erscheinen gar nicht ab, er hatte alle Geschenke bereits vergeben und war auf und davon, als sie hinter der Begnadeten auftauchte. Das ist keine Fabel, kein Gedicht. Da ist meine Jugend drin, mein Gestern, mein Vorgestern und mein Heute. Auch mein Heute. Wie faß ichs nur, was mir geschehen ist, wie sag ichs nur. Einer ist doppelt auf der Welt bis zu einem gewissen Tag, und von dem Tag ab ist er halb. Ein Rechenexempel, um den Verstand zu verlieren. Doppelt, was hat das denn geheißen? Gleich wie der Körper und der Schatten ein Doppeltes sind. Und halbiert dann, das bedeutet: der Schatten bleibt allein. Was soll ein Schatten allein anfangen? Er kriecht am Boden und kann sich nicht aufrichten. Er erbettelt Kraft von der Erde und ringt mit ihr, aber er kann sich nicht von ihr erheben. Als ich Hubert Gottlieben kennenlernte und seine Vertraute wurde, war mir, als könnte ich ihn lieben. Aber mein Herz hatte nicht Mut genug. Qual, von der man keinen Begriff geben kann. Er gehörte Cäcilie; alles gehörte Cäcilie; alle gehörten Cäcilie.

Außerdem wußt ich doch: sie wartet; sie wartet auf den, der ihr bestimmt ist. Und wenn es nun derselbe war, der mir bestimmt war? Wie dann? Dann mußte eine von uns sterben; sie hatte es ja selbst zu mir gesagt. Ich fühlte es voraus, daß es derselbe war. Ich wollte dem Grauen vorbeugen, das uns beiden drohte. Ich wollte nicht langer Schatten sein. Ich wollte Körper werden. Es war mir klar, daß der, der dann kam, sich trotzdem nur nach ihr sehnen würde, nur nach ihr bangen und schmachten, und daß ich auch als Körper, wenn sie nicht mehr war, nur Vorwand und Überbleibsel sein würde; aber ich war dann doch allein mit ihm, eine Spanne wenigstens, ich wurde gehört und gesehen, ich war da, ich war lebendig. Und so hab ich sie getötet. So hab ich den Revolver an ihre Schläfe gedrückt. So hab ich die Schwester getötet. Jetzt weißt du alles.«

Ein heiserer Aufschrei durchbrach die Stille. Darauf war Schweigen. Abermals wollte Dietrich schreien, doch die Kehle war versperrt. Er setzte sich im Bett empor. Er öffnete den Mund; fahl, mit geöffneten Lippen, sah das Gesicht aus, wie eine Gipsmaske. Es warf ihn aufs Lager zurück. Der Körper wälzte sich in Konvulsionen auf dem Linnen. Er preßte die Fäuste in die Augen, in gräßlicher Angst, daß das Gehirn herausrann.

Hatte ers auch geahnt, als tödliches Geheimnis von purpurner Tiefe her gefürchtet all die Zeit, in Herz und Eingeweiden gefürchtet seit ihrem weißen Dastehen im Wald schon, seit dem klägerischen Gebell des Hundes, seit Worte zwischen ihnen gefallen waren, was war die Ahnung anderes als ein kaum verräterischer Streifen am Saum wohltätiger Nacht, was war sie gegen die nun aufgeschossene welt- und sinnverschlingende Flamme des donnernden Wissens? Er hatte es ja im Innersten nicht angenommen; es hatte sich dem Begriff entzogen, dem Menschenglauben, der Wärme des Lebens, dem Gedanken und dem Bild. Ordnung zerstaubte in Chaos. Vergossenes

Blut überströmte die elfenbeinerne Tafel der Erde. Zum zweitenmal war es, doch endgültiger jetzt, als schlüge ein Riesengespenst die Nacht in klappernde Scherben und den kommenden Tag dazu, alle kommenden Tage dazu. Cäcilie! rieft; Cäcilie! Sie war da. Die andere war zerstört. Sie war zerstört; die andere lag neben ihm. Irrsinn, Wut des Irrsinns; Scheingebilde beide. Wohin mit der aufrührerisch kochenden Liebe? Was beginnen in der zu Scherben zerschlagenen Welt? Cäcilie! riefs aus der zermalmten Kehle. O Mund, der du geküßt hast, die Andere geküßt hast, auf ewig verfluchter Mund! Geliebter Leib, den du umarmt hast, du warst nicht Cäcilies Leib. Noch einmal schrie er auf und hatte die Besinnung verloren.

Hanna erhob sich. Eine Weile stand sie nackt auf dem Teppich. Es gibt ein Bild von Odilon Redon, *les yeux clos* genannt; diesem Bild ähnelte sie. Es war eine schöne Gestalt von annähernd vollkommener Prägung und kräftiger Rasse. Die Rundung der Hüften übertraf die Breite der Schultern, die ziemlich stark abfielen. Es waren zarte weibliche Formen; mehr Frau vielleicht als Mädchen, doch unendlich jung.

Vor dem Stuhl, auf dem ihre Gewänder lagen, kleidete sie sich langsam an. Als sie fertig war, trat sie auf die andere Seite des Bettes und schaute seltsam besorgnislos in das Gesicht des unbeweglichen, mit geschlossenen Lidern daliegenden Jünglings. Sie beugte sich herab, berührte mit den Lippen seine Stirn und die entblößte Brust, dann schritt sie leise zur Tür und ging. Sie hatte den Torschlüssel. Draußen war es schon Tag.

»Ich komme«

Erst am späten Vormittag betrat das Hausmädchen Dietrichs Schlafzimmer und fand ihn in schwerem Fieber und phantasierend. Der Arzt wurde geholt. Zufällig kam um die Mittagszeit auch Justus Richter, um dem Freund ein versprochenes Buch zu bringen. Er benachrichtigte sogleich telegraphisch die Ratsherrin. Am Abend traf Dorine ein.

Die Krankheit verschlimmerte sich mit jeder Stunde. Der behandelnde Arzt berief einen Spezialisten. Es war eine bedenkliche Form von Hirnhautentzündung. Das verheerende Fieber dauerte sechs Tage ohne wesentliche Abschwächungen. Am siebenten Tag war die Krise. Sie verlief günstig. In der achten Nacht konnte er als gerettet betrachtet werden. In dieser Nacht schlief Dorine einige Stunden durch. Man hatte ihr im Wohnzimmer ein Feldbett aufgeschlagen.

Als Dietrich aus der wie seit Ewigkeit währenden Bewußtlosigkeit erwachte, war die an seinem Lager sitzende Mutter beruhigende Erscheinung. Er schaute sie lange schweigend an. Sie legte stumm ihre Hand auf seine.

Die Delirien hatten ihr Wissenschaft genug gegeben. Was an greifbarer Wirklichkeit fehlte, hatten Justus Richters Andeutungen vervollständigt. Dennoch war es zerbrochener Pfad für sie, auf dem ihr Schritt unsicher stockte. Von da war kein Bogen mehr in ihr eigenes Leben gewölbt; es war entlegenes, verwildertes Revier. Verweisend fremd blickten die Ahnen herüber; in ihrem fürstlich geregelten Dasein hatte das Zerfallene keinen Platz; und sie, die Mutter, befragt: was hast du getan, um es zu verhüten? wußte keine Antwort. Ihr blieb nur Vertrauen zu einem noch Werdenden; Hoffnung, daß die trübe Gor sich von innen aus kläre, daß der Niedergestürzte sich schicksalsfrommer wieder aufrichte und bescheidener das Gesetz erkenne, nach dem ihm geboten war zu leben. Ihre Hand hatte da keine Gewalt mehr: Führung und Herrschaft waren dahin für immer. So war ihr der Erwachte und langsam Genesende in einem neuen Sinne Sohn: abgelöst von ihr und ihr gegenüberstehend als Pflüger auf eigenem Grund und Boden; ein Hinausgewanderter, der sein Erbteil erst in später Zeit antreten will; vielleicht daß er es verknüpft mit dem frisch

Errungenen; vielleicht daß er es sondert; doch hat er sein Ur- und Geistesrecht in sich selber.

Schon am zweiten Tag von Dietrichs Krankheit erfuhr Richter und teilte es Dorine Oberlin mit, daß sich Hanna auf dem Grab ihrer Schwester erschossen habe. Den Morgen darauf stand es in allen Zeitungen. Die Nachricht wurde Dietrich sorgsam verhehlt, auch als die Genesung schon weit fortgeschritten war. Möglich, daß er es ahnte. Er sprach nicht von Hanna. Er fragte niemals. Aber er mußte wissen, wohin sie gegangen war, mußte wissen, was sie getan, wenn anders Maß und Gewicht dieser Welt für ihn nicht aufgehört haben sollten zu gelten.

Kein Wort von ihm deutete auf Vergangenes. Schwermütiger Ernst wich nicht von ihm. Dorine suchte ihn zu zerstreuen und aufzuheitern, indem sie ihm vorlas oder erzählte; er schien erkenntlich, doch ohne lebhafte Teilnahme. Justus Richter stellte sich häufig ein und spielte Schach mit ihm, was ihm das liebste war, weil er dabei schweigen durfte. Anfang Mai kam Georg Mathys; als er ins Zimmer trat, zeigte sich zum erstenmal ein heller Schimmer in Dietrichs Gesicht. Ein paar Tage darnach durfte er ausgehen. Dorine und Mathys begleiteten ihn zuerst beide, dann Mathys allein. Da brachte Dietrich das Gespräch auf Lucian und sagte, er wolle zu ihm, sobald sein Zustand es erlauben würde. Dorine erschrak, als Georg Mathys es ihr sagte, und wollte Einspruch erheben, aber Mathys riet ihr, ihn gewähren zu lassen; wie die Begegnung auch ausfalle, die Folgen könnten nur ersprießliche sein. Er erbot sich, mit Dietrich zu fahren, und am gleichen Tag schrieb er einen ausführlichen Brief an Lucian, worin er Dietrichs Gemütsverfassung schilderte, das Geschehene delikat berührte und von seiner und Dietrichs Absicht sprach, ihn zu besuchen. Er wohnte noch immer bei Pfarrer Langheinrich.

Die Antwort ließ nicht lange auf sich warten. Sie war kurz und forderte die beiden Freunde an einem ihnen genehmen Tag zu kommen auf. Eine Woche später gab der Arzt die Einwilligung zur Reise, die übrigens nur zwei Stunden dauerte. An einem schönen Morgen im letzten Drittel des Mai fuhr das gemietete Auto vor; den andern Abend wieder zurück zu sein, versprach Georg Mathys Dorine.

Gegen Mittag kamen sie vor dem rebenumwachsenen Pfarrhaus an. Es wurde ein Fest gefeiert: Pfarrer Langheinrich war heute siebzig Jahre alt. Die Häuser des Dorfs waren beflaggt, Deputationen standen im Hof, weißgekleidete Kinder, mit Kränzen von Wiesenblumen im Haar, sangen ein Lied. Der älteste Sohn des Pfarrers begrüßte die fremden Gäste; nach einer Weile trat auch Pfarrer Langheinrich auf sie zu, eine würdige, von Freundlichkeit strahlende Gestalt, und schüttelte ihnen herzhaft die Hände. Mathys drückte sein Bedauern über die Zufallsfügung aus, die sie zu Feststörern gemacht, aber der alte Herr erklärte lachend, zwei mehr an seiner Tafel, das könne höchstens eine Verlegenheit für die Pfarrerin bilden, und bei der sollten sie mal Nachfrage halten, die würde ihnen mit dem entrüstet geschwungenen Kochlöffel antworten.

Nun erschien auch Lucian unter dem geschmückten Tor: hager, groß, streng. Mit einem Aufflammen in den zerarbeiteten Zügen ging er auf Dietrich zu. »Da bist du ja endlich«, redete er ihn an mit der Stimme aus Metall, packte seine Hand und hielt sie wie im Schraubstock fest. Dietrich schaute zu ihm auf; seine Augen waren feucht. Sprechen konnte er nicht.

Sie wanderten durch den Garten, er, Mathys und Lucian. Die Unterhaltung war stockend und eigentlich ohne Gegenstand. Lucian blieb ziemlich schweigsam. Auch Mathys und Dietrich verstummten. Um so lärmender verlief das Mittagessen, mit Scherzen, Ansprachen und Lebehochs bei köstlichem Aßmannshäuser. Die Tische waren im Freien aufgestellt, unter drei uralten Eichen. Die Angesehenen des

Orts und Freunde des Pfarrers aus nah und fern waren geladen. Ein Amtsbruder rezitierte einen gereimten Glückwunsch; ein Student in hohen Semestern, Langheinrichs Jünger und Schüler, trank auf das Wohl des Jubilars den silbernen Pokal bis auf die Neige. Neben dem Pfarrer saß beglückt lächelnd die Pfarrerin, zwei Söhne rechts, zwei links, hübsche gesunde Leute.

Unergriffen blickte Dietrich vor sich hin. Er war beengt von dem festlichen Treiben, und bisweilen suchte sein Auge Lucian, der, ebenfalls wenig froh, zwischen Georg Mathys und dem Amtsrichter saß. Es war Dietrich zur Bedingung gemacht worden, daß er den Nachmittag über ruhe. Die Hausfrau führte ihn in ein Gemach unter dem Dache und sorgte für alle Bequemlichkeit, Georg Mathys hielt dann prüfende Nachschau; während er noch im Zimmer war, schlief Dietrich ein. Er schlief fest und lang; erst als die Sonne im Untergehen war, erhob er sich. Er trat auf den schmalen hölzernen Vorbau und schaute versonnen in das blütenübersäte Land. Hatte eben sein Herz noch leichter geschlagen, jetzt wurde es wieder schwer und dunkel. Seufzend kehrte er ins Zimmer zurück. Da stand Lucian vor ihm. »Bist du munter geworden, Oberlin?« fragte er; »wollen wir uns zusammensetzen und ein wenig plaudern wie vorzeiten? Hast du meiner oft gedacht? Bist du noch, der du warst?«

Er hatte sich auf das gebrechliche schwarze Ledersofa gesetzt und die Arme verschränkt. Rotes Sonnenlicht fiel auf seine gewaltige Stirn. Dietrich nahm am Tische Platz und stützte den Kopf in die Hand. »Nein, der ich war, bin ich nicht mehr«, antwortete er.

Nach einem Schweigen dann: »Wie wäre das auch möglich? Du weißt ja nicht . . .«

Lucian rückte die Schultern. »Ich weiß«, sagte er. »So viel zu wissen nötig ist, weiß ich.«

Scheu erhob Dietrich den Blick. »So brauch ich dir ja nichts zu erzählen,« sprach er leise; »ich wollte dir erzählen; aber ich sehe schon, daß ichs nicht gekonnt hätte. Gut, daß du es weißt.«

»Mich dünkt, du Lieber, du warst ein bißchen zu wehleidig«, erwiderte Lucian stirnrunzelnd.

»Wehleidig? Ja; Weh hab ich gelitten, allerlei Weh«, sagte Dietrich mit einem kränklichen Lächeln. »Es konnte mir keiner helfen; und nun, wo alles vorüber ist, trostlos vorüber, wer kann mir nun helfen? Ich dachte, du könntest vielleicht. Aber mir scheint, du kannsts auch nicht. Was soll man tun? Wie soll man weiterleben, Lucian?«

»Keinesfalls so, wie dirs jetzt beliebt«, versetzte Lucian hart. »Du hast meine Erwartungen bitter enttäuscht. Du hast unserm Vertrag zuwider gehandelt. Du hast dich ins giftige Netz begeben und die Fäden kleben noch an deinem Leibe. Du hast mich verleugnet, Oberlin; du hast deine Seele verkauft.«

Dietrich ließ das Haupt sinken und schwieg. »Der Mensch, den ich brauche und den ich formen kann,« fuhr Lucian fort, »der darf mir nicht erliegen und zu Boden fallen, wenn der trunkene Eros seine Arme um ihn schlingt. Was ist dann meine Existenz, was bin ich wert, mir und euch, wenn die klug gebraute verführerische Mixtur alles, was ich will und wirke, zunichte macht? Ich hatte gehofft, daß du dich an den Fundamenten des Baues bewährst und nicht an seinem Schnörkelschmuck die Zeit vergeudest und Kraft und Geist vertust. Alle fallen. Alle. Keiner widersteht der Versuchung. Wie ich dich hielt, Oberlin, wie ich dich trug! Du warst mir das Edelgestein auf dem Werkplatz, nicht einmal Mörtel und Klammern glaubt ich bei dir vonnöten. Der ist mir sicher, dacht ich, der wacht über meine Ernte mit der geschliffenen Sense, dacht ich. Und das Ende? Hineingeschleudert den ganzen Einsatz in ein

Liebesspiel. Das heiß ich seinem Meister mit abgehauenen Händen gegenüberzutreten. Schäm dich, Oberlin.«

»So verdammst du mich also? verwirfst mich?« hauchte Dietrich und schaute Lucian groß an.

»Ich verdamme dich nicht, ich verwerfe dich nicht,« war die Antwort, »dergleichen kommt mir nicht zu. Ich sehe bloß, daß der Ring eng und enger wird, ich fange an, den Sinn des Wortes Einsamkeit in seinem vollen Umfang zu begreifen.«

»Du irrst,« sagte Dietrich in demselben hauchenden Ton, »du irrst, wenn du annimmst, daß ich den Einsatz verspielt habe. Du irrst, wenn du meinst, ich hätte vergessen, was ich mir und dir schuldig war. Das steht unverlöschbar geschrieben, es ist nicht ausgelöscht, es kann nicht ausgelöscht werden. Was ich hinter mir habe, Lucian, das war mein heiliger Anteil am Schicksal, nicht minder wahr und wirklich, als hätt ich den gelebt, den du forderst. Laß es Hohlweg oder Brücke sein, aber laß es nur gelten und rechne es mir zu als ehrlich gelebtes Stück. Du siehst mich nicht. Schau mich doch an, fühl es doch, wie ich vor dir stehe.«

Die Worte waren dringlich, flehend fast. Lucian, von dessen Stirn das Rot der Sonne längst vergangen war, gehorchte der Aufforderung und sah Dietrich an. Zu schauen vermochte er aber nicht. Und deshalb entgegnete er: »Alles müßte von neuem beginnen. Doch dies ist unmöglich. Anfang hat seinen eisernen Rahmen. Geh du, und finde dich zurecht. Auf mich kannst du nicht zählen. Ich bin ein geschlagener Mann, beleidigt, entwürdigt, entwurzelt; und verurteilt, am Geist der Gemeinheit und der Schwäche zu verbluten. Vielleicht treffen wir uns einmal an einem andern Kreuzpunkt unserer Wege. Vielleicht kannst du mir dann sagen, nicht: schau mich an, fühl es, wie ich vor dir stehe, sondern: schau mein Getanes an und erkenne, was es wiegt und was es ist. Bis dahin muß ich unerbittlich sein, sonst könnt ich meinem Gott nicht mehr ins Auge blicken. Ein Mensch ist nicht mehr da.«

Sein Gott? dachte Dietrich, auf einmal kühl bis in die Nieren, wer ist sein Gott? Wo mag er weilen, dieser grausame und finstere Gott? Warum nennt er ihn? Ich bin zu ihm gegangen, ihn um Brot zu bitten, und er gibt mir Steine.

Die Dunkelheit war eingebrochen. Verworrene Musik ertönte vor dem Haus. Dietrich stand auf, plötzlich quälte ihn die starre Nähe Lucians. Er trat auf den Altan hinaus. Eine Schar junger Menschen, alle mit brennenden Fackeln in den Händen, zog am Hause vorbei, an der Spitze die vier Söhne des Pfarrers. Diese allein trugen keine Fackeln; drei spielten im Gehen Violine, einer die Maultrommel, wodurch ein wunderliches Tongemisch erzeugt wurde. Hinter ihnen schritt Georg Mathys. Er richtete den Blick empor, gewahrte Dietrich, schwenkte seine Fackel in der Luft und sagte laut: »Komm, Oberlin!« Da sahen auch andere in die Höhe, und ein vielfacher, von frohem Lachen begleiteter Ruf erschallte: »Komm, Oberlin! Komm, Oberlin!«

Dietrich spürte, wie die Last von Brust und Schultern fiel. Er antwortete dem Ruf der Jugend mit einem dankbar leuchtenden Lächeln und rief zurück: »Ich komme.«